U0663349

全民阅读精品文库

当代中国最具实力中青年作家作品选

弑 父

曾维浩 著

中国言实出版社

图书在版编目（CIP）数据

弑父 / 曾维浩著 . -- 北京：中国言实出版社，
2016.6
ISBN 978-7-5171-1918-0

Ⅰ. ①弑… Ⅱ. ①曾… Ⅲ. ①长篇小说—中国—当代
Ⅳ. ① I247.5

中国版本图书馆 CIP 数据核字（2016）第 129831 号

出 版 人：王昕朋
责任编辑：胡　明
文字编辑：张　丽
封面设计：水岸风创意文化

出版发行　**中国言实出版社**
　　　　　地　　址：北京市朝阳区北苑路 180 号加利大厦 5 号楼 105 室
　　　　　邮　　编：100101
　　　　　编辑部：北京市海淀区北太平庄路甲 1 号
　　　　　邮　　编：100088
　　　　　电　　话：64924853（总编室）　64924716（发行部）
　　　　　网　　址：www.zgyscbs.cn
　　　　　E-mail：zgyscbs@263.net
经　　销　新华书店
印　　刷　北京温林源印刷有限公司
版　　次　2016 年 7 月第 1 版　　2016 年 7 月第 1 次印刷
规　　格　710 毫米 ×1000 毫米　1/16　15.25 印张
字　　数　215 千字
定　　价　40.00 元　ISBN 978-7-5171-1918-0

所有的人类建筑都是墓碑

所有的文字都是墓志铭

——题记

出版说明

　　这是一部野心勃勃，准备献给永恒的小说。永恒接不接纳，只有天知道！

　　科学家们已经直接探测到了引力波。据说在引力波这个新窗口中，人们不再是以电磁场、物质粒子作为观察宇宙的凭借——人们感受的，是时空本身的颤动！颤动是永恒吗？永恒也会被吞噬吗？谁来指认永恒？

　　以丰沛的东方想象力关注"文明的尴尬"，质疑科学的伦理边界，探寻回归人类家园之路，大抵是写作的初衷。18年前，这部小说面世，读者和批评家的厚爱，让它出现在当年的文学排行榜上。18年来，它不断地被遗忘，也还不断地被提起。据说至少两百多所大学的老师在讲授"当代文学教程"时，会提到20世纪90年代有这样一部小说。然而大学生和愿意关注它的读者除了在图书馆，书店里早已看不到它。几年前还有读者在网上淘过这本书。后来，连网上旧书店也没有了。

　　18年来，世界发生了"9·11"事件、金融危机、海啸、核电泄漏……人类文明依然尴尬。

　　这部小说再版的全部理由就是：人类文明依然尴尬！

作者

2016 年 3 月

乌托邦的心灵史

——评曾维浩的长篇小说《弑父》

李敬泽

我猜测,《弑父》的作者曾维浩是湖南人,事后求证,果然如此。文学的地理学是老生常谈,但循着地图也确实很少走错。只有湖南的作家能写这样的小说:他们总在探索通往"桃花源"的路。

《弑父》写了8年。在这个时代,文学已成"生产",作家像精明的商人一样算计着投入与产出,曾维浩却好整以暇,用8年时间写一部近22万字的小说。曾维浩似乎要证明,艺术家仍然是与"生产"格格不入的"另类",他们躲在世界的边缘,在梦想中沉醉。

在长达8年的梦境中,曾维浩完成了对另一个世界的全面虚构。人类生活的各种基本因素都在这位炼金士的坩埚中熬过,从洪荒到都市,似乎依然是诸神的天地,其中的一砖一石、一花一草都具有陌生的质地和神情,都流溢着过剩的生命力。这是纸上的热带雨林,如《楚辞》般密集、丰饶、枝叶纷披,其中的每个人都是一棵藤蔓缠绕的树。

小说是心灵的乌托邦,小说家有权在这片土地上"立法",将一整套匠心独运的规则、风俗、语言、体验方式贯彻到这世界的每个角落、每处细节。并非所有的小说家都愿意承担这样的工程,更多的时候,人们宁可"改编",只有最偏执、梦得最深的人才会凭空架起楼阁,然后说:看吧,这个世界。

现在曾维浩说：看吧，这个世界。一种内在的需要使他建立了小说的乌托邦，因为他所要表现的恰好是乌托邦的心灵史。

《弑父》贯穿于毁灭——重建、追寻——失落之间。每一个地方的人们都满怀希望和绝望地凝望着另一个地方。俯瞰这片大地，我们看到，从"黄金时代"一直到后工业社会，人们分布在不同的地点、逃亡、迁徙、有家难归、不期而遇，文明的历史获得了共时的结构，人们在这历时性的土地上流浪。

这是乐园与失乐园的宏大主题，曾维浩虚构了一个乌托邦。在其中，形而上落实为形而下，观念化为命运，于是，启蒙与蒙昧、科学与自然、都市与家园，中西知识分子为之焦虑、为之争论不休的众多问题在小说中形成了对话的空间。每一种命运都发出了自己的声音，每一种声音都是对他种声音的诘问和辩驳，也都在走向自我否定。在这宏大的合鸣中，二元论模式的"真理"和"启示"遭到了瓦解，任何一种明晰的观念在心灵和命运中都变得混沌、迷茫，人注定不会在任何一处找到家园。

所以，离我们最远的小说，可能恰恰与我们最近。从 1990 年到 1998 年，就在我们的学人们面对正在运行的历史，力图扮演先知或巫师的时候，曾维浩也在他的梦想中对这个时代作了小说家的独到洞察：人们按照腐叶上的地图寻找"金羊毛"。这张地图出自于人们心中不灭的乌托邦梦想和激情，这是贯穿着人性和人类生活的不变因素。这部小说既不是乌托邦也不是反面乌托邦，它是乌托邦的心灵史，是乌托邦精神的现象学，我们悲欣交集地看到人的神力和虚弱、智慧和疯狂，看到人如何成为神祇和魔鬼。看到梦想如何成为神话，这一切都与我们在当下面临的疑难遥相呼应。

在当下的精神语境中，《弑父》选择了无立场的立场。这个无立场的立场正是小说的立场，即在艺术中，在结构、叙述、描写中彻底地贯彻民主，由此它回到了小说之所以产生和发展的伟大源头。于是，作家面对着人类生活中迷宫般的欲望、情感、立场、信念，需要强劲的腕力才能使这一切化为形式。《弑父》做到了这一点，它将精神和境遇的纷杂轨迹编织起来，以丰富的奇想使每一条轨迹生动茂盛，最终达到整体的宽阔、繁复、充实……

"路"是《弑父》的结构中心。《楚辞》云：路漫漫其修远兮，吾将上下而求索。关于这条路，千年以前的另一位高士写道："既出，得其船，便扶向路，处处志之。及郡下，诣太守，说如此。太守即遣人随其往，寻向所志，遂迷，不复得路。"（《桃花源记》）

（原载《文艺报》）

第一章

　　当肯寨的人们发现错误时，已经看不见太阳，看不见山坡上石灰石砌成的符咒般的大字，看不见蛇雀的长尾巴展开在祠堂的翘檐上，看不见驴子们晃着欢快的铃铛走进黄豆地里，看不见浓雾出自犀牛的幽洞，看不见长虹达于绵亘不绝的温顺山峦……数年前的那天早晨肯寨的人们把脱了形骸的介迎进来，太阳呈一种苍老的白色，发着金属质地的光线，一切平和而宁静，没有半点未来灾难的预示。肯寨为了迎接介的到来，载歌载舞，踏倒了青麦，燃烧了草垛。后来介从容地与肯寨的人们一起经历了许多个长长的雨季和旱季，经历了许多令人瞠目结舌的奇迹。其间介预示过一些浅薄的福祉，也预示过一些可以抵抗的灾难，但介从未提起会给肯寨带来这样的一天：山洪咆哮着冲入水库，肆虐地撞击脆弱的堤坝。左边靠近水面的山麓突然从油页岩层里挤出几十股水来，白的黑的红的黄的清的浊的奔涌而出。老枫树上用粗树枝搭起来的鹰窝被昏黑的风拆开来，树枝萧萧落下。花皮豹子的岩洞被撕裂成两半，半月形的石槽即刻成了小河。兔子窝各处的出口都塌陷下来，兔子们被窒息了。乌梢蛇已无法嗅出方向。野猪蹿上树梢飞翔起来。黄羊王将犄角深深地抵入花岗岩的石壁。松鼠从摇晃不定的树枝纵身悬崖。红腹锦鸡在草窝里自杀，蜥蜴又在红腹锦鸡的喙上割断自己的喉管，半壁山带着它的乔木灌木苔藓蘑菇和它土地上的所有动物颤颤地滑下来，填入水库。水库中的水于是满溢出来成为瀑布。白色瀑布像一块殓布一样挂在山棱与山棱之间。没过多久，堤坝垮了。卷着枯枝败叶的风裹挟着泥土、水沫、树木、蛇、红腹锦鸡、豹崽子、土蜂、鹰蛋、黄羊，一切都奔腾起来，喧嚣起来。女人们站立在山梁上，没有喊叫没有哭泣。她们来不及悲恸，被这一切吓蒙了，这末日来临的景象。她们清晰地望见那座现在叫作学校过去叫作祠堂的美丽建筑被洪水冲垮吞没。望着那几十个孩子也像岩鹰蛋、兔子、树木、老鼠一样在洪水里忽没忽现，奔腾起来，喧嚣起来。他们随澎湃的洪水撞倒了祠堂的雕梁画栋，撞碎了多边形的灰色瓦片，慌乱中抓着残破的雕像。他们汇成一条河，一个世纪，号呼而去。

七天七夜后黑风黑雨带着肆虐后的满足逶迤西去。肯寨的人们开始从山梁上走到盆地来收拾遇难者的尸骨。盆地变成一片酱红色的泥淖，在阳光下闪着迷人的光泽。学校或者祠堂只剩下几块被洪水冲翻出来的基石，基石上一些模糊的凹形字已无法辨认。有一个孩子的头颅被夹在两块长方体的基石中间，那个身子却被洪水扯断了与头颅间的联系冲向了不可知的远方，喉管如一段皱皮的空心树根，仍上上下下地摆动，头颅上毛发依旧，郁黑的颜色在酱红色的泥浆中非常醒目。眼球被水老鼠贪婪地啃掉了，只有两汪沉淀后的清水，每一个眼眶里有两三只碎米虾游弋。碎米虾在清水里感受阳光的热烈，月光的妩媚，感受世界的美好。一个出世不久的螃蟹沿着那段摆动的喉管爬至咽喉，用双螯从喉管里钳下一点什么吃了之后，就从那张因恐惧而张开的嘴里爬了出来，在鼻梁上晒晒太阳后又爬了进去。它以后的岁月里就总是回忆这段奇异的经历，有那样一个供自己寄托的软性洞穴，全用食物筑成，任它游玩，任它享乐。它在这个洞穴里迅速地成长，洞穴也因它的成长而扩大，偶或有泥鳅溜入喉管，便补充了活的食物。它把食物搭配起来吃，直到把整个头颅变成骨骼的迷宫。它以后的生命都用以寻找这奇迹，直到有人捕获它，经几次转手之后，被一家三星级酒店烹好，卖了八十块钱。当奉命谋杀父亲的东方玉如坐在雒洛城酒店的宴席上，一边高谈阔论一边投箸于螃蟹的螯上时，它的背壳就以一种磁质的声音自动碎裂了。他一边谈论战争、爱情、革命、宗教、主义、哲学，一边开始嚼食螃蟹。他不知道自己正在汲取来自自己兄弟头颅里的营养。

在那酱红色的沼泽里跋涉了三天后，人们收拾完了那些可以寻觅到的生命的残骸，无望地回到山梁上。

在太阳当顶的时候，人们忽然想起介来了。

枇杷娘在红叶树下突然向众人发问：介呢？介哪里去了？介哪里去了？！发生了这样可怕的事情，可是介到哪里去了呢？介真不是个男人啊？他独自逃走了！介真不是个男人啊！枇杷娘尖厉的声音搅动了黑风黑雨后凝重的空气，红叶树残剩的叶子开始簌簌呼吸起来。在人们窃窃私语地议论关于介关于灾难关于男人时，山梁上残剩的叶片和雨后初绽的花瓣轻轻抖动。它们的花粉激动起来，纷纷寻找欲望实践的对象。花蕊们愈发昂扬了。而肯寨的人们仍在议论介议论灾难，呼唤男人。

介三年前那个厚雪的冬天就走了。他说他永远也不回肯寨来了，这该死的充满着愚昧和野蛮的地方！这该诅咒一万遍、焚烧一万遍、死亡一万遍、毁灭一万遍的地方！他说这糟糕透顶有待进化的肯寨的人种要彻底地改造，他说他曾经满怀豪情、爱情，顽强地努力过，可是一个人的力量实在太单薄，一个人的精液所包含的人类文明总是不全面的、有欠缺的，甚至精液中所含的思想也是偏颇的。他说他必须离开肯寨。他要在自己还能让女人获得痛快淋漓的满足时离开肯寨。他说自己并不是害怕云根子无聊的威胁，尽管自己的情绪因为云根子老婆子宫的传闻受到了一点影响。他没有说他将去哪里。但是，介带走了一把黑晶晶的坚壳的榛子，走前对枇杷娘说：我会死在一片如花的原野，那时，你们就去那里播种收获吧。

三年里肯寨风调雨顺，五谷丰登，人们就把介的话忘了，把介忘了。直到现在灾难降临，直到枇杷娘在红叶树下猛然提起，人们才记起介来，不但记起他最后的预言，而且记起他的一切创举。

那时介在红叶树下发表演讲，神情像头人的祭祀一般庄重，介说，田里不能长牛毛针，那是对耕地极有害的东西，它们挥霍养料，储存病毒，就像人脸上的螨，皮肤上的癣或女人的阴道滴虫。于是，田里就不长牛毛针。介通过数次的嫁接和移植，从山洞里引来红花草籽，让它长在冬天的田野，在春天做绿色的肥料。冬季的田垄里不长水稻，就长红花草籽，它零星散地发芽，露出一些绿点，以后就蔓芜开来，发疯地生长，蓬蓬地高出田塍。它的茎蔓袅娜上升，每一根都脆嫩得呈现透明绿色，甚至里面像有水或血液在流动，茁壮而又性感，等它开始开出紫红色的碎花时，整个田垄富丽堂皇之至。春天来了，红花草籽就被犁倒在田里，让成长的死亡，让流动的息止，让辉煌的暗淡，让美丽的腐朽。这样，它成了肥料，成了秧苗的铺垫，成了水稻生长的号角，成了丰穗的预言。

介说，高脚麻秆稻产量不高，亩产只有两百多斤，易患病不抗倒伏不抗寒暑，要淘汰高脚麻秆稻，就像淘汰不生蛋的母鸡，不流奶的母牛和不长膘的猪一样。要种矮秆子禾，它抗倒伏抗寒暑抗病毒，季节要提前，每年要种两季，让两季的产量在同一的田垄里比赛，让它们（季节）之间有竞争的机会竞争的动力。于是田里就种了矮秆子稻，那叫矮脚青或者倒八春。介一边手托着矮秆子稻饱满的谷粒示众一边说，他正在寻找另外的更好的种子，一定有比黄豆更大的米粒，有比稗草更长的穗，同时，根下长出地瓜或者花生来。

肯寨的人都欢呼起来：是啊！米粒要比黄豆大，谷穗要比稗草长，根下长出地瓜来，长出花生来，长出地瓜来！长出花生来！

只有清醒的枇杷娘从欢呼的人群里冲出来，双手叉腰，杏眼圆睁，大声叫喊："什么？米粒要比黄豆大？谷穗要比稗草长？根下长出地瓜来？长出花生来？人头上长出角来？腋窝里长出翅膀来，巴掌上长出熊茸来，泉眼里流出奶水来，卵子上开出花朵来，肛门里屙出金银来，卵毛缠死虎，井里淹死鹿，全是好事情啊！"她立场坚定地反对。

但是后来介说要用机器来打谷的提议没有被枇杷娘否决。枇杷娘说如果确实能提高打谷的速度，我赞成。介为此带着云根子守着山麓下的一个冶炼炉和一个茅屋，叮叮当当地努力了两个多月，回来时用箩筐挑回一担的齿轮、滚珠、铁丝和各种零件，他花了三天工夫把它们装配起来，辊子上长满了牙齿。那辊子在力的作用下滚动，谷粒就会被打下来，禾把着了魔一样在辊子上哆嗦、颤抖。这一回，是年轻力壮的东方吉堂不相信，东方吉堂是肯寨的打禾神手。他可以飞快地舞动禾把，而每一把只需以他的力气在禾桶帮上抽两下一定会脱得干干净净，东方吉堂不愿意相信机器会赛过自己。介就当众表演，他踩动踏板，齿轮动、皮带动、辊子动，他割了禾把来示范，女人们抢先去割禾。直到打完十二亩田的稻子，打断了云根子的两根手指，东方吉堂才相信了，说机器真是了不起，机器真是了不起！他一定要拜介为师，他从此对介崇拜得五体投地。

介说女人在难产的时候，不应用一张渔网罩着念咒，而是要直接地用刀剖开女人的肚皮，把婴儿取出来就行。至于女人的肚皮，像缝衣服那样，用针线缝合，涂上点什么膏药就是了。介说把女人的肚皮剖开，这是一件很容易的事情。在雏洛城有些人就靠这样的技术谋生，而且能获得尊重。为了证实这些，介曾经置了一块门板，一把经常用浓酒煮过的锋利的菜刀。但是没有女人在临产的时候去试他那把菜刀。只有男人偶尔因臂膀或腿上的无名肿毒，无奈地伸开了四肢躺到门板上让介去折腾。介就用这把刀子刮疮疗毒……

干旱是在有一年的春天开始的，肯寨的人们以为魔鬼在惩罚他们了，从仲春二月十一到深秋九月七日整整一百九十一个日子，天空没有下一滴雨，云彩都极少见到，瓦被太阳晒裂了，正当中午时，坐在屋里的栗树木板凳上，可以听得见屋顶上的瓦喳喳裂开的声音。田垄里的禾苗被晒得焦干。云根子一不小心一个未吸尽的烟头，把禾苗点着了，几十亩良田直烧了两天两夜，各类残存的蟆虫以及蛙类被烧死，只有蝗虫逃进深深的丛林。人们问介，要他拿出一个妥当的办法来，介也没办法。东方吉堂就绝望得上吊。可是那根上吊的梁朽了，根本无法承受，东方吉堂脚下的凳子一蹬开，那梁就断了。东方吉堂哭了，哭得屋子轰轰地动。事后，他拣起那截断梁去找介。他说："介师傅啊！你说你懂得一种叫科学的符咒，你说过科学可以解决所有的问题，所有问题中当然包括了天旱。你一定要想出办法来，这世界怎么了……天气太热，我上吊就吊断了梁。"

介说我正在想办法。但是介的说法让人很难相信他，他每天都在一根发黄的竹子上刻几个他以为很有学问的刻度，根本不关心肯寨的生计。

那一年颗粒无收，到夏天时，人们还在观望，每天躲在屋檐下察看天色，任何方向出现一丝云彩都会给人们带来惊喜。人们采取各种各样的办法祈雨，烧掉了女人们的绣花鞋，烧掉了雨伞，总无效果。后来，他们选了七对鲜嫩的男女，由枇杷娘领着裸身于光天化日之下，在田垄中一个高高的草垛上公开交媾，肯寨的人们围着草垛歌舞，锣鼓喧天。处女血染红了黄色草垛，男人的粗重呼吸和女人的愉快呻吟与锣鼓的节奏同步。直忙得交媾祭祀者的精液和汗液都流尽，太阳依旧亮晃晃、热辣辣地照着，连眼都不眨一眨。到秋天时，人们觉得已用尽了自己的智慧，付出了极限的努力，然而末日注定到来，一切都无可避免无可挽回。他们放弃了祈雨的种种努力，开始寻找在继续天旱的情况下活下去的办法。他们节约粮食，节约用水。他们甚至干脆勇敢地放弃了耕地，把眼光转移到山上。他们把一天的粮食分作两天吃。他们把谷壳晒干，用石碓舂成细糠，然后熬粥，做粑粑吃。把从前倒在猪圈里的秕谷重新找出来，如法炮制。他们把洗了菜的水用来洗脸，然后洗手洗身子洗脚，再用来喂猪，又让猪尿洒在一个盛满沙的池子里再生。他们进山了，蛇或豹子、野猪并没有体会到天旱的艰辛，有幽林中的潺潺山泉，它们仍然活得滋润。它们欢呼人们的到来，以便让毒牙和利爪派上最伟大的用场，可是它们很快发现错了，无论是银环蛇的毒牙还是花皮豹的利爪，都无法与肯寨人匹敌。它们很快就闻到满山林都是同类的肉香味。它们只得逃亡，一直逃到同类的肉香味吹飘不到的地方。肯寨的人们到猎物销声匿迹后，便开始啃食那些走不动的植物。那些邪恶的有毒的植物留了下来，箭毒木、鸡血藤被留了下来，七叶花和刺桐、黑漆树被留了下来，而那些善良的有营养的植物便遭到一场远胜于蝗虫的洗劫。人们发现了土茯苓、铁茯苓，将它们从根吃到叶，发现尤拉树厚厚的皮，嚼起来满口生香，在尤拉树的根部，还常常可以找到未来得及转移的蚁卵或蜂蛹，那都是食物中的极品。有一天，一颗结满籽的马苋子树被发现，人们欣喜若狂。马苋子醉倒了所有的人，把他们醉成了酱紫色。三天后虽然他们都醒了，但留下了一个永远的梦游症患者。后来他们发现了甜味的红色石头和油腻的白色黏土，都是又充饥又有丰富营养的东西，好吃极了。可是这易得的天然食物出了问题，男人们吃了甜味的红色石头，精力特别旺盛，他们白天黑夜都在任何地方伺机攻击任何女人，无论在树林，还是屋内、猪圈旁。肯寨被拖入了欲望的苦海。女人们的开导、求饶与哭泣都无济于事。精通巫术的蓝寡妇说，那些石头全是浸透了鹿血的。因为鹿总是在那些石头上砥砺他们的角，甚至撞掉自己的旧角。枇杷娘说，一定还有另一种石头，让女人吃了后能够有充足的欲望对付疯狂攻击的男人。老天爷从来就是这么搭配着给予的，重要的是发现，她号召女人们挨住，每天跟着她上山。她们要尝遍所有的石头。她们甚至以坚强的意志把峭壁上的花岗石凿下来，把山涧里的鹅卵石捡回来，碾碎，弄成粉末吞服，其中有两个女人因为吃下的石头粉在肠肚中重新结成石头，死了。枇杷娘说，付出一些牺牲是必要的，要不，长此让男人们糟蹋下去，还不如一死。

介那时像个哲人一样面对灾难，自己一点也不受那些红石头和白黏土的诱惑，他将红石头混入饲料中喂兔子喂鸡，自己偷偷混在鸡笼里待些时日，然后得出结论：红色石头和白色黏土没有任何营养，它们只能让人们发情！他让东方吉堂去做这个试验。东方吉堂把一只吃了甜味红石头之后发情得十分厉害的公兔关在一个单独的笼子里，不让它与别的母兔接触，过了一晚，那只公兔便死了。他把那只死兔子提到介那里，介看了看，兔子的眼睛鼻子都流出血来，染红了白色兔毛，四足已疲软，而一对耳朵却坚挺着。介说，很快地，人也会跟兔子一样的。

"用科学啊！科学哪里去了？你带来的科学的符咒到哪里去了？"东方吉堂不断忧心如焚地催促介，并奋力一掷，把兔子重新掷进笼里。

"当然，我们要制造一个符咒。"介说。

"你不是说科学会解决一切吗？"东方吉堂说。

介说："那好吧，你和我一起做一次远行。我们去找水。"

自枇杷娘喊出介的名字，这个名字就像一个被遗忘的幽灵在肯寨复活了。人们看着那酱红色的沼泽上空颤动的水气，充分感觉到介的存在。三年里，人们无一例外地继承了介的遗产，使用着介所改造过的农具，但的确是把介遗忘了。介就像一个过路的巫师，他爽快地带给肯寨一些福祉，然后因为一点神秘的任务翩然隐去。枇杷娘喊过之后，接过东方吉堂递来的草蒲团，盘腿坐在草蒲团上，开始与肯寨的人们商量对付这次灾难的办法，并检讨灾前的疏忽。

当初枇杷娘是极力赞成修建一座水库的，为此，她净了身去找介想办法。她认真地用皂角树叶子煮了一鼎水，用一个宽宽的木盆盛了，细细地搓洗干净自己的身子，然后沉着地走进介的门去，剥光自己的衣服，躺在介的床上，展开自己的身子。那会儿介依然在一根竹子上刻那些长短不一的刻度。

介头也不抬地说，我知道你会来的。

枇杷娘说，你不知道我会来的。

介又说，我知道你会来的。

枇杷娘说，你不知道我会来的。

介抚摸枇杷娘的时候，枇杷娘说，你要为肯寨找到水！

介说，我已经想好了，明天就带东方吉堂出去找水。

介并不急于进入。他不放过每一个细节，让她的欲望洪水般地上涨。介一边抚摸一边与枇杷娘谈找水的事情，他在她的身体上找到山川与盆地，他在她的身体上比画着什么样的山棱可能有水源，什么样的岩石下可能有隐河——他的手停留在枇杷娘的生殖部位……枇杷娘说，当然，我就是看中你知道什么样的地方会有隐河。这么说着说着，枇杷娘的每一根头发开始膨胀，牙齿也切切地咬起来，咬介的下巴，咬介的胸脯，咬介的膀子、嘴唇，也咬自己的手。当枇杷娘开始猎狗一般喘着粗气叫唤时，介说，我想我已经找到隐河了——很快，我就会找到水了。枇杷娘说，你已经找到水了！

东方吉堂揣着人形的何首乌来找介，介与枇杷娘的事刚刚完。枇杷娘一边穿衣服一边反复地向介叮嘱：找水就是你的事情了！后来东方吉堂一再肯定，没有人形的何首乌，就没有一堵大山般的堤坝，一个湖蓝色的水库。不管介与枇杷娘是不是同意，东方吉堂熟络地在介的床上坐下来，然后兴致勃勃地讲述他头天挖掘何首乌的传奇经历：他首先是发现一个鸡蛋般大小的蛇卵，他正准备去捡，那卵居然在动，这真是奇迹。他俯身细看，发现一个黑色的头咬破了壳，接着，一条小蛇从壳中溜了出来，他决定捕获这条小蛇。当他跟踪到一株何首乌前时，小蛇倏忽间不见了踪影。何首乌的藤蔓紧贴着长满青苔的石壁。他想，小蛇不见了。何首乌也不错，于是他开始挖掘，水成岩混合着硅石砂土，挖得十分艰难，挖到七尺深的时候，一个黑色小人蹦了出来，这就是人形的何首乌！东方吉堂把它献给了介。他守着介蒸吃了那人形的何首乌。之后，介就想出了对付旱魔的卓越主意。介和东方吉堂一起走到寨西面那棵因缺水而落了七成叶子的油桐树下。介望着天空说：缺水，是的。天旱的本质就是缺水，而我们却在盼望下雨，盼望云彩。我们祈雨，我们只是希望现象而忘了本质，我们走进了思维的误区，而且长久地不能自拔。假如我们有了足够的水来灌溉，让庄稼得到滋润。那么没有雨水和云彩又算得了什么呢?

介与东方吉堂是在一个黄昏出发的。介领着东方吉堂,带着铁圈符,蛇药以及夏水藤糍粑走入了莽林。后来据菩垣子地方政府的农业技术员考证,那是第四纪冰川后的原始次生林。尚有很多未被人所认识的动物和植物,但是他们断言:水火鸟是不会有的,企鹅也是不会有的。可能有好吃鳄鱼蛋的巨蜥。但鳄鱼是不会有的。如果有蜂鸟,它们会常遭土蜂的袭击。介与东方吉堂走在这样的林莽里,走过七十一座山峰。介并不懂得动物或植物。只要没有水,他便一无所获。幸而他们发现了三股水源,其中两股是岩洞里的暗河。他们把水源标记在地图上。介然后测量、计算。他们带领肯寨的人们把暗河里的水堵了出来,然后修筑渠道,把水引到一个汇合处,修起了水库。水库建成的那一天,肯寨举行了一个盛大的蓄水仪式,在冬天,隐河的水还带着地下的热气,更加增添了肯寨的欢乐。介在那道长长的堤坝上发表演讲,介说旱魔早已被征服,那不落的太阳只会是痛苦的回忆了。介说这话的时候,面有得色。他似乎并没有预感到有一天堤坝会垮掉,因为他准确的测量和精到的计算直到堤坝垮了很久很久以后仍不是错误的。

介已走了,三年前,他就先知先觉地走了!

枇杷娘带领着人们开始沿着渠道考察。他们像是在打量一道自己划成的符咒,而这符咒招来的灾难却应在了自己身上。

水库干了,山陵与山陵间变成一片有起有伏的灰黑色沼泽,与盆地的酱红色形成对比,像两尾各自游离的阴阳鱼。沼泽中的游鱼已无法成长,不得已而腐烂掉自己的身体,发出熏人的臭气。泥鳅鳝鱼的子孙则迅速繁衍起来,蚊子也迅速地增多。传说水库中有一个巨大的甲鱼,现在却不知去向。

七十天以后,远处的人沿着水流痕迹,把几具尸体送到了肯寨,他们甚至还带了一些旧衣服和玉米来安慰肯寨,他们为死于水灾的孩子而深深地哀伤,他们觉得自己的善举会让肯寨的人们深深感激。枇杷娘不露声色地留他们吃了饭,然后对他们说:"善良的人,那不是我们的孩子。你们弄错了,我们的孩子都好好的,你们既然如此善良,请沿着水所流过的痕迹继续找主儿吧。"那些送尸体的人惊讶极了。但是枇杷娘向他们重复了一遍又一遍。这种重复将他们从怀疑击退到将信将疑。他们只好继续上路，循着水痕，走过水库的沼泽，走过倾坍的山，走过长长的环山渠道。在无路可走时，他们只好将已经发臭的尸体抛入了暗河，那些尸体在暗河的水流中且走且停，肉被发黑的鱼啃光，而骨骼却在若干年后与其他的骨骼团聚了。

肯寨的女人对枇杷娘的拒绝一直困惑不解。她们在黑夜里围着自己的桐油灯哭泣。她们在红叶树下围着枇杷娘吵嚷："那怎么会不是我们的孩子？"

枇杷娘说："那当然不是我们的孩子！"

有女人说："可是我清楚地记得他右耳后面的那颗痦子啊！"

枇杷娘说："记得痦子也不是我们的孩子！"

女人说："你蛮不讲理！"

枇杷娘说："这就是理！"

介已逃遁，枇杷娘要发现真理，否则，就无以拯救肯寨。她看见哀伤和绝望像传染病一样在肯寨流行。哀伤是一片泥淖，绝望是一个深渊。肯寨已被击垮了，它在呻吟，在喘息，在溃烂。枇杷娘决计拯救肯寨，她觉得义不容辞，可是她觉得以往的秩序已被打乱，她必须重新发现真理！

她在水库沼泽的边缘走啊走，蚊蝇们肆虐地追赶她、调戏她、攻击她，甚至叮在她的额头上吸血，叮在她的红唇上吸血。她只是走，她走了很久很久，总是回到原地。她开始还怀疑那是不是原地。第二天她先在原地打了一个深深的柘树木桩，得到了证实。她坐在柘树木桩上看太阳西沉，沼泽上浮，紫雾出洞。她身上叮了八千五百四十七只蚊子。在太阳敛去最后一线光芒，沼泽出现一些无形状的影子，地籁在脚底嗡鸣时，她得出结论，原来这哪是什么水库？这是介精心测量画成的一道符咒，我怎么也没走出他奇怪的符圈。

枇杷娘回到寨子里，她忽然在寨子的每一个地方看见介，她开门时，那门轴吱呀地一声响，提醒那门轴就是介发明的，它在代表介发言。

枇杷娘自言自语地说："要发现真理，必须杀死他！"

"杀死谁？"东方吉堂说。

"杀死介。"

"杀死介？"东方吉堂惊惶不已。

"杀死介，清理他所创造的垃圾！"枇杷娘斩钉截铁地说。

红叶树残余的树叶簌簌作响。

第二章

他们决定杀死我，介说。

介坐在书房精巧的合金人字梯上翻阅图书，翻过一本，他的目光落在一个在书架上很有风度地行走的蜘蛛上，这个铜钱大的长脚花蜘蛛在指引着介。介找到一本夹有红绸带的布面精装书，任意打开一页。介在这页书上看到这句话。介怀疑这并不是一本预言书，这只不过是一个老而又老的侦探故事，它已经没有任何的文学价值了。介合上书把它塞回书架，可是介在一本压膜书上也看到这句话，在另一本异体三十二开本的书中又看到这句话。于是，介无可奈何地走下人字梯。书架是父亲的，上面满是关于时装与人体的书籍，不应该到处都有这句话。介走出门去。屋外彩霞满天，一边出太阳一边下雨，据说有虹出来，起于东山的塔上而达于沫水桥下。许多人站在楼顶平台上、屋脊上看尚未出现的虹。

介到处都听到他们议论着这个消息：要杀死介呢！但是介的出现并未引起任何人的注意，人们并不认识介。

一连数天，雒洛城的人们都说有七彩的虹要出来。雒洛城的人们都在等待，虹终于没有出来，可是人们仍然在平台议论关于要杀死介的消息。报纸上的意见已渐渐地趋向一致，介的死是确定无疑的了。各类报纸已不再因为刊登关于介的新闻而再增加销量，关于介的死刑差不多变成了老生常谈。只是律师、法官、政府首长，老年人协会、医生以及那些乐于发表政见的影星歌星对以什么名义处死而产生了分歧。他们在报纸上重新展开了激烈的争论，法官们觉得任何处死都应以法律的名义，律师和政府首长都觉得目下的法律有疏忽，按法律条例，哪一条也不适合用刑于介，争论就会回到原来的地方：介到底是不是该杀？基于此，他们认为应以道德的名义处死介，医生和那些研究员们认为以科学的名义处死介最为恰当，因为介败坏科学，颠倒了科学与人的关系，把人当作了手段而将科学作为目的。歌星们提出了这样的最佳方案：在剧场前排给介一个固定的座位，然后她们将介的事迹编成摇滚乐，她们相信她们高频率的嗓子及高分贝的架子鼓会让介丧失哪怕是多活一分钟的勇气。导演则建议介去当一回西部片主角，在最后的决斗里给介一颗真子弹，或者干脆是嗒嗒一梭子。介一死一切就恢复了正常，以什么的名义也就无所谓了。

在早晨的公园里，人们早操后就在草坪上展开关于如何处死介的争论。雒洛城的人因介而分成了许多派别，这些派别充满宗教的味道。他们谁也不肯让步，无休止地争论下去，介开始听着他们的争论还热汗淋漓，后来渐渐地天就凉了，每下过一场雨，介要多穿一件合适的衣服，在争论开始时便发芽的树叶黄了，落了，接着又下了一场大雪。路边的苦楝树冻断了光秃秃的枝桠，人们的争论从公园的草地搬到了火炉边。于是有人猜测，这争论在年关前是不会完结的了。

雒洛城法院贴在解剖室门上的封条早已被风雨侵蚀，洗掉了，那些墨水不甘心地透进漆里，以保留一些象征性的痕迹。介耳贴冰凉的墙谛听解剖室里的动静。介听到一些混杂不清的声音，冰雪把处死的争论冻结了，人们一心忙着年事。介决定重新开始解剖父亲。午夜里城市被雪映得莹白，介穿着到膝的长靴咔嚓咔嚓走过街道。那些巡更的警察穿着大衣，把毛帽子上的耳罩放下来，把大衣上的毛领子竖起来，他们看见介鬼鬼祟祟地在路上走，却没有谁来干涉。

大雪将解剖室的门埋了一尺来深。介打开解剖室的门，锁上的锈纷纷落下来，封条的残渣余孽也成粉末落下来。介推门时，门被冻住了。介猛力踢了一脚，门楣上的灰尘就像过往的争论一样落在介的头上、身上。门开了，介闻到一股强烈的福尔马林的气味。这久违的气味令介心旷神怡。那些坩埚、蒸发皿、烧瓶、试管、石棉网、离心分离器都向介问好，发出一些叮当的响声，量筒在桌面上跳舞，镊子与手术刀嘈嘈切切。介走到那个巨大的玻璃缸前。一些凝结的细小血粒在福尔马林溶液里作布朗运动。天气太冷，溶液里有冰碴，父亲仍安详地躺在溶液里，一如他舒坦地躺在浴缸中的样子，他那双剥了皮的手露出河流一样的筋，露出化石一样的骨节，二头肌、三头肌牵在一些白色的韧带上。介觉得溶液中的冰碴会妨碍工作，便找到一些酒精，将四十九盏酒精灯全部点燃，围着玻璃缸烘烤。冰碴开始熔化，发出晶体开裂的细微声音。浅蓝色的灯焰映在父亲的脸上、脖子上、肝上、大腿上，福尔马林溶液中的蓝色灯影温柔地跳荡。父亲容光焕发，脸上是一个常见的笑靥。

介坐在蓝色的光焰里开始与父亲对话。

父亲说："你很长时间没来工作了，你对这事是不是厌烦了？"

介说："没有。"

父亲说："那是为什么？"

介说："你那天没看见他们把我抓走了吗？"

父亲说："我看见了，他们大声地吵嚷，他们夺下你的手术刀，他们使我不得安宁。我很讨厌他们，他们还扬言要倒掉福尔马林，当时我真害怕。因为那样我会腐烂的。后来他们把你架走了。"

父亲说话的时候，玻璃缸中的福尔马林荡漾起青铜喷水震盆一样的水花。

介说："后来，他们就开始讨论我的罪行。"

父亲说："罪行？我不是有遗嘱吗？你怎么会有罪行？"

介说："他们判我有罪，他们认为应该杀掉我，现在，他们在讨论处死我的名义。外面在下雪，看来得拖到明年才会有结论了，所以，我又来了。"

父亲说："那就别理他们，继续吧。"

介说："当然。我们的工作才开了个头呢。"

于是介重新开始工作。

介摊开纱布，在纱布上放了几块玻璃皿。介戴上皮手套，操起手术刀和镊子。

福尔马林溶液里映出介的脸。

介的脸上露出弑父的快慰。

这真是一个神话，一个不可多得的神话。当介在无处逃遁的林莽把自己的故事说给那位被遗弃的将军听时。将军说，我要是掌握了权力，我一定会支持你这样做。我会下一道公文，任命你当我的科学局局长。我要财政方面拨给你一大笔钱，让你从事你的研究。将军总是喜欢设计自己掌握了权力后的情境——当然，他不可能再掌握权力了，他的合伙人早就掌握了权力。

每当这种时候，介就摇摇头："要是你掌握了权力当然好，可是你掌握不了权力的。一旦掌握了权力你就不会纵容我干这种事情，因为那样你会得罪你的人民，而他们会颠覆你的权力！"

在大林莽里，将军叙说自己参加各种战争的故事，而介则叙说自己解剖父亲的故事，他们偶尔还互相攻击，说对方的残忍，但是更多的时候，他们用这些故事把自己与人类社会联系在一起。当介与将军共同拥抱着一树茶花，吸吮花蜜的时候，介就会想念起雒洛城的那个春天……那个春天没有枇杷娘，没有肯寨，也没有将军。那个春天里只有花朵、风筝、绿叶、阳光、暖风。那是一个万物生长、春情勃发的季节。介七岁，介在那个春天里忧郁。忧郁成急性黄疸肝炎。他去看了医生。他被那一个纯白的世界吓着了：白墙、白床单、白药片、白大褂、白口罩、白帽子、白鞋子、白眼睛、白脸孔、白头发，他反复咀嚼一个词：白。介陷入了一种童稚的虚无。出院后他用惊恐不安的眼睛问父亲：我是从哪里来的？

父亲笑笑，父亲磕去烟锅里的烟灰。无所谓地告诉他，你是从海滩上拣来的。介又问，从哪片海滩？父亲说，就是那片如今堆满砺壳的海滩。第二天介逃学了。他去找那片堆满砺壳的海滩。他把一堆堆砺壳扒开了。这工作他足足干了三个月零十二天。他什么也没看到。只看到横行的小螃蟹、跳动的昆虫和一条小蛇。他坚决地否定了父亲的谎言。父亲又说，你原本是一条刚长毛的小狗，由于给你喂了牛奶，你的腿就开始直立起来，长成现在的样子。介就如法炮制，去抱了一只刚出生的小狗。可是他直喂到第二年春天，小狗也只是长成了大狗，后来咬断绳子失踪了。他又一次坚决地否定了父亲的谎言。父亲不得已而把自己所知道的关于人类生命的全部奥秘告诉了他。那时介八岁。父亲告诉他，男人和女人性交，男人将精液喷入女人的子宫，女人的子宫中产生卵子，男人的精液中有精子，精子与卵子结合，就会产生小人儿。小人儿在子宫中直发育成婴儿的样子，便诞生出来，准确地说，你是从你母亲的子宫中来的。有着时装大师盛誉的父亲指着那些未着时装的石膏模特儿解说……这个……从这儿到这儿……介补充问道，或者，我是从你的身体里抽出来的？父亲点了点头。介又说，你们像撒尿一样地制造我？父亲想了老半天，点头承认了。介转身走出家门，一口气爬上雒洛城最高的山顶，蹲在一棵树的光枝桠上，居高临下俯瞰着城市，鄙视着那些熙熙攘攘的人群：哼！父母很费周折地在山顶上找到介的时候，介已不敢再正视母亲。他以后的数天里坐卧不安，每当自己看到父亲或母亲，便抬不起头来，他无法容忍这两个人出现在他的面前。我来自他们的阴部，父亲像撒尿那样把我射给母亲，而母亲也差不多以同样的方式生产了我。介想，这真是无耻的事情！还有什么比这更无耻的事情呢？难道他们不可以什么别样的方式诞生我，比如说跳跳舞。母亲为什么不把我从嘴里吐出来呢？介沉默了许久后向父亲提出一个要求，他要观察父亲和母亲制造他的整个工艺流程。介说，我想知道你们俩怎么就会变成一个工厂。你疯了？父亲恼羞成怒，狠狠地抽了介一巴掌。介没哭。介说，你不讲道理，你们可以随心所欲地把我制造出来，却不愿让我知道制造的过程。父亲为介的镇定而感到诧异无比。他那只抽过介的手开始感到发痛发麻。过了三天后，父亲答应介说，他先去做做介的母亲的工作，当然是尽力说服她。介的母亲怎么也不同意，她觉得这过于荒诞不经了。以至每当她的眼光碰到介，就惊恐万状地避开，而且立即满脸通红，自然是被窥破了某种隐私。过了一个半月，父亲告诉介，好不容易，你母亲的工作终于被我做通了，可是，我们要选择一个春风沉醉、月光妩媚、花香四溢的美好的晚上。那当然好，介表示理解。

　　这样的晚上终于到来了——介直到成为一个硕士，又因关于解剖父亲的纷争逃离城市去到肯寨，度过了他的青年和壮年时代，创造了令肯寨人瞠目结舌的奇迹，而后又逃到仅有被遗弃的将军的亚热带原始林莽，介都没有忘记这个激动人心的晚上，马路上的车辆奏着动人的音乐，失恋的小伙子在没有女人的窗下唱着罗曼抒情的小夜曲，春风沉醉、月光妩媚、花香四溢，屋内的灯是橘黄色的。床单粉红，有血色牡丹或红玫瑰或芍药花的图案，介坐在床边的一条矮凳上，视线刚好超出床单二十四厘米，枕头也是粉红色的。父亲引母亲进来了，父亲像牵着他的时装模特儿出来谢幕那样，庄重而自然。母亲低垂着头，披一件薄如蝉翼的丝质睡袍。父亲什么话也没说，父亲早就交代过，那是一种你从未经历过的氛围，你不要说任何话，你只是在一旁观察和感受，感受那酝酿生命的气氛和情绪，以揭开你对自身的不解之谜。父亲轻轻揭掉母亲身上的睡袍，介看见母亲的身体朝腹线抽缩了一下，又慢慢地舒展开了。母亲的身体完全地裸露在他的眼前，母亲镇静了，微微扬起头，骄傲地微笑着，眼睛看着父亲，母亲身上所有的细胞仿佛都在说，孩子，看吧，这就是创造你的一切。介忽然跑过去用颤抖的双手紧紧搂住母亲的膝弯，把脸紧贴着母亲的大腿，抬起头来，仰望着一切。一种类乎奶糖的芳香在整个屋子里弥漫开来。介想，这真是一种奇怪的味道！母亲乳房所投下的淡淡暗影，竟如月亮下的云朵。所有的羞耻荡然无存。介迟疑地望着母亲的阴部。除了卷曲的毛，创口一般的裂痕，介什么也看不见。介相信那裂痕是因为自己的诞生而留下的，那是一道回到从前的门，它留下来就是因为介要是厌倦了城市他还要回去。父亲轻轻地拉开介的小手，让母亲躺倒在粉红色的床单上，父亲开始抚摸和亲吻母亲。他看见他们渐渐激动起来，父亲的大腿上冒出浓密细小的汗珠。母亲气喘吁吁。他看见父亲有一种药杵一样的器具捣进裂痕里，他们的腿最后像死前的青蛙一样抽动。八岁的介觉得这不像是制造自己的过程，更像是某种行刑的仪式。

一切结束后，大家走出卧室，父亲说："你所要求的，我都满足了你。"

介用自己的小手像一个大人那样握了一下父亲的手。

父亲说："你见过别的孩子所未见过的重要仪式。你一定会超凡的优秀。没有父母会这样告诉孩子一切的。你还有什么要求吗？"

介默默不语。

父亲说："这样吧，我死了以后，交给你解剖，让你在显微镜下审查我的每一个蛋白细胞。也许，你能发现我告诉你以外的很多东西。"

介记住了这句话。介为此曾打破了差不多十几只石膏模特，他想看看那些人形的东西有着什么样本质的内容。但是他一无所获。他捧着那些碎石膏想查找一点生命的痕迹，常常出神半天。时装大师知道后，并不惋惜那些模特。他告诉介说，我给你从医学院里弄一个来。不久时装大师果然为介弄来了一个五脏俱全的石膏模特。八岁的介就有了一个大玩偶。从此介常常与那些可以随取随放的肠肝肚肺打交道。他很迷恋这一切。他带领他的同龄人来参观，给他们认真地讲解肢体的功能、肠肝肚肺的功能。在这些讲解里他能获得比游戏更大的快感。十四年以后，他提醒父亲立了正式的遗嘱。那是为了避免官方找麻烦而签订的。可是，官方对遗嘱和合同都忍无可忍。父亲是在壮年去世的。那一天，没有任何迹象表明父亲会死去，父亲却死去了。那年流行性感冒风靡了整个雏洛城，连广播电台也喷嚏不断，猫和狗一样不断地揩鼻涕。那年老鼠猖獗至极，多次成群结队围攻市府大楼，咬伤了行政长官夫人的表妹，咬伤了行政长官办公室的秘书，况且秘书并没有在床上与行政长官夫人的表妹调情，据证实他们虽在同一个房间却是在不同的时间被不同的老鼠咬伤的。老鼠还在行政长官的电话里做过窝，在行政长官的情妇——那位虽有少许狐臭却倾国倾城、仪态万方、娇艳无比的地方戏年轻女演员的腋毛中生过一窝崽。老鼠还时常咬断行政长官的专线电话，咬断火警、盗警及救急电话，咬破自来水管，但是这一切都不预示父亲的死。父亲的死与这一切无关，父亲既没染上流行性感冒，也没有染上鼠疫或霍乱或出血热，没有任何老鼠咬过他，他倒是剥吃了很多老鼠。因为政府号召大家那样做。政府在报纸上、电视上做了大量的宣传，认为吃鼠肉有益健康，可以增强免疫力。鼠肉是高蛋白食物且含多种抗生素，政府提出了这样的口号：动员起来，大吃老鼠，为公灭害，为己进补。鼠咬百物，人吃鼠肉，如此循环，各有所获。

　　父亲是政府号召的积极响应者。那一年，官方报纸宣称：人平均产值较上年有大幅度增长。人们纷纷猜测，这一定跟鼠肉上市和鼠肉干和鼠肉罐头出口有关。官方的报纸还宣称：当年人口死亡数比上年下降了千分之三。可是这千分之三却没有把父亲降掉，他还是死了。父亲是雏洛城名噪一时的时装设计师，他的工作室里用各种各样的钉子和衣钩挂满了各种各样的时装。介那时已经是一位有硕士学位的外科大夫，他第一次穿着白大褂走进父亲的工作室，正要与父亲谈一谈关于未来解剖的事情。他来不及叫一声父亲，他看到父亲的后脑勺撞在挂衣服的钉子上。父亲被挂在墙上，像博物馆展厅的一件标本。介情不自禁地兴奋了一下，他想，我的工作就要开始了。介为此发了一个讣告，开了一个隆重的追悼会。追悼会就是在父亲的那间工作室开的。父亲死因不详，看他的架势，好像是在向人比画时装。介并没有把父亲从墙上那挂衣服的钉子上取下来。差不多雒洛城所有的模特队都自动来吊唁父亲，她们说，我们这个时代最伟大的时装设计师去世了，季节将因为他的去世而失色不少。也有女人恸哭不已，她说自己是为那些时装而活着的，现在她感到生活已经失去了意义。介的母亲见那么多的女人前来吊唁，心中不是滋味。介让人们把挽联写在满墙的时装上，把那些伤心的眼泪揩在满墙的时装上。

开完追悼会后，人们没有看到介将父亲的尸体送往火葬场。介去一家玻璃厂赶制了一个合适的玻璃缸，介将父亲置于玻璃缸中，并用福尔马林盖住了他的身体。街上仍然老鼠横行，但它们不敢轻易往介的解剖室走，介的解剖室的门侧放了十几只剖开的老鼠。茶余饭后，城市的人们需要谈资，于是他们把这消息当作新闻传开了：听说介的父亲没有被送到殡仪馆去呢！那是怎么回事？要土埋么？有金丝楠木棺材么？呀呀呀！要土葬呢？这些传说越来越编得伤害介：说是他把他的父亲浸起来，要解剖呢！他一刀把父亲的鸡巴割了。哪是浸在什么福尔马林溶液里？根本是介把父亲腌在缸子里了，准备吃人肉呢！呀呀呀！呀呀呀！什么都吃过了，就是没吃过人肉，那一定很好吃！那一定很好吃！雒洛城晚报一位记者听了这种传闻，义愤填膺地写了一篇文章，说市民们已无聊到如此程度，是可忍，孰不可忍。他呼吁市民们或者多干工作，或者找找其他的娱乐，他一针见血地指出这是可耻可悲的现象，但是他的文章不仅不能遏制谣传，反而起了推波助澜的作用，这样一来，那些不信的或将信将疑的人们也信了，他们说，看来这一定是真的了。要不然，晚报为什么出来辟谣呢？报纸——那是一定要反着看的！人们甚至推测，介可能腌了父亲去出口创外汇呢！

舆论或传闻或谣言并没有影响介的工作，介没在意这些谣言，只有当后来谣言传到了政府、法院，那些都认为自己真理在握的政府首长、律师、医生、研究员及影星歌星们不得不分别以自己的权力、良心、道德出面干涉，以至几乎引起雒洛城的轩然大波时，介才感到了谣言对自己的妨害。介想，我有遗嘱，我不怕。他是我的父亲，他不是别的什么人。介开始对那些来找他的人说，我没空，我要去做很重要的工作。他说完，看都不看来人一眼就走了。后来他走的时候，那些来找他的政府官员便拽住他的袖子，说，对，你没空，你要去腌制你的父亲，可那正是我们要禁止你做的。介说，腌制？你们说腌制？像做菜那样？不，是解剖，解剖是科学。政府官员说，有什么两样呢？让我们来讨论本质或事实吧，我们且不咬文嚼字，本质或事实上是什么呢？你用一把锋利的刀像剥兔子那样，像剖鱼那样，一点一点地把你的父亲割碎，剥他的皮，切他的肉，抽他的筋，我们且不管你出于什么动机和目的吧，这行为正是我们所要禁止的。介说，那是我的父亲。政府官员说，他是我们的市民呢！介逃出城市以后，曾经征服了肯寨，可他至死也没有找到一种可以与政府官员争辩的坚强逻辑。

找他的人越来越多了，他们既没有宣布软禁他，也没有宣布拘留收审他，但是他实际上失去了自由。推销刀子的甚至也找上门来：付钱吧，我知道你用得着。在介被围困的期间里，雉洛城行政长官的小舅子做了一桩别出心裁的生意，他把介的解剖室外的草坪和栏杆廉价租了下来，利用本市这重大的新闻，开始兜售门票，让人们从窗外看到那个比一般浴缸还大的玻璃缸，看传说中正在被儿子腌制的那个父亲。一时间解剖室外挤满了人，挤掉了帽子鞋子，踩坏了脚。门票供不应求，于是又出现了黑市，黑市的票价居然高出原价二十多倍。有人收集各种新闻和照片，准备出版一本《腌人集》。另外有人建议，出书？还不如办个展览呢！展览？关于腌人的图片展览？这是极不妥的！那么就干脆叫作波普艺术展吧。反正是说了很久，波普艺术没搞成，书也没出成，原因不是雉洛城当局的禁绝，而是利润分成问题。行政长官的小舅子对那个编书的人说，那些图片其实都是他的专利，是他发现可以利用腌人的谣传挣钱的，这是一件关于谣言的专利。有一天，介终于忍无可忍地冲到解剖室，端起泡沫灭火器赶走了那些参观的人和行政长官的小舅子一伙。他冲进解剖室，首先想找点什么把父亲遮掩起来，但是他什么也没找到，就有人把他拖出去了。好在门票的喜剧也就此收场，雉洛城当局在解剖室的门上贴了封条。

介最后一次完整地叙述自己解剖父亲的故事的时候，已经离雉洛城十分遥远，离法律和道德十分遥远。介在如花的原野，远离手术刀，就像将军远离战争与权柄一样。所以介也像将军谈论战争一样谈论自己的解剖。

介后来重新操起了手术刀，那时冰雪冻封了舆论，介又得以静心地研究父亲的肌体了。介从解剖中得出结论：我们不是一直寻找长生妙药吗？没有妙药，妙药就是我们的繁殖。福尔马林中的冰碴已彻底熔化，那些小血粒的活动频率明显地加快了，介的手伸进福尔马林溶液里。父亲闭上了他的眼睛。介想，父亲的思绪一定是沉到了无底的深渊，那张脸安详得如罗布泊湖底的石头。介开始了手术，介把手按在父亲的胸大肌上，那胸大肌仍然有弹性有力气。母亲在她的青春岁月里能经常地随心所欲地靠在这样结实美妙的胸膛上，这是她的荣誉，是她的骄傲。而今，我便是要切开这个胸膛，看看他是如何感觉这一切的。在介的手术刀接触父亲胸肌的那一瞬间，介看见父亲所有的汗腺冒出了细细的气泡，像在石墨电极上电解水那样。介怀疑那是错觉，可是紧接着介闻到满屋子漫开茶花的香味，这香味能给人以亢奋中的清醒。介想，这便是父亲良好的合作态度、忠实的合作行动，介的刀果断地切下去，介听到一种坚韧的皮肤被利刀所割开的那种平常而又极具魅力的声音。利刃所及，父亲的胸肌展示出它丰富的层面，父亲的皮比介想象中的要薄得多。那肌肉的层面上露出那些被切断的肌纤维（几十年后，肯寨的水库上发生了摧毁肯寨的灾难，塌山后的土壤及油页岩层的肌理与父亲的胸大肌相差无几，可是介却没有看到）。介剥开那些无关紧要的油膜，就像上帝从混沌世界发现地球一样，介看见了父亲暗红色的心脏，像一颗硕大的甜透的水蜜桃。介紧盯着那些静止的血脉，血脉已由浅蓝色变成了白色。介很快地切断那些脉管，把父亲的心脏割下来放在玻璃皿中。介弄了一点血管的切片放在显微镜下，他看见一些石头样的结晶和树根一样盘根错节的东西。父亲的心脏在荧光灯下，闪出神秘的光泽，这光泽能照出介的影子，当介又一次把手伸进福尔马林溶液中切割肝片时，身后出现一种鼠行的声响。介返过头来时，大吃一惊，那心脏连同玻璃皿已不知去向。介只得放下手术刀，四处寻找。介寻到门外，没有任何痕迹，而老鼠或者猫或者别的一切对心脏有兴趣的东西都有可能窃劫。

　　以后的许多个日子介就用来寻找父亲的心脏。介白天黑夜地寻找，这工作是孤独的，介不敢去向雒洛城警察当局报告。有一天夜里介曾写好一张关于父亲心脏的遗失启事，但走到门口还是没有贴出去。介也不敢向别的人打听：你们有没有看见一个心脏呢？暗红色的，闪着神秘的光泽。可街市上的人们似乎都识破了介的秘密，碰上介的人都十分体贴地说：找吧找吧，认认真真找找，怎么会丢呢？老鼠也不去那地方。介也于是说：对，找找，找找，总应该要找到的。但介却总是找不到。介失望了，介知道，等到冰雪重新溶化后，那处死的结论也就解冻了，介可能完不成他的工作。

冰雪果然停了，接着便出太阳，整个城市银灿灿耀眼，瓦檐下长长的闪光的冰穗滴下了水珠。冰雪开始溶化。政府官员和律师、法官们像从一个长长的冬眠里醒过来一样，突然想起头年里还有一个人该处死，可是他们并没有执行，而让那人继续在腌制他的父亲。他们的意见在春天里统一起来了，不管是以什么名义，反正是该处死介了。他们现在选择处死介的地方和方式，他们一致决定用那种传统的方式：绞杀介。有人建议在市府大楼前的广场上竖起绞架，但是遭到了所有行政人员的反对，他们说，那是政府的，只有政府官员才有资格享受——那么，依此类推，审判厅是法官和律师们享受的，而影剧院是影星歌星们享受的。结果介连享受屠宰场的资格都没有，因为那是给屠夫的。经反复的选择，他们在一个二千多年前的诸侯王的陵园里面竖起了绞架。工人们竖绞架的时候，介正在陵园里散步。他们招呼介顺便过去帮帮忙，介就去了。那竖杆是用深红色栗木做的，横梁是用合金做的。广播里大力宣传介的罪行。当局派了很多的警察去解剖室等候。他们立志要在解剖室里抓到介。而介却在大街上毫无准备地晃来晃去，并没有人来抓介。最后他们怀疑介也躲在父亲的福尔马林溶液中，他们用一个微型液体泵把玻璃缸中的福尔马林溶液抽干。可是他们仍然没有找到介。福尔马林一抽干，过了不到一个星期，父亲的肉体就开始发臭，满城市飘荡着父亲的尸臭味，那些准备抓介的警察们都捂上了大白口罩，老鼠们惊悸了，它们咬破了钢筋混凝土的预制板，咬破了锈蚀的铁皮桶，不分男女老幼，一律地鱼贯而出，它们慌慌张张地穿越街道，横过马路，迎着变幻莫测的霓虹灯，甚至面对滚滚而来的汽车也迎了上去。一些老鼠就这样被车轮辗得粉身碎骨，血浆溅飞在平坦的水泥、沥青路面上。但是它们为父亲浓烈的尸臭味所驱赶，不能不跑，三天内，雒洛城的老鼠跑光了，而父亲的尸臭味越来越浓了。

市民们说，那些丰衣足食的人又要什么新鲜把戏了。

一天中午介再次来到父亲的时装工作室，他看见父亲的心脏赫然挂在那颗挂衣服的钉子上，悬挂它的是一根纤长的血管。用手一摸，这心脏已经石化，花岗岩一般坚硬，闪着一种奇异的光泽。

介悲喜交集，决定携了这石化的心脏逃跑。

第三章

　　逃到哪里去呢？介一定是逃回了他的雒洛城，介在肯寨的日子里总是炫耀他那车水马龙、灯红酒绿、玉阶飞檐、金盏银觞的城市，介说雒洛城终日是政客与妓女舞蹈，市侩与歌星狂欢，流氓与淑女调笑，磨凸的玻璃片或磨凹的透明石英代替了眼睛，茅厕门一重又一重地堆垒起来。人们欢呼着：我们在享受着软垫抽水马桶的现代文明呢！有窃窃私语：据说日本岛国生产一种更为高级的马桶呢！他们设计了橡皮女人，我们可以坐在女人的大腿上大便，背靠在充了气的柔软的乳房上。当介说起这些的时候，他说他很厌恶这一切。现在看来，他是念念不忘。枇杷娘决计杀死介。枇杷娘坐在那柘树木桩上看太阳落山、紫雾出洞，直到把沼泽的三分之一看得干涸，裂出了龟背一样的纹路，一些地老虎撑着强壮的腿跳出那龟裂的缝，一些红秆绿叶的无名草蓊蓊地长在龟裂的板块上，枇杷娘才说：介一定是逃回了他的雒洛，那给予他邪恶学问的城市！介一定逃回他的城市唾沫四溅做惊心动魄、五光十色的演讲，渲染他的奇遇，夸张他的创造。他的城市喜欢听那些奇遇。

　　在枇杷娘不断地研究沼泽以至思索出介的去向的日子里，肯寨已重新确认了她的头人地位（这个地位曾因介的到来而模糊过），只有头人才会去研究沼泽和太阳，才有足够的耐心从日出看到日落，看出大地的破绽、太阳的瑕斑，看出蚊子是吸血的，蝙蝠是吃蚊子的，而又有什么是吃蝙蝠的，因此世界是一个圆环，一物吃一物，一物降一物最终是自己降服了自己。

头人会有坚强的意志，有不屈不挠的毅力。枇杷娘不畏蚊子，在那柘树木桩上长久地思索便是一个强有力的例证，只有头人才会想到为了改造和拯救，必须杀死那个三年前已经离去了而且不知去向的人。当枇杷娘坐在柘木桩上思想的时候，肯寨的人们开始自觉地给她送饭了，接着便把最好的东西送去给她吃。他们远远地从枇杷娘思索的神态上预感到，一个伟大的计划正在酝酿着，肯寨就要走入一个脱离了介的崭新的时代了。

枇杷娘开始为杀介的人选而伤透了脑筋。她想不出有谁能胜任这艰巨的工作，肯寨人谁也不熟悉雒洛城。他们连城市都弄不清楚。城市那是个什么东西？枇杷娘坐在柘树木桩上自言自语："可是什么才是城市呢？可是雒洛是一个什么样的所在呢？"没有人能回答她，人们只是重复她的话，人们为这个实际而又抽象的概念困惑起来。无从联想，无从研究，蚊子、森林空气、阳光以及树木都在重复着这句话。寻找雒洛城已成为一个目标。肯寨的人们用生存需要以外的智慧来思索。他们立志要突破自己，使自己的想象达到这样一种境界：想象或是推断出自己从未见过的东西。那个因马苋子醉倒而成了永远的梦游症患者被肯寨称作为梦子的人提醒说：我们应该从介来推断城市，这个提议得到了响应，于是人们纷纷用凌乱的记忆回想介的雒洛城特征。

枇杷娘的回忆支离破碎得令她自己都不堪忍受，她甚至无法回忆起一次完整的做爱，耻骨猛烈地撞击阴阜，像石夯砸在松软的土墙上，脚跟瘙痒难当，手指抠入前庭摩擦，还有牙齿恨恨地却又是轻轻地咬着乳头的狂热吸吮，但是一切都无法成为一个具体的情节，一切都是破碎的，凌乱不堪。在回忆里，蕨根和肚脐眼下的深红色莫名其妙地纠缠在一起，凤尾花和蜡烛在一起，过往的一切都像飘荡的尘埃，飞行的羽毛，明明你看见它轻缓地温顺地、亲切地向你飞来，当你伸开手去抓它去把握它的时候，你却落空了。并非它不存在，而是无法抓住它。枇杷娘终于回忆起一只跳蚤，这只跳蚤在梦与现实的临界线上爬行。她先是梦见一只孔雀，那只长着铜色鹅嘴的奇异孔雀约她共舞，孔雀的每一根羽毛都镶满了眼睛，黑幽幽绿莹莹的眼睛，所有的羽毛展开了，所有的眼睛睁开了。

在她与奇异孔雀共舞的欢乐时光，跳蚤魂灵一般从她崛起的肥硕臀部爬过背脊的浅沟，爬过背部的平厚，翻越过手臂与腰侧构成的危险悬崖，它准备穿越她的心窝向脖子上爬行……铜色鹅嘴孔雀的所有眼睛把枇杷娘照耀得通体透明，于是她惊异自己骨骼的暗影，惊异自己血液在脉管里的汹涌澎湃，惊异自己十二指肠的污秽不堪，惊异自己内分泌的旺盛，这时她看见了那在现实与梦幻间行走的甲虫般的跳蚤用一根棕色半透明的管子插入了她的胸脯肌肉的沃野，贪婪地吸吮她的血水，醒来的时候，她看见了那只比粟米粒还要小很多很多的跳蚤，她慌忙按住它。一束阳光从土墙疏忽的洞里射进来，照在枇杷娘赤裸的胴体上。枇杷娘突然感到羞愧难当，数年以后，当她主动地将自己的胴体奉送到那个雒洛城人的床上，听他面对着她宣示神谕般的性的训诫时，她曾骤然想起那一束阳光，她居然满脸通红，她认定雒洛城人早已窥破了梦幻中游戏的隐私，以及那甲虫一样的跳蚤或是跳蚤一样的甲虫。她认定自己通体透明的时候，雒洛城人一定是站在她所察觉不到的地方，看见了一切。她爬起床来，屋外已有了喧闹声，人们似乎在传说着一种肯寨旷古未有的奇闻。她走出门去，她看见人们朝一个方向涌动，最后汇成的人流涌向那座庙宇长亭般的木桥。枇杷娘第一眼看到的雒洛城人，是一排在太阳下闪闪发光的铜纽扣，她穿过拥挤的人群，走到了介的面前，介的眼睛浮肿而带有血丝，衣领是乌黑而有棱角的，指甲修长。雒洛城人比肯寨人多一个备用的心脏，这是最令肯寨惊讶的。于是，她们在铜纽扣前舞蹈起来，唱起了浪漫的欢快的歌谣，她们且唱且舞，且舞且走，把雒洛城人连同他发光的铜纽扣和备用的心脏迎进了肯寨。被遣去刺杀父亲的东方玉如到了雒洛城成为城市的行政长官后，他在一次剪彩时目睹了迎接介的那种盛典，他的城市迎进了一对熊猫。枇杷娘为自己已经回忆出了一个具体感人的情节而欢欣鼓舞，她在那个柘树木桩上高扬起手自然而然地以无可争议的头人身份召开了肯寨的会议。她让所有的人把回忆的砖块贡献出来，然后他们将这些砖块堆垒成城市，堆垒成昔日情人的去向，堆垒成今日仇人的寓所，堆垒成人类走向坟墓的驿站。

城市有一排又一排在阳光下闪闪发亮的铜纽扣，铜纽扣上有古怪的图腾。

城市有整洁的衣领而且线条明快。

城市里每天有人在逃亡，因为他们为生或者为死而总是坐卧不安。

雒洛城人有一个备用的心脏，他们常常用清水来浸润。

城市有非凡的建筑才能，他们能开山凿渠，挖洞筑楼。

城市男人会将女人抚弄到脐眼如太阳般向下辐射麻丝丝的骚庠，然后再将自己的器具插入女人的洞穴。

如此，肯寨完成了一次前所未有的蜕变，她们凭着支离破碎的未必可靠的回忆建筑起自己从未见过的东西。

目标既已确定，现在需要人选。人选来了，来得突兀如遥远的干旱或不久前的水祸。东方玉如说，我一直在吃山中的藤梨，一直在吃悬崖上的蕨根。可是没有人敢相信他。当东方玉如穿着树叶的衣服，带着毒蝎的文身出现在肯寨时，人们几乎惊慌得忘却了城市，忘却了刚刚发生的灾难。东方玉如已经死了，死于水库的决堤，那些远处的人循着水所流经的痕迹送来的尸体中，便有东方玉如的尸体，有人辨认过。电闪雷鸣、风雨如磐的时候，东方玉如毅然走出土砖墙的门，走向祠堂，走向介所创办的学校。田埂上茅草倒伏，东方玉如赤脚地走，在他走到祠堂后不久，水库就垮塌了。但是东方玉如却实实在在地活着，这真是件古怪透顶的事情。东方玉如是枇杷娘与介的孩子，产他的时候发生难产，介将手伸进枇杷娘的胯下轻而易举地把他取了出来。七岁的时候，他就懂得了空气，令肯寨人惊叹不已。介曾说：瞧，他聪明得像个博士！枇杷娘在太阳偏西的时候威严地召见了东方玉如。枇杷娘正襟危坐在红叶树下的柘木板凳上。

"你是死了还是活着？"枇杷娘问。

"活着！"东方玉如十分肯定地回答。

"你一定有什么古怪的巫术。"枇杷娘说。

"对的，我有古怪的巫术。"

说着，他身上的树叶纷纷变成蝴蝶飞走了，他的衣服变成了一件短衫。十数年后，东方玉如乘一辆敞篷车去刑场监督执行枪杀自己的政治对手，他看见了反对党领袖们的衣服都变成了风筝在枪声中被放飞，他一点也不感到惊异，惊异的只有那些可怜的雒洛城人。

枇杷娘命令道："脱去你的树叶！"

东方玉如小腿上的树叶就变成蜜蜂飞走了。

枇杷娘又命令道："脱去你的树叶！"

东方玉如说："全部吗？"

枇杷娘说："全部，当然全部！"

东方玉如坚定地说："不行！"

枇杷娘愤怒了："为什么不行！"

东方玉如说："我十六了，我已经是男人了！"

枇杷娘说："可我是你娘！"

东方玉如说："娘是女人！"

枇杷娘再次命令："脱去你的树叶！"

于是许多的树叶变成蝴蝶或蜜蜂飞走了。但剩下的树叶组成的三角裤衩仍认真地维护着东方玉如十六岁男性的尊严。

枇杷娘恶狠狠地走过来，伸手一抹，那些香樟树的叶子纷纷落下。十六岁的东方玉如裸呈于枇杷娘的眼底。东方玉如一阵激灵，浑身起了鸡皮疙瘩，臂膀上的毒蝎跳动起来。在一个女人面前裸展自己的身体，这是多么难堪的事情！这件事深深刻入他的少年记忆，当他成为那个雒洛城的行政长官以后，这记忆一直无法抹去。他终于在花甲高年感觉到那种起鸡皮疙瘩的刺激的无限美好，他每天处理无数的文件，在上面批示划圈同意或不同意或转发等等。他迎来送往，去发表讲话，去剪彩，去念贺词或者悼词，以至有一次他刚开完一个追悼会就去参加一个祝贺仪式掏错了讲稿而把悼词当作祝贺的话讲了出来。但是没有人指出他的错误，念完后人们照例鼓掌，等他在掌声中发现自己的错误时，美妙的音乐已经开始了，已经有人向他举起了玻璃钢酒杯。杯中是比利时女郎亲手调制的鸡尾酒。颜色不艳，品位不俗。直到喝了鸡尾酒喝得微酣的时候，他才开始愤愤不平，他因此拒绝了一位才十九岁却已经跟二十个年龄相加有一千岁的男人睡过觉的穿极性感极柔软的丝质乔其纱长裙的女孩子跳舞的邀请。他对那个女孩子说，你们不应该为我的错误鼓掌。为错误鼓掌那是幸灾乐祸，那是一种最卑劣、最无耻、最能伤害同伴朋友的情感表现。女孩子只是一味地微笑，向他施以古典欧洲贵妇的礼节，像蝙蝠只展开一页翅膀那样用一只手的三个指头将长裙撮起，膝弯微屈。他说，你们都幸灾乐祸。他用手中那一寸多长的正燃着的烟头在十九岁女孩子的乔其纱长裙上烧了几个洞。他愤愤地说：让你们幸灾乐祸去吧！让你们幸灾乐祸去吧！女孩子依然微笑着，接着她把长裙的另一翼也展开来。东方玉如照样愤愤地用烟蒂在她的裙上烧了几个洞。女孩子随着音乐独舞起来，旋转到了舞池的中心，她骄傲地将裙上的洞当作行政长官的赏赐向人们展示。于是，太太小姐们蜂拥而至，嗲声嗲气、作姿作态、挤眉弄眼用各种方式展开自己的裙摆，请求行政长官在她们的裙子上烧了几个洞，就像请求名人给签个名一样。东方玉如将烟头烧透裙子烧到了她们的大腿，她们照例地朗笑不止，大声地叫喊：我高兴死了！我幸福死了！我快活死了！哎呀哎呀哎呀哎呀哎呀哎呀呀呀呀！我快活死了！他终于甩掉烟蒂，砰然立起。他自言自语地说：我一定要报复你们！我一定要报复你们！他很快找到了报复的机会，他把那次没念的贺词故意放在另一次的追悼会上去念。他恶作剧地倡议：让我们一齐来鼓掌吧！大家照例鼓掌。他将这种循环的游戏玩了三个月零七天之久。他说，我玩够了！我不再玩下去了。这样他就感到了一种突如其来的无聊、虚无，难道只有游戏才能证明我的存在？不，就是游戏，我也不能玩贺词或悼词的游戏了！于是他重新想起树叶。他早已失去了他童话般的巫术，他曾悄悄地告诫他的贴身秘书，要成为一个文明人或者政治狐狸或者行政长官或者风月场中老手或者任何一种大人物，是要付出很大的代价的。但他仍然希望玩树叶的游戏。他占领了一片美丽的海滩。他的秘书吩咐缝衣店给他赶制出一些树叶的衣服，于是他穿着这种衣服驱车赶到海滩，他的几位情妇就按他的吩咐，在海滩上表演。

她们齐声喊："脱去你的树叶！"

树叶已无法成为蝴蝶飞走，他只好笨手笨脚地摘掉树叶的衣袖。

她们又齐声喊："脱去你的树叶！"

他又把自己的裤脚摘掉。

她们再齐声喊："脱去你的树叶！"

他故作尴尬地用手捂在自己的下腹："可是……全部？"

她们齐声喊："全部脱去！"

他说："不行，那不行！"

她们说："为什么不行？"

他说："我十六岁了，我已经是男人了！"

她们哈哈大笑起来，开心地说："你不是十六，你是六十岁了！"

她们浪笑着一拥而上，扯碎了所有的树叶，把他推倒在沙滩上，实际上，他那久经风月场的磨炼过无数次的从初期梅毒中挽救回来而且成功地创造了三个私生子六个私生女的东西已挺立成柱。然而当它最初脱去树叶如竹笋般挺立的时候，枇杷娘恶狠狠地一掌将它击打下去。枇杷娘说：你需要的是意志，而不是欲望。枇杷娘不允许东方玉如穿戴树叶，她给他换好棉布衣服，然后带他去做痛苦的考察。

他们走到祠堂的原址，泥淖已大部分晒干，有水的地方慢慢地长出了暗绿色的藻类，亮头长脚的水中昆虫在游弋。东方玉如庄重地在那些横七竖八的基石间跳来跳去，他认识一些基石上的楷体凹形字，他把这些字读出来给枇杷娘听。枇杷娘不知所云，枇杷娘断言：符咒！一切都是符咒。枇杷娘说，符咒就是学问，学问就是一切灾难的根源！你看，这一切都是学问造成的，那个该死的介！那个千刀万剐的介！他在肯寨创造了如此多的符咒，以至让我们都难以认出肯寨，以至让我们自己都差点忘了自己。他创造了一场史无前例的水灾把你们兄弟姊妹荡涤得干干净净，因此复仇的责任历史地落到了你的头上，你要走出肯寨，穿过诡秘的林莽，穿过如烟的荒漠，躲过毒虫猛兽的袭击，成功地走到那叫雒洛城的地方，找到介，杀死他。找到介，杀死他！彻底地推毁他所创造的垃圾。否则，肯寨将无从复活。东方玉如走入清澈的水中，将手也伸进水里，枇杷娘看见他的手像章鱼的触须在水中优柔地展开，伸长又伸长，昆虫们绝望地逃跑，水藻们暧昧地缠绕上来。枇杷娘觉得不错，这就是力量和手段。她看见那些章鱼的触须上的吸盘吸住了一些逃窜中的昆虫，然后把它们包拢、吞食，枇杷娘说对的，就应该这样，我们要这样对待介和他所创造的一切。东方玉如看见玉米色的死难兄弟的灵魂在轻云般的水藻间流动，一些灿烂的笑和一些污秽的话像某种气体一样从水中冒出来，被点燃，被蒸发，升腾起无色的火焰。

东方吉堂在水库的灰黑色沼泽中发现可燃的气体，他欣喜若狂，他独自在空旷的山谷里高喊，我发现了！我发现了！我们找到崭新的能源了！他同样绕着水库的沼泽走，他走到原地。他看见了枇杷娘的枯树木桩，应该是这样的。他说，我与介一起测量和计算过，回到原地，这是必然的结果。他现在需要构思的是：如何收集或固定这些气体，它无形、无色、无味，比鬼魂还飘忽不定，你只可以感觉到它。他觉得，要做一个巨大的穹隆盖，把整个的灰黑色沼泽笼盖起来，然后修筑管道而不是渠道，用导管将气体导到每家每户。那么，人们将减轻一半以上的体力劳动，免去了砍柴、劈柴，从山上挑回来，然后还有浓烟、火灰等等一切，这沼泽的气体全可以解决。这真是一种灵魂一样的东西，烧了之后连灰烬都没有，燃烧时连火焰的颜色都没有。他现在坐在枇杷娘的柘树木桩上，完全彻底地思念介，全心全意地思念介，面对沼泽中的水光山色，面对龟裂的坚硬板块上红秆绿叶的无名草的勃勃生机，一股南极黑夜般冰凉而又无助的孤独袭上来，他望望天空，一些不知名的神祇驾着云的马车悠然而过，可是不会有介的影子。他知道制造一个这样的穹隆盖，比制造十个那样的水库的工程还要浩大，这可是水中取火啊！本质完全变了，而且只有他知道，只有他有这方面的知识和理想。真是哲学家一样的孤独。现在需要我一个人担当起思索天空与大地，高山与平原，生存与死亡，静止与运动的责任了。要是有介参与就好了，可是介也只是一个有限的智慧，他来自那个遥远的地方，用他已得的一切知识创造肯寨前所未有的奇迹，像鞭炮那样炸出一串串热烈而迷人的响声，像七星藤那样开出一串串鲜艳而动人的花朵，像葡萄那样结出一串串晶莹而诱人的果实。他来自哪里，还将回到哪里。然而自己不同，自己是诞生与创造，是扎根与成长。这令人无比困惑的无限诱人的沼泽的盖子啊！太阳在西边的山顶向归林的喜鹊、青苔上的蚂蚁和岩缝中的蒺藜作最后的道别，那倾坍的狰狞的山壁落下黄沙，冒出过十色喷泉挤坍山陵冲垮水库荡涤祠堂的那些洞穴在这样的黄昏里发出木琴般的声音，天籁用力拨开云朵露出女巫的蓝脸应和。东方吉堂重新开始测量，他背上用棉花树皮搓成的长绳以及金叶竹做成的标杆，准备用他余生所有的精力和智慧，建造这沼泽的盖子。他带了帐篷，准备在沼泽旁安营扎寨，将自己奉献给这孤独的事业。为此，他带了一獲皮兜的水菖蒲种球，为了防止蚊子的袭击，他必须在帐篷的周围密密地种上水菖蒲的种子，等到水菖蒲长到两尺高以后，帐篷外就会有一圈绿色的矮墙，水菖蒲会发出带辣味的气体，令蚊子或蛇蝎远离。他用蕨针串上从绿壳中剥出的蚕豆，放在火灰中焙热，酥香地装了一麻袋。指北针仍然像一根勺子，这是介留给他的，介原有的是一个钟表一样的指北针，后来丢了，在寻找岩下阴河的时候丢了，他们就从矿石中熔炼出这柄指北针。他因此还认识了这样的矿石，它藏在那些流出比血略黄的锈水的地方。然而他的帐篷刚在沼泽旁的坡地上扎好，水菖蒲的种球尚未发芽。枇杷娘来了。枇杷娘带着东方玉如来数沼泽以及泥淖中的树干。他们相信会从这些枯枝败叶的数字中推断出雒洛城的建筑以及道路。

"这是不可能的事情！"东方吉堂觉得这种想法十分荒唐可笑。

"这怎么会是不可能的事情？"枇杷娘把麻织长袜上的杉叶刺拔掉，她认为，这是很明显的，世界上的任何事物和另外的事物都存在着一种对应关系，正因为这种关系，使此一地域的人与另一地域的人有共同的人的特性，只不过是程度不同。

东方吉堂说："程度不同，对了，问题就出在程度不一样，一勺水可以止渴，一池水可以抵制干旱，而一水库水的泛滥就成了一种灾难。"

枇杷娘说："瞧，你又提水库？那是什么水库？那完全是介所创造的符咒，你幸灾乐祸啊？你这该死的肯寨的叛徒！"

"我该死？"东方吉堂忽然有了些恐惧。

"当然是你该死！"枇杷娘说。

东方吉堂不再搭理她。我该死？哼，我要建造一个沼泽的盖子，将这些沼泽中泥淖中枯枝败叶所冒出的气体导到你的屋子里，导到你的灶台上。让你看到什么叫化腐朽为神奇。东方吉堂的沉默让枇杷娘警惕起来，好像她这时才发现了帐篷，枇杷娘尖声以头人的口气问："这是什么？"

东方吉堂说："帐篷吗？"

枇杷娘说："你准备在这里安营扎寨啊？"

东方吉堂说："我已经在这里安营扎寨了。"

枇杷娘说："那是不行的，你怎么能在这里安营扎寨呢？保护介的符咒吗？我可是决定要拆毁它的。"

东方吉堂说："我要做一个沼泽的盖子。"

枇杷娘说："沼泽的盖子？你疯了？天正盖着沼泽？你是说你想制造出一片天，蓝蓝的、透明的，晚上用萤火虫做星星？"

东方吉堂说："差不多就是这样！"

枇杷娘说："等着吧，我会收拾你的。"

东方吉堂说："别出声，我听见水菖蒲发芽的声音了，你要不要吃一串火灰焐的蚕豆？"

枇杷娘说："我们要去数树干和水洼。"

东方吉堂说："那你不收拾我了？"

枇杷娘说："我会收拾你的！"

东方吉堂在一个月黑风高的子夜被枇杷娘收拾了。那时水菖蒲已经长出两尺来高，东方吉堂整天沉浸在辣味的芳香中思想，他觉得枇杷娘其实是个天分极高的人，而且几十年如一日的漂亮迷人（这才是最难最难的），不可用花朵比喻，不可用月光形容。肯寨的人们谁都知道她用皂角树叶子煮水洗浴，可是无法效仿，那棵长在牛耳岭的神秘的皂角树只有枇杷娘才知道，那棵皂角树常常为瘴气所骚扰，却又为麝尿所解脱。跟枇杷娘睡过觉的人谁都会欣赏她左肩胛上那颗玫瑰色的痣，颤动或者跳荡都是一种赏心悦目的享受……制造一片天，蓝蓝的、透明的，用萤火虫来做星星，这想法真美好！可是漂亮迷人的枇杷娘来收拾他了，枇杷娘走在星光、月光和虫声、蛙鸣的路上，肩上的铁锹寒光闪烁。尽管在后来的日子肯寨重新发生了灾难，豹子和蝗虫肆无忌惮地侵袭肯寨，猴子们在光天化日之下撕去少女的花裙，将她们掳掠到瓦槽里进行轮奸。于是瓦槽发生的响声像有千万只麻雀在吵嚷，血水和着一些黏稠的液体从瓦槽里流下来，太阳烘干，在风里摇曳招展成发出腥味的漂亮飘带，干旱和蚁灾交替着侵袭肯寨，折磨肯寨，人们不得不把东方吉堂重新从灌木中找回，用金银花、七星藤以及玉米棒子煮水洗涤他的浊气，抹去他身上的污垢，将无形的头人的金冠戴在他已几如被锈蚀的山岭的秃顶的头上。但是枇杷娘依然要收拾东方吉堂，那并不是因为私人的仇恨，而是为了真理，为了铲除介的符咒！在那一个子夜枇杷娘奋起数锹掀掉了东方吉堂的帐篷。东方吉堂正在思想沼泽的盖子，却被枇杷娘奋力提起，掷入沼泽中的泥淖，于是带辣味的香气袅袅娜娜凄然散去，水菖蒲剑一般的叶子萎蔫了，变成了黑色。东方吉堂从此走进黑暗的年代冬眠，与水草、孑孓以及蝌蚪们和睦相处。所有优秀的感官幽闭了！

东方玉如在一个黄昏里起程，半路上捡到了那个勺形的指北针。

第四章

指北针陈列在雒洛城的历史博物馆里，用玻璃罩着，用纯羊毛法兰绒托着，法兰绒是紫红色的，在晚上，玻璃罩中还开着八瓦的日光灯，尽管勺形的指北针已锈迹斑斑如一件出土文物，但它仍然管用，它仍然坚定不移地指着它应该指出的方向。学者们啧啧称奇：瞧，这就是精神！年轻的女讲解员礼貌地纠正：不，这是磁场！这不是精神！它只能指向磁力线的方向。学者们说：对对！磁力线的方向，可是我们只不过是借喻而已，借喻，仅仅是借喻！年轻的女讲解员于是不再理睬。一般的参观者根本不看那角落的白色纸片上标好的字，那上面明明白白写着：

指北针

指北针，又名指南针，根据地磁原理制造。此指北针系多年前本市行政长官东方玉如从父亲手中得到，为其父亲手制造。行政长官靠它指明方向，摸索出道路，杀死了敌人。因此，它不但具有深远的历史意义，而且具有深刻的现实意义！

可是人们根本不看。他们远远地就认定，那是新石器时代的餐具，那是青铜时代的餐具。他们一齐附和着最先的断言者：是啊是啊！那很高贵那很高贵。最初的铝制饭盆不是只有国王才能使用么？伯爵和公爵们只能使用银餐具。国王要是喜欢谁，便允许那人用铝汤钥在铝饭盆中舀一口汤喝。

博物馆正人头涌动的时候，女讲解员忽然堵住大家。

大家说：怎么了？怎么了？我们要往前走。

女讲解员说：闭馆了，闭馆了，不能往前走了。

大家说：时间没到怎么突然就闭馆了？

女讲解员说：这是馆里的事，想闭就闭了。

大家说：不能想闭就闭，这是博物馆，就要尊重历史，尊重诺言，遵守规则，不能太具随意性，即使闭馆也得向客人说明原因。

女讲解员终于说：行政长官来了，送新的陈列品来了。

大家说：那我们不是可以看到新的内容了吗？

女讲解员说：没有那么容易！还要做玻璃罩，置法兰绒，编号码，写文字介绍以及拍照片存档。你们走吧走吧走吧。

"我们走吧，我们走吧！"大家悻悻然离去。

城市行政长官果然带来了新的展品。他带来的是一幅崭新的水粉画，博物馆中百分之三十八（这个比例还在上升）的藏品是行政长官亲自或托人送来的，每一件藏品都有一个很动人的故事，这些故事忠实记录了行政长官的一切。自博物馆馆长收藏东方玉如这柄古旧的指北针并向他说明了收藏的意义，他就对博物馆表现出特别的青睐。我们生活的目的是什么？就是要不断丰富博物馆的藏品——他在各种场合用十分强调的语气说！当雒洛城试制出了第一批电子振荡按摩器的时候，工厂遵循惯例送给行政长官一个试用。东方玉如接到电子振荡按摩器时，反复地看和试用了老半天，然后哈哈大笑起来，说这玩意送给我干什么？这玩意儿送给我干什么？应该把它送给女人，送给那些寡妇，送给那些丈夫长时间不在身边耐不住寂寞的女人，送给那些性发育已完全成熟却又没有达到年龄而无资格与男人同居的姑娘，送给那些生了一个孩子后因吃错了药而导致性机能亢进一晚上跟三个彪悍的男人睡觉也无法获得满足的风流少妇，送给那些不愿意承担孕育的痛苦而却贪求性的快乐的女人……于是工厂把他的话当作指示去执行了。他们按照人的生物性节奏研制了另一种电子振荡按摩器，调试了温度和硬度。一百二十块钱一支，以出厂价向市场倾销。它获得了广大用

35

户的一致好评。工厂的负责人说，这是行政长官的功劳！行政长官胸怀全市，运筹帷幄，急全体市民之所急，想全体市民之所想，他高瞻远瞩，从文明的角度，从道德的角度，从社会治安的角度提出了这样的大胆构想。这一创举确实对文明、道德、治安做出了巨大的贡献。东方玉如并不埋没自己的成绩，他把电子振荡器交给历史博物馆："陈列起来！找一个显著的位置！"博物馆当然照办了。

　　行政长官从当红的时装模特儿那儿知道过去的时装模特儿，又从过去的时装模特儿那儿知道画家。他为那位英年早逝的时装设计师画过肖像，她们说。当他走进那位白发苍髯的水粉画家的画室时，他闻到了一股苦杏仁的气味，一股紫苏叶子的气味，一股硫黄的气味，这些气味来自画室各个不同的方向。据说画家是为了获得效果。画家要用不同的香料（或臭料）熏自己的画，以至让它们形成更独特的氛围，不只是发出单调的颜料的气味，而是发出艺术品的气味，真实生活的气味。画室里充满了被肢解的人体，有些是石膏的，有些是真实的，那些为培养对线条有明暗调子的感觉而制造的比较标准的人头、屁股、大腿小腿、胸脯肩胛和手掌鼻子是石膏的。那些骷髅是真实的，那个头骨也是真实的。当别人问及那个头骨是哪来的时，画家说，买来的。于是有人试探着问：那我也卖一个给你要不要？画家说：够了够了！别人说：这只不过是一个男人的头骨，而且是一个四十岁左右的男人的头骨。你一定还需要一个女人的头骨。画家想：完了，这个人一定是第三者插足，或者是别的什么男人给他戴上了绿帽子，或者是他给别的什么男人戴上了绿帽子。反正，这个人要谋害自己的妻子，然后出卖她的头颅！画家愤怒地赶走了无聊的人。只有画家自己知道，这个头骨实际上就是时装设计师的头骨（福尔马林溶液中那个被尘泥覆盖的头颅在某个时刻被置换）。他认真地保存着，等介回来认领这个头骨。东方玉如来到画家的身后，画家正在画一幅秋天山坡的图画。他为它准备了香椿树，准备了虬曲蛇形的打着枯叶的破伞、牵着磨盘般大的硕果的南瓜藤，准备了蜻蜓和知了，还有绿裙红头巾的农家少女，然而这一切都不是特别重要的，重要的是画家要用紫苏水和薄荷叶将画布或画纸各煮一遍，让画能发出艺术品的气味。画家正沉浸在自己别致的构思里，对东方玉如的到来毫无觉察。东方玉如对画家的学生说，我是雒洛市的行政长官。画家的学生说，可是老师正在构思。东方玉如气得腹部发胀。他决定撒尿。他决计以下流的方式报复画家的傲慢无礼。他要把尿撒在画家的画上。画家面壁而坐，用酒精灯的文火在煮紫苏水，煮薄荷水。水开了，盖子啪哒啪哒直响，蒸汽突突直跳。东方玉如背对着画家，很飘逸地把尿洒在他的画上。当尿臊味散开来的时候，画家迷迷糊糊地从自己的艺术想象中回过神来。他吸吸鼻子，又困惑地打开水壶的盖子，这不是紫苏的气味和薄荷的气味！我一定忘记了什么，天呐！我真的忘了，我居然把这样的东西忘了。那秋天的山坡上还有牛啊羊啊！那些可爱的畜牲要在那山坡上翻滚，在山坡上拉屎拉尿甚至交配。画家准备把这种气味也加进去，这是一个灵感。它们只需在气味中出现，不必在画面中出现，这就是空灵！这就是通感。而可爱的畜牲们或许在山坡的背后或许已经走了或许在山坡的对面……就在这种时候，画家和行政长官同时转过身来。

画家没有把行政长官当贵客欢迎，只是问他："喂，你闻到什么气味了？"

东方玉如恶作剧地耸耸肩："你闻到什么了？"

画家说："你以为是牛尿马尿羊尿或别的什么畜牲的排泄物的气味是不是？"东方玉如皱起了眉头。

画家贴近行政长官，神秘地用手遮着嘴向他耳语："不是，完全不是！这是艺术的气味。它不来自畜牧。它来自我的画，来自我的艺术灵感！"

城市行政长官对画家的敬仰之情油然而生："是的，它来自您的伟大的智慧的灵感，是您那奶浆椰子水一般的脑汁的升华。"

画家欣慰地笑了。

"我太感谢你了，长官！"画家终于吻了吻城市行政长官的手。

"不，应该是我代表市民们感谢您！"东方玉如说。

"可是，您给了我灵感！"画家一边说一边热烈地嗅那些灵感的气味。

"那么，放一幅去博物馆陈列吧。"

东方玉如走进了历史博物馆，在一把真皮沙发上坐了下来。沙发旁的茶几上放着一盆精致的盆景，对面是一块镜子。镜子里的人精神很好。可是东方玉如知道那头发是染过的。仔细地看它的根部已呈半透明的白色。他看着那些博物馆的工作人员把那幅尿水浸渍过的水粉画挂好，在一旁认真地写上了注解的文字。东方玉如看着这幅画出神，他想，我快要把肯寨的样子忘掉了，幸好这幅乡村图画能让我记起一点点肯寨的样子来。这以后东方玉如在历史博物馆的许多时光都会回到过去的年代，回到那些血腥的正午、那些沉醉的黎明、那些魔魇般的黄昏。

黄昏的肯寨有着蓼辣叶散发的浓重的气味，八千只青蛙擂鼓，三千只寒蝉长鸣，黄鼠狼放弃了与毒蛇的搏斗，静静地仰望无极的天空。归顺的毒蛇于是绕着它作揖，雁排着长阵飞向太阳，蜥蜴飞向太阳。东方玉如站在红叶树下泡桐板做的禾桶上披着肯寨的骑士的披风（它是用一块豹皮四块水獭皮制作的），接受肯寨最壮烈的送行。

七十七支铜号响起来了！

七十七张牛皮鼓敲起来了！

七十七片木叶吹起来了！

七十七支响箭射出来了！

七十七个鸡冠割下来了！

整个肯寨歌唱起来：

> 绿禾黄谷济肯寨
>
> 衣足食饱世世代
>
> 雒洛城魔来了介
>
> 恶符毒咒降下灾
>
> 男儿出征雒洛城
>
> 英勇无敌去杀介
>
> ……

东方玉如在禾桶礼坛上接受这样的送行的时候，不知道他要到的城市正发生几百年或几十年总会发生一次的混乱，不知道城市正在酝酿一场殊死的斗争。他背上铁矢竹的弯弓和涂满箭毒浆汁的铁箭，走下泡桐木禾桶搭成的礼坛。他不知道他注定要走过黑水河的烈火，杀死雒洛城失道寡助的政客成为城市的行政长官。当肯寨远去、歌声远去、鼓声远去、笛声远去的时候，他曾看见过一条黑水河，黝黑的连星光月光都无法予以反射的黑水河。没有任何生命在这样的河里成长，连它岸边的紫荆树水汀草都无法成长。他掷入一块锥形的石头，河水便燃烧起来，爆炸起来了。

东方玉如执政第八年雒洛城的能源发生危机，专家们给城市行政长官打了一份报告，说一切需要计划，对那些不可再生的资源要有限度地开发和利用，他们说我们要对环境负责，我们要对地球和整个太阳系或者整个宇宙包括遥远的黑洞和偶尔来访的彗星负责，我们要对人类的未来负责，森林啊濒临绝种的奇珍动物啊生物圈啊地球大气层啊以及外层空间啊以及光明与黑暗以及风雨雷电霜雪云雾，都决定于人类的仁慈了……最后，他们建议行政长官颁布一道命令，不要轻易用车，最好所有的人骑脚踏车上班，不要洗热水澡，要洗冷水澡，当然也有例外。女人在月经期间可以洗热水澡，但是水温不能超过摄氏四十二度。在初六到二十四这段时间里晚上不许开路灯，因为有月光。交通灯用红绿旗子代替。专家们拟订了一份详细的条例向行政长官汇报，请求行政长官尽早实施。东方玉如签署了这个条例，它最初获得的反响基本上是好的，但是两个月以后问题还是来了。首先是黑夜里的刑事犯罪率上升了。接着便有女人们上街游行，她们高举大幅的横幅标语，举着三角旗，举着半导体喇叭，高声叫喊："保护妇女合法权益！""我们要洗热水澡！""清洁卫生，人人有责！""强烈抗议关于洗澡的硬性规定！""开放澡禁！""我们在非月经期也要洗热水澡！""强烈呼吁当局将水温的限度提高，突破摄氏四十二度！"女人们说，如果市政当局不取消这些条例，她们就要组织裸体游行，连三角短裤都不穿，她们要让市政府的官员们看看她们身上的污垢，看看她们背上的痱子，看看她们大腿上的疥疮，这里不是赤道，有几个女人敢洗冷水澡？冷水澡不敢洗，热水澡不准洗，这不行！天赋洗澡权！东方玉如对他的下属说，这不是你们提出来的么？怎么会得到这样的结果呢？这不是因为政策，而是因为科学。他派遣科学局的局长和三名能源问题专家去与女人们对话。专家中就有一名五十四岁的女人，她已经过了更年期早已闭经了，不过自从条例颁布后，她便开始染发画眉毛涂胭脂。她不惜高价在一家收费昂贵的美容院染得满头青丝，不惜把眼皮涂得发蓝嘴唇涂得发紫。不惜把脸孔涂得像每天都戴着面具去参加化装舞会一样，这与她的学问、与她的身份、与她的崇高品质是格格不入的，一切都是为了让人们相信她并没有闭经，一切都是为了争取到每个月能洗一次水温不超过摄氏四十二度的热水澡的神圣权力。她对游行的女人们说，你们的行动可以理解，你们的痛苦也是我的痛苦，但是为了雏洛城的长远利益，为了我们的子孙后代，我们必须学会忍辱负重。

后来条例终于改变了。有些女人欢呼雀跃：我们胜利了！我们胜利了！她们认为条例的改变是因为市政当局屈服于人民的压力而做出了让步，其实根本不是，其实只不过是一名时装模特儿略施小技做出牺牲，她勾引了行政长官。在行政长官急不可耐地向她求欢的时候，她宽衣解带，那汗腺中沁出的已被氧化成正丁酸的物质挥发开来，行政长官险些被熏倒。他极其厌恶地吸吸鼻子，他说，真不敢相信，你一张脸是如此漂亮，用牡丹花、月季花都不能比拟，可是你居然发出这样的气味，像是刚从猫尿池子里被捞上来，简直无法理喻！他只好把她领进自己宽绰的浴池。

"行政长官，我不能洗澡。"女人说。

"为什么？"

"我不敢洗冷水。"

"那么你就洗热水吧。"行政长官已经急了，他把自己的禁令忘了。

"可是我不在月经期。"

"那么排卵期也行。"

女人说我也不在排卵期。她坚持不能洗澡。她说她既爱行政长官，行政长官也爱她，她就更应该遵守行政长官的禁令，维护行政长官的声誉，她不能让人家背后指控行政长官让情妇单独破禁，除非全城市的禁令改变了。

于是全城市的禁令就改变了。

那么能源短缺的危机也应该改变，不然就无法适应禁令的改变，东方玉如终于想起黑水河来了。他连忙派人去寻找、去勘探，他想那就是一条浩大的能源的河流啊！可是它燃烧了。它化为烟与火了。被派去勘探寻找的人回来说，他们并没有找到那河流，他们只发现了一些石灰岩的峡谷，只发现一些干涸的布满卵石的小溪，而那些稍宽的河里流的是无法燃烧的水。他们倒是在峡谷里发现另外的奇迹，黄昏的时候他们听见了古代战争的声音，这声音波澜壮阔，就围绕着他们，包裹着他们。金戈铁戟的碰撞声，气吞山河的呐喊声，震耳欲聋的鼓声，战马的嘶叫声，临死前的哭声，交织成一片迷人的混响，他们把这声音录了回来给科学局局长，局长又把它交给了行政长官。

这是电影配音，东方玉如说。

不，这是山谷的回声。科学局局长说。

这是电影配音，东方玉如说。

那么，至少你应该去那个峡谷证实一下。科学局局长嘟嘟囔囔地说。他是唯一敢顶撞行政长官的人，因为他们有一个冬天在火炉旁闲聊的时候打了一个赌，科学局局长赢了。行政长官说，他可以叫雒洛城里充满仇恨，叫大街小巷流遍热血，叫兄弟姊妹互相残杀，叫老人在希望里失去儿子，叫新娘在蜜月里失去新郎，让美丽的公园变成荒凉的墓地，让优雅的楼房变成废墟——雒洛城原来不就是这样吗？局长却说，那有什么了不起？那不过是对古人的拙劣模仿。行政长官说，那么你呢？局长说，我可以让城市顷刻成为齑粉化作轻烟一切了了成为无。行政长官说，我不信。局长说，那么我先给你看别的吧。比如叫水火相容，在你的办公桌上制造雷电，于是局长真的做了。他把水倒进火中火反而燃得更旺，他让火在水底燃烧；他搬出仪器放在行政长官的办公桌上把整个房子搞得电闪雷鸣，击碎了桌上的玻璃台板，击碎了别人送给行政长官的砚台。行政长官躲在屋子的角落里瑟瑟发抖，他蹲下去，蜷缩起来，捂着脸大喊："你赢了！你赢了！停止你那可怕的游戏吧！停止你那可怕的游戏吧！"这位科学专家出身的局长停止了他的仪器操作，过了好一阵，行政长官仍然蜷曲在角落里不敢出来，局长说："游戏停止了，没事儿了，出来吧。"行政长官出来了，脸色苍白。他拍拍身上的尘土，拂去头上的蜘蛛网，说："世界是属于你的，我不要当行政长官了！"局长说："你还是要当行政长官，因为你杀了那个全城市的敌人。"行政长官镇定下来，他一边吩咐秘书叫人来打扫那些破碎的玻璃，一边邀请局长与他喝酒，他说他要亲自调鸡尾酒给局长喝，他说自己的手艺是从一个随父母去了汤加长到十八岁还从未与男人亲热过就又回到雒洛城的漂亮妞儿那里学到的，他向局长解释说他也没跟那个妞儿睡过觉，只是学会了调鸡尾酒。东方玉如接受了局长的建议，他要去实地考察一下，他要更多地了解科学到底是怎么回事，以免自己判断过于武断而失去民心，因为没有人需要用电影配音来欺骗他。于是他去了峡谷。那峡谷离车路的尽头还有七十多里，飞机又无法在峡谷降落。东方玉如问可否立即修一条车路。随行的专家说至少要数万的民工，一万二千吨炸药，两年的时间。他们只好骑着毛驴进山。

黄昏来临，他们站在峡谷血红的夕阳里。当云一般的蝴蝶群带着鸽哨的长啸飞过天空后，那电影配音般的回荡了数千年的战争的声音在峡谷里响起来了。东方玉如骑在毛驴上，毛驴刨着蹄子企图逃跑。东方玉如听得潸潸泪下。他照例吩咐人将一盒录音带放进雒洛城博物馆里，并且在磁带的旁边放上一块从峡谷里敲下来的石头，在石头上刻着行政长官手书的一行字：先驱者之骨！

东方玉如疲惫地躺在沙发上，喃喃地自言自语：那根本没有什么了不起！那根本没有什么了不起！其实，我洞悉一切。那山谷的声音迟早要来，迟早要像乐池里的锣鼓装饰戏台上的情节一样装饰城市丰富城市。我早已听到过了，我熟悉这声音。那是我走进雒洛城的时候……东方玉如走进雒洛城是在一个浓雾的早晨，那些不熄的路灯发出橙红色的毛茸茸的光线，一切还都沉寂着。他爬上一个山顶，居高临下长叹一声：多么壮观的墓碑啊！那些灰色的嵌着玻璃的种种墓碑，还有那巨大的简洁的墓志铭。那时他不认识雒洛城，他想。我搞错了，枇杷娘满怀希望地让我出来寻找城市，我却找到墓地，就像一个人去寻找烤熟的马铃薯，结果他寻到被消化后的粪便。踌躇间，有人幽灵般地向他打招呼了，那个人一嘴崭新的词儿。

"喂，年轻人，你在干什么？"那人说。

他没有吱声，很是惊奇。

"喂，年轻人，你在沉思啊！"。太阳快露脸时，那人说。

沉思？真是个古怪的词儿。

"我找错地方了。我只不过是要去杀人！"东方玉如说。

"杀人？杀什么人？"

"杀铜纽扣的人。"

"你没错，年轻人！正午的时候，旗帜就要飘扬了，枪弹就要横飞了，号角就要吹响了，决战就要开始了，胜利就要到来了。"那人说完又幽灵般消失了。

见鬼！我什么也不明白。

……但是我洞悉一切，东方玉如想，当他在那个热辣辣的正午搭上铁弓将涂有箭毒木浆汁的铁箭射向那一排在阳光下闪亮的铜纽扣时，他果然听到了早上那人所预言的一切，鸡尾酒会开始了，化装舞会开始了。他成为城市的英雄，成为年轻人的偶像……不过，那峡谷中的声音迟早会被雒洛城重复的，我是什么城市行政长官？我只不过是一块墓地的看守人，我在节日里给每一块墓碑套上花环，在秋天里给每一个坟堆盖上芳香的枯叶。我看管住那些木乃伊不要在深夜里爬起来相互撕咬，看住蚂蚁不要钻入墓中偷啃尸骨，狐狸不要盗走墓中的珍宝，公狗不要奸污墓中的女尸，乌鸦不要篡改墓志铭。他决定等到自己死了之后，这伟大的孤独的思索的结果一定要公之于众。所以当那位乐于调查、一切以事实为依据的农业技术员踏上雒洛城的废墟的时候，第一眼看见的就是一枚枯叶形巨石上醒目的碑刻：

> 所有的人类建筑都是墓碑
> 所有的文字都是墓志铭

第五章

寻找生命的，却找到了墓地。天堂之门需要镶有宝石、刻有玉玺的黄金质地的钥匙，而地狱之门常开！

原始森林的枝叶遮住了阳光，蟒蛇一般的葛藤从马尾松的树枝上绕下来绞缠成为秋千，古老的苍凉的墓地长满了青苔，一些竖着墓碑，一些砌成六角形的塔，那些碑和塔都泛着幽幽青光，蜗牛已成为化石或者图腾。菩垣子的农业技术员已经闻到死亡的气味了。透过墓塔崩塌的石块，从那已被风化的裂缝，他看见了那些在深夜里和着树叶的响动呐喊歌唱的骷髅，以及那头骨上目空一切的巨大眼窟窿，他发现那些气味精灵一样闯入他的鼻孔肆虐地骚动他的嗅觉，像泡茶那样，他感觉到死亡的气味越来越浓了，而死亡本身即像非洲红蚂蚁那样往自己的生命里爬。于是他大义凛然地对那些魂魄们说：都没有什么了不起！死亡又有什么了不起呢！七座墓塔在他的声音里倒塌了，直到第二天，他还听得见那些石块滚下山坡的声音，或者撞碰着树木，或者滚落于山涧。那古塔中的尸首或骨灰荡然无存，只有蚂蚁、地蚤、甲虫拼命涌动，白蚁成群地愤怒地飞了出来。农业技术员拍拍身上枯叶的碎片说：看来这墓地里没有什么在盯着我的生命打主意。对我的生命打主意的只是我自己！他坐在那葛藤的秋千上，晃动着自己的生命环顾四周：我现在还能干什么呢？让我来正儿八经地创立宗教吧！

虽然宗教已经有了，我只需要选择信仰。我或者朝拜麦加，或者朝拜耶路撒冷，或者披上黄色的袈裟数念珠。但是我现在没有任何一本经书，

《新旧约全书》没有，《古兰经》也没有。我无从记忆，而又不能歪曲，因而我无法选择。不能选择，我只好创立。对，人们总是在生命的紧要关头创立宗教，建造信仰。让我在这样隔绝人世的、孤寂的、幽暗的、森林中的、神秘的古墓地上创立我自己的宗教吧，我将赖此生存下去！他环顾四周，他想，我自由了，我完全彻底地自由了，谁也不会来干涉我，我可以任意地选择，任意地创造，我可以崇拜卷栗树上的瘢疤，也可以崇拜那墓穴中涌动的地蚤，可以信仰野兔的土窟，也可以信仰树上的鹊巢，甚至藤梨的孽根、自己的包皮，他在这样的绝望的孤寂里享受自由，享受洒脱，享受美好，这并不是随便可以享受的，在有他人尤其是有比他职位更高的或者比他更富有的人的地方，他们会因为你宣传蔬菜的营养而不断地告诫你：又在宣扬你的"萝卜教"了，你要立即停止！就这样，不给他任何说明和争辩的余地。

菩垣子是一个远小于雒洛城的小镇子，这个小镇一直觊觎雒洛城的地位，偶尔试手，但屡屡失败，于是菩垣子向雒洛城俯首称臣。菩垣子因此不再制定自己的法律条例，他们总是隔些日子就到雒洛城讨回一些文件，然后逐条执行，因为路途遥远，而雒洛城也疏于管理，菩垣子执行起那些律例来总是要慢一拍——他们常常执行雒洛城一年或几年前的律例。菩垣子把雒洛城叫作都城，而雒洛城把菩垣子叫作地方政府。菩垣子每年给雒洛城一些礼节性的供奉。

这一年菩垣子地方政府正在有计划地开掘古墓，因为他们从古代城墙的桐油石灰糊住的缝隙里发现了七十多年前英国传教士詹利弗的日记，找到从雒洛城学外语回来的学子翻译，那日记记载古墓中黄金、宝石、玉坠之类的宝藏估计有两亿英镑。于是地方政府的官员们说：让我们开掘文物吧，让我们追踪历史吧！因为古迹中有菩垣子战胜过雒洛城的记载。这时一位年轻的农业技术员忍无可忍，跳出来撰文批判：总是在墓穴里发现令人惊叹不已的过去了的辉煌的文明，并以此来武装自己祖先的历史，修饰自己血缘的荣誉，掩盖自己处境的窘迫，每天在喋喋不休地说服自己必须自豪、必须自信。这就是症结所在：我们其实缺乏自信！然而自信绝不来源于墓穴的辉煌，不来源于盔甲的陶俑肛门中的祖母绿。为墓穴自豪的应该是文物商。要获得自信其实非常简单、非常容易。自信来自蔬菜。来自茼蒿，来自胡萝卜，来自黄瓜，来自扁豆，来自白菜，来自莴笋，来自枸杞子，来自足够的肉食和水产，来自猪肉和牛腩，来自鸡翅和烤鸭，来自禾花雀和烧鹅，来自竹节虾、龙虾，来自章鱼须、鳙鱼头，来自风鳝汤。菩垣子的人们个个对他嗤之以鼻：这个愚蠢的不可救药的书呆子！他居然不肯承认传统，他居然不肯承认精神遗产。他宣称自信来自蔬菜和肉食水产。难道猪猡有任何自信的元素吗？一个多么可恨可笑可怜的异端！农业技术员想，我只不过是批评墓穴，提倡营养，可是他们却说我破坏传统否定精神，难道有任何一种墓穴中的珍宝比蔬菜和日常的肉食更重要吗？没有蔬菜和肉食水产，人们将无法生存。正在他唾沫四溅地与人争辩的时候，菩垣子出现了一种传说：要把农业技术员监禁起来，因为每个官员心里都明白，农业技术员在破坏他们对古墓中财宝的贪婪追求（他们打着寻找传统的幌子搜攫财宝）。可是在最初的日子里农业技术员没有任何异常的感觉。地方政府甚至说服农业技术员将他的论文印刷出来摆在大街上销售。农业技术员很快就印刷了几千册。地方政府派人将每一个买书的人都记录下来。半个月后，地方政府将农业技术员和他的门徒（那些可怜的、好奇的读者）一网打尽，像最早的小道消息所预告的那样，把农业技术员和他的读者们监禁起来，并捆住他们的双手，让他们牲畜一样在同一个发着泔水味的木槽里舔食玉米糊糊。

地方政府宣布：根据雒洛城的有关律例，有关部门断然采取行动，坚决取缔"萝卜教"！菩垣子地方政府在广播和电视里播放了这条消息。农业技术员在监狱里大声叫嚷冤枉，他说他根本没有创立什么宗教，他只不过尽一个农业技术员应尽的责任宣传蔬菜的营养。那些狱卒当然不理睬他，那些狱吏却说：是的，你宣传蔬菜，干扰古墓的开掘，否定传统，这就够了，这就死有余辜了！

农业技术员的命运是因肯寨水库的浊流抵达菩垣子而发生转机的。

一个灼热的中午，在菩垣子那条绿色河流中长着鬼柳和车前子的沙洲上，人们看见了从遥远的神秘林莽流下来的色彩斑斓的浊流。它含着沉重的泥沙，带着肯寨文明与生物及植物的杂烩，滞缓地流过来，那仿佛是漂浮的固体，仿佛是一艘船，这是肯寨水灾后三年零五个月又十七天的时候，人们用木桶舀起那些凝滞的水，他们发现了豹骨和蛇皮，发现了那印在粗糙的绵竹纸张上面的文字，发现了雕梁画栋的残破碎片，惊奇不已。地方政府从雒洛城请来了考古学家，考古学家们对这一现象也无从解释，不过他们说：没意思，也许是有人故意在搞什么恶作剧吧，他们在古代的纸上印上现代的文字，他们要嘲弄历史、亵渎文明呢！有个美洲商人就干过这样一件事：将混凝土铸成的一个十几米高的巨人埋在地下，三年后声称发现了古代巨人完整的化石，一时参观的人络绎不绝，仅门票和它所带来的辅助服务业的收入，很快就让那美洲商人塞满了腰包。尤其重要的是，当科学界以严肃的态度揭露了他的骗局以后，前来参观的人仍然有增无减，因为即便是骗局，这也是世界上独一无二的骗局。地方政府从考古学家的新奇故事中受到启发得到鼓舞，于是他们果断地决定派人去寻找那豹骨与蛇皮的地方，寻找那绵竹土纸课本的地方。

　　他们把农业技术员跟他的门徒隔离开。给了他陶瓷的碗吃饭，并在米饭上面盖了两块红烧牛肉。第一次吃到牛肉时，农业技术员想，完了！死期到了！因为他听说监狱总是这样，凡是他们愿意给你吃红烧牛肉的时候，那就是没有判词的宣判了，那就是你最后的晚餐了，你要是有信仰，那你得赶紧祈祷。可是死期并没有来临，监狱不断地给农业技术员增加营养，甚至连蜂王浆这样的补品也会有意无意地给他一支吃。他们说吃吧吃吧，喝吧喝吧，你目前最重要的任务是使身体健壮结实起来。农业技术员想，这真是奇怪，他们大概需要这个身体，会不会是某官员染上同性恋了？或者他们要把我押到雒洛城去？这种扑朔迷离的现象使农业技术员十分难受，他日渐消瘦，这与他每天所获取的营养是背道而驰的。他想或者是地方长官已经易人或者是恶作剧，也可能是法院想枪毙一个胖子。他们已经很久没有枪毙过胖子了，他们感到很不开心，他们想试试新出产的子弹能否洞穿一个有足够尺寸的身体。给一个该死的异端以怜悯、以宽容、以优待是没有任何可能的。农业技术员终于忍无可忍，勇敢地对狱吏们说：你们枪毙我吧，你们枪毙我吧，这种红烧牛肉的折磨比什么都难受，我宁愿你们红烧了我。可是他们狡黠地回避了他的请求。如是数周，农业技术员就置生死于度外了。他想，恶作剧又怎么样？我活着，而且我在吃好东西并能品出它们的甜酸苦辣，我能观察看守的生物性表情，就像我观察螟虫蛉虫一样，我甚至可以想老婆，可以在梦里做爱并遗精，醒过来摸着黏糊糊的裤衩自我感觉便良好起来，闻着那腥味证实自己的存在，怎么样？一切皆美好？这样他便稀里糊涂地胖起来了，于是菩垣子地方政府官员就来找他。

他们说：很好，很好，你终于胖起来了。

他说：对对对，这光靠营养不行。

他们说：那还要靠什么？

他说：还要靠心情舒畅，天地坦荡。

他们说：天地怎么会坦荡？

他说：我再不怕什么，我置生死于度外。

他们说：很好很好，这正是我们所需要的。

他想完了，我还是如了他们的意。

他们就把他放了出来，并用小车将他礼貌地接到办公室。他们说委屈你了，这真是一个冤案，他们说一笔勾销吧一笔勾销吧。农业技术员问什么一笔勾销？他们说将过去的，截止到他说出的这句话过去一切痛苦的、欢乐的都一笔勾销吧，于是过去就被一笔勾销了。他们把那些用红色丝绸包裹起来的垃圾碎末端了出来，小心地打开，他们举起红腹锦鸡的一片绿色羽笔说：你认识这个吧？他说认识，那是从宫女的漂亮扇子上折下来的。他们举起一张破烂的豹皮说：你认识这个吧？他说当然认识，那是雒洛城的行政长官打来准备送给他的母亲的，可是因为打烂了，他就把它扔了。他们举起一个白果仁说：这个你认识吧？他说当然认识，那是耶稣的使徒的救命之果。他们把豹骨、蛇皮、兔子耳朵、绵竹纸张一一让他辨认。他都给以光怪陆离的解释，他想我过去真是愚蠢，我一点也不敢置生死于度外，我总以为生与死是一条河的两岸，然而河流却是不存在的，非此即彼，我只能站在岸上。现在看来河流是有的。我此刻在这样的办公室里将过去一笔勾销、将生死置之度外的气氛就是这样的甘之如饴的河流，我在这样的河流里多么挥洒自如。菩垣子地方政府官员对农业技术员的回答将信将疑，对他的合作态度却感到十分满意。于是他们就委以重任了。他们说你身体已经很好了，你可以去完成那任重道远的壮举了。他们让他带着那红绸中的杂碎去寻找那活着的奇异的古代文明，他们说这事情非你莫属！

寻找肯寨的任务就这样落到了农业技术员头上，他隐隐觉得这是一种冠冕堂皇的流放。可是他接受了。流放或监禁又有什么两样呢？既然宣传蔬菜的营养跟创立宗教没有什么两样——在生命的无尽恐惧中，在人欲横流的刀光剑影中，在崇高心灵的无比激动中，在伟大智慧的大悟大彻中，产生一切的具有世界影响的宗教。

　　菩垣子的农业技术员从迈出监狱的第一天起，他就在走向他的宗教，那不是伊斯兰教，不是基督教，也不是犹太教，可是那时他还不知道他会这么做。他还不知道自己居然会成为"圣墓教"的始祖，不知道自己的妻子也不曾享受任何一种属于宗教的殊荣。他向菩垣子地方政府官员说，我要去看看我的妻子。这要求获得了批准，可是他们警告说你一定要在房事上节制，否则你浪费了精力就完不成任务，他口头上答应了他们，但是在心里却下了决心：我坚决要房事过度！我要让他们的红烧牛肉、蜂王浆化为妻子便溺中的废物！我甚至愿意染上淋病、梅毒、艾滋病！我愿意不得好死！我愿意途中暴毙！当然现在他要去见他的妻子。红棕色的头发，淡灰色的眼珠，欧罗巴女人的长奶子，真是妙不可言。妻子是一个纯情少女时，菩垣子没有年轻男人敢接近她，他们只能遥遥地向她大叫"喔嗬"，她就跑到一座雒洛城风格的建筑里去，向她的父亲告状。在屋中那黑漆（久磨后已发出些红亮了）的直角硬木椅上笔挺地坐着的上校说：好吧好吧！我要敲碎他们的脑袋！敲碎！一律要敲碎！他用景泰蓝笔帽敲了敲烟灰缸！他是雒洛城驻菩垣子军队的最高指挥官。可是他跟地方官员不和。地方政府官员说他们增加了地方的负担，他的部下常偷老百姓的瓜果，常勾引民间闺女。他们说有一次上校的部下居然有一个班的士兵（六人）每人领了个娘们在兵营里的大通铺上干，那呻吟声和吭哧声把泊在小河里的小船都掀翻了。上校厉声驳斥那是造谣，那是一个极其卑劣无耻的谣言，他们在诋毁他的荣誉！上校脸色铁青地检阅了自己的部队，他没有查出部下任何不轨的行动来。他在那个有四月开花的桂花树的草坪上十分愤怒地大喊：我宁愿你们去打仗，宁愿你们被子弹追击，宁愿你们流血牺牲，也不愿看到你们为流言所中伤！在我的眼里，你们永远永远是美好、善良、淳朴的。他明白地方政府官员有意刁难他，是因为他不愿与他们同流合污。

上校并没有去击碎那些打"喔嗬"的年轻男人的脑袋，他把女儿嫁给了其中一个遥遥地打"喔嗬"的男人。他对这个男人说，我真想离开这里。我离开这里把女儿交给你，你要负责任。上校的愿望不久就实现了。不久上峰就命令赴前线换防，不久就传来噩耗说他在战场上牺牲了。在充满硝药味的葬礼中，他的战友和部下居然给他的遗体盖上旗帜。他的遗体离盖上旗帜的级别还差老远，可是他们全不管，他们就那么壮怀激烈地做了。他的女儿的淡灰色的眼珠差点哭成黑色。她整整三个月没有与农业技术员做爱，她说她的悲伤远远地超过了做爱的欲望，以致断了两次月经。不过等农业技术员从监狱出来的时候，她的月经就快来了。她躺在床上说：你得赶快！不然我那些客人就要来了，她浪漫地把自己的月经称为月月来访的客人，热情洋溢，而且色泽鲜艳，她奇怪怎么没有一首古典的伟大诗歌是献给这客人的？诗人们总是歌颂裙裾与飘带，歌颂发簪与耳环，那都是身外之物，那都是浅薄的东西！她的粉嫩的脸潮红。她催促农业技术员赶快。技术员也跟着说：那是那是，我得赶快，我得赶快……

好了，终于结束了，出来后，农业技术员发现自己被染红了。

我被染红了，他说，你血浴了我的武器，简直像那个初夜，那个找了半天还找不到地方的初夜。

那个初夜有着欧罗巴长奶子的女子已经搬出了雒洛风格建筑的大房子，农业技术员与长奶子女人在一张纸上签了字，就把她领回了自己的屋子。一进门他就忍不住将她按倒，在她的胸脯上拼命地吸吮。他的妻子开始还有些抵挡，但很快宣告了自己的崩溃。她气喘吁吁，她在顽强地说服自己，可是她知道已经无法说服自己，她喊叫起来：爹爹哟！爹爹哟！可是她明白上校早已战死疆场了。即便上校不曾战死疆场，他也是站在男子汉的一边而不是站在女儿这一边的。就在那幢雒洛式建筑里面，农业技术员在她发出郁香的卧室里止不住心血来潮一把掀掉了她的裙子。他要扑上去呢！她身穿粉红色的内衣内裤跑到父亲的办公室里去，她说：爹爹，爹爹，他要那个呢！上校就跟着她去了她的卧室。农业技术员以为上校要给自己一枪。结果没有，结果上校用宽厚的手掌抚摸了一下女儿的头发，说：你是女人！跟他玩去吧！说完把女儿推进屋里关上了门。农业技术员那时却惊惶不已，一动也不敢动了。

农业技术员躺在床上，一边抚摸着长奶子女人，与她算计着时间。

这当然是一种要命的流放，可是谁让我去宣传蔬菜的营养呢？也算是咎由自取。我肯定是回不来的了，所以我想要留下一个儿子，农业技术员说。

长奶子女人就说，那你就等我过了排卵期再走。

农业技术员说，我跟地方政府说说吧。

因为长奶子女人是雒洛城军官的女儿的缘故，地方官员同意了技术员的要求。地方政府官员慷慨地给了技术员一个月的时间。这一个月里，农业技术员用了大量的时间与长奶子的女人纯技术地做爱，把欢愉的要求尽量降低，把受孕的可能性尽量地提高。也正是因为女人可能受孕，农业技术员在漫长的险途中才没有放弃生还菩垣子的努力。

农业技术员在葛藤的秋千上晃荡着盘算：我要活着回去，我已经有了孩子，长奶子女人一定早已分娩，孩子一定在牙牙学语。等我活着回到菩垣子，那不学无术而又贪得无厌的地方政府官员也可能下台了，暴政或许就结束了，地球不会白白滚动，太阳和月亮不会枉自运行，季节风不会无缘由地吹过。

可是要活下去非创立自己的宗教不可，在孤寂的墓地，我面对荒场和骷髅，面对青苔和潮湿，面对白蚁与地蚤，面对魑魅魍魉和远古不知名的芳魂丽魄，面对影子和呼吸，面对绿叶与枯枝，只有宗教能让我活下去了。对，我要在这莽林中天然的秋千架上创立宗教，我将用这样的宗教回到菩垣子代替所谓的"萝卜教"，去启迪我的儿子和门徒，并让他们传诵开来，继承下去，弘扬光大。农业技术员在葛藤的秋千上像所有的先哲那样，开始编排宗教的教义：

人们一生下来就在寻找自己的墓地，因而喜怒哀愁是我们的本分，哭与笑是我们的本分，爱与恨是我们的本分，痛与痒是我们的本分。我们不能抛弃属于我们本分的东西，失去痛与哭我们也不健全；我们一生寻找的东西就是墓地，它是一种神圣结果；不可睡别人的妻子，更不可抢夺别人的墓地，不能在别人的墓地寻求自己的死亡，除非死亡本身要求我们这样做；不能在哀伤和痛苦的时候祈求死亡，因为哀伤和痛苦只是生命长藤上开出的花朵，它朝放暮凋，而死亡则是这长藤的一部分……我们借着属于我们的本分活下去并不寄望再生，我们用自己创造的一切葬埋自己……

就在这个时刻，耶路撒冷教堂的红衣主教突然从风的气味里，从教堂帷幕的轻微摆动里，从只可感到莫可名状的磁场里觉察到了异教的出现。简直无法遏止，他闭上眼就看见那个人坐在墓地的秋子架上。新经书的辞藻从那个孤独的农业技术员的头脑中泉涌而出，越来越华丽动人。

他居然在墓地创立宗教！

面对那些虔诚或不虔诚的做弥撒的人们，红衣主教跨越了以往的章程，大声地慷慨激昂地朗诵起来：

……我往马其顿去的时候，曾劝你住在以弗所，好嘱咐那几个人，不要传异教，也不可以听从荒谬无凭的话语和无穷的家谱。这等事只生辩论，并不发明上帝在信上所立的章程。但命令的总归就是爱，这爱是从清洁的心和无亏的良心、无伪的信心生出来的。有人偏离这些，反去讲虚浮的话，想要作教法师，却不明白自己所讲说的、所论定的。我们知道律法原是好的，只要人用得合宜，因为律法不是为义人设立的，乃是为不法和不服的、不虔诚和犯罪的、不圣洁和恋世俗的、弑父母和杀人的、行淫和亲男色的、抢人口和说谎话的、起假誓的，或是为别样敌正道的事设立的。这是照着可称颂之上帝交托我荣耀福音说的。

耶路撒冷的红衣主教读着《圣经》中的关键章节。他看见自己的声音凭借基督的力量穿透教堂的厚墙鹞鹰一样在天空展翅飞翔。他想，我的声音是鹰，有敏锐的眼和尖利的爪，而那异教只不过是鸡雏，可怜的长着绒毛的肉红色的脚还未硬的鸡雏，鸡雏注定是要被鹰消灭的。

于是，农业技术员喷涌的才思果然被打断了，他没有望见天空的鹞鹰，但是他开始看见了那不止息的以毒攻毒的搏斗，黄鼠狼出现了，蛇出现了，在树上，在地上，吐着信子，像那些酒精灯的淡蓝色的跳荡火苗，然而这火苗对缎子般的皮毛毫无损伤。那些五步蛇、金环蛇、银环蛇、眼镜蛇从他的葛藤的秋千下溜过，它们在选择战斗或逃避。而黄鼠狼却格外镇定而大度，它时不时儿戏一般咬住毒蛇们的尾巴，那技艺远比训练有素的猫把玩老鼠高超。农业技术员的孤寂被驱赶。他想，这也许是创立宗教的一种结果吧。

麦加的朝圣者们和伊斯兰的阿訇对异教似乎宽容得多，因为他们允许自己的儿女投奔基督，信奉是自由的，选择是自由的。于是他们无拘无束地念颂属于自己的经典，而并不为世界上出现了异端邪说而骚扰自己的心灵：

一切赞颂，全归真主——天地的创造者！他使每个天神具有两翼，或三翼，或四翼，他在创造中增加他所欲增加的。真主对于万事确是全能的。

无论真主赏赐你们什么恩惠，绝无人能加以阻拦；无论他扣留什么恩惠，在禁绝之后，绝无人能加以开释。他确是万能的，确是至睿的。

人们啊！你们应当铭记真主所赐你们的恩惠，除真主外，还有什么创造者能从天上地下供给你们吗？除他外，绝无应受崇拜的，你们怎能如此悖谬呢？

……

如此悖谬的是，满地的毒蛇，它们卷曲着，缠绕着，战斗着，连魑魅魍魉都不敢插足。农业技术员说，我下不去了，达尔文从来没有料到有这样的一天，人还原成了猴子！农业技术员只得小心地在长藤和树枝上攀缘生活，这时候他才想要是有一个能将自己倒挂起来的尾巴该多好。

人原本就不应该失去尾巴的！

第六章

不能留尾巴！枇杷娘说，在目前，毁灭是我们的当务之急！破坏是我们的当务之急！清除是我们的当务之急！洗涤是我们的当务之急！我们必须焦躁起来！我们必须激昂起来！我们必须行动起来！

每天早晨浓雾没有散去，太阳没有出来，落花生的叶子没有张开，甚至公鸡还没有叫鸣的时候，枇杷娘就牢牢地站在红叶树的树枝上，用一个外面涂着绿漆里面已经完全锈蚀覆盖着一层厚厚的暗红色粉末的铁皮喇叭慷慨激昂地叫喊口号。于是在一个夜里，雄鸡们首先被鼓动起来了。它们听错了信号在半夜里争先恐后地啼叫。"咕咕——喔——喔！""咕咕——喔——喔！！！"前所未有的热情洋溢，前所未有的恢宏雄壮。这以后，一些聪明的雄鸡觉得在单调的报晓鸣叫里显露不出自己的智商、自己的才华、自己的风格，于是它们别出心裁地叫出音阶，叫出了休止，叫出了节拍，叫出了泛音，叫出了颤音，叫出了上滑与下滑，叫出了"tr"与"……"叫出了"mp"或"<"，自由延长或戛然而止。母鸡们被惊醒被感动，她们拍拍翅膀要唱，可是她们唱不出来她们敲响了鼓点。

叫喊吧！

歌唱吧！

舞蹈吧！

肯寨的整个后半夜丰富起来，沸扬起来了。不甘寂寞的狗们也吠叫起来了。猫头鹰嚎叫起来，布谷鸟鸣叫起来……群山就这样被唤醒，树木因为睡眠不足而渐渐地枯萎了，树叶未枯先落，飒飒有声如一个新增的雨季，红叶树的叶子纷纷往枇杷娘的身上落。

枇杷娘说再不清理介所创造的垃圾，毁灭介的符咒，蝗虫就会铺天盖地而来，蚂蚁就会漫山遍野而来，地震会锣鼓咚咚而来，风暴会随电闪雷鸣而来。她说水库边那山的倾坍、那地下十色魔水的喷发、那大坝的崩溃你们看见了吗？那只是一个前兆，一个大灾难之先的微不足道的前兆，一个要我们赶快自救的暗示。枇杷娘不知道介的一切业绩被毁灭以后，肯寨的日子倒退了若干年，他们更加无法抵挡任何一次大自然给他们的小小惩罚，他们生活得小心翼翼，而这并不能获得任何体恤。

那个因在干旱年成里吃马苋子而永远患着梦魇的女人常在红叶树的另一个枝头上散布预言，梦子的预言不给人们以任何提示或规劝，她预言云根子会在自己的孩子出生的时候遇到雷劈。人们看着云根子老婆的肚皮一天天胀大，静静地等待检验梦子的预言。那一天早晨天晴，中午还是天晴，可是下午就风云突变了，天空阴沉，黑云翻滚，云根子的老婆临盆了，临盆的时候大雨就倾盆而下了。当孩子的一半还含在女人体内的时候，她一时镇静得出奇，忘记了产痛，这时她记起了浴洗用的木盆还在屋外的禾场上，可是孩子马上要浴洗了。她吩咐云根子说，你去禾场上把木盆拿回来吧，这一半我很快就会把他拉出来了，只要再加一把劲。于是云根子就去禾场上了，于是霹雳声在禾场上响起，云根子倒在木盆内。他的耳朵被霹雳削去了半边，左脸麻痹了，他从此只能用一边右脸笑或者哭，直到后来老年斑出现的时候，也只长在右脸上。那霹雳声同时震得云根子的老婆一颤抖，孩子也就很顺利地通过了那个生命的峡谷，坠了下来，哭叫起来。云根子后来就常常哭丧着半边脸说，这大抵是一种命定，我需要接受灾难，因此，凡给予的，我便接纳，打稻机不是也打断过我的两根手指吗？

除了魔魇的梦子，肯寨的人们依然响应枇杷娘的号召，人们需要君主或头人，就是这样，在寻常的日子里，人们自然而懒散，懒散而和谐，和谐而达观，达观而深刻。人们根本不愿意思想或创造。但是他们往往愿意追随思想者，他们容易被鼓动或受感动，他们现在就是遵循着这样的规律实践自己的情绪。

大铲除的行动于是开始了！

枇杷娘并没有躲在台后策划，而是身先士卒地行动，那是个浓雾赛过梅雨的早晨，队伍集合起来了。队伍中吵吵嚷嚷，男男女女们都在说，我们接受，我们同意，我们遵守！我们服从！枇杷娘，你就是我们最最伟大的智慧，可是请你指示吧，我们该怎样行动，我们是先拆掉房屋还是先脱掉衣服？我们是先要回臭虫还是跳蚤？我们是先放弃双季稻还是长靴？

枇杷娘以高于众人的频率在队伍前大声喊，我早就看出介不是个好东西，他两眼有一种煞气、一种寒气，他是一个来自雒洛城的巫师，他是一个不杀生的刽子手。记得我反对过他么？米粒要比黄豆大，谷穗要比稗草长，根下长出地瓜来，长出花生来，井眼里渗出油来，卵子上开出花来，井里淹死鹿，卵毛缠死虎，他的罪恶的符咒是多么动听啊！枇杷娘讲完之后便倾听肯寨的呼声。她对吵吵嚷嚷的反应十分高兴。枇杷娘的演讲便如雷电撕破了天幕，揉碎了云块，已经下起了滂沱大雨。可是当她听清楚了人们在打听行动步骤时，她说，东方玉如被送去寻找城市杀介去了，我们现在需要秩序，需要一种毁灭的秩序，虽然应该一切推倒重来，但是不能在瞬间完成。先拆掉房屋还是先脱掉衣服？这是个问题。介改变了一切，他使肯寨的服饰发生了划时代的变化。他教给了他们铸制铜纽扣的方法，于是偏襟的布纽扣的棉布衣变成了对襟的铜纽扣的棉布衣。他教他们从树叶中提炼出靛青，又从靛青中提炼出靛蓝，加上各种彩色画石的调制，于是各种各样的颜料出现了，多彩的花衣服出现了。后来，他鉴于奔跑（即使不奔跑为了避免下垂的尴尬赢得高耸的荣耀也是应该的）中的妇女的乳房的猛烈颠撞不利运动有碍观瞻而为她们设计了双拱的文胸，甚至为她们设计出了洁净舒适的月经带。枇杷娘演讲的时候有一场小雨，淅淅沥沥打在红叶树的叶子上。在雨中，有人提议应该复垦那片浆红色的沼泽。肯寨的人们把秩序的安排也一致交给枇杷娘后，在小雨中散开。枇杷娘望着那些纷乱的脚后跟甩起来的雨水想，他们会逃离我刚才煽动起的热情吗？

回到屋里，枇杷娘仍然为这个问题所困扰，他们会逃离热情吗？女人们会突然舍不得丢掉她们的乳罩和月经带吗？男人们会舍得他们的竹节木板卷烟机吗？我仍然面临困难，面临阻碍，面临失败，但是我必须坚持，否则我无法将他们从哀伤的湖底挽救出来，我是枇杷娘，我有责任，我既不是介也不是东方吉堂。介是雒洛城派遣的巫师，是蓄意的凶手，是阴谋的白脸的刽子，而东方吉堂是糊涂的走狗。就在这时候，枇杷娘感到下身一阵潮热，她心中一惊，她想我现在面临一种选择了，我应该身先士卒，我应该马上抛弃介设计的那种月经带，像以往（介进入肯寨之前）那样，将一团破棉絮和一条破裤子的半截裤脚绑在两腿之间，

枇杷娘走进后房好好地忙碌了一阵子，收拾停当了，仍然坐在凳上，但她浑身觉得特别不自在，不舒适，她想这是自作自受了，并没有人要求我这样做，也没有人监视我，我又不可能出去用这种形式做一个复辟的示范，还是换上介设计的那种舒适的月经带吧。于是她重新回到里屋去。蜘蛛在角落里搭网。角落里有一个马桶，马桶的铁箍已经锈了。蜘蛛网的一边挂在绳子上。绳子上晾着挂着枇杷娘的各种衣服及头饰及袜类，枇杷娘取衣服时重重地拨动了绳子。于是蛛网一摆动，颤颤一弹，蜘蛛荡荡悠悠向马桶里掉去，那韧劲的丝对它居然没有挽救的能力，在发过酵的发出刺鼻的氨味的便溺中，蜘蛛卟的一声就消失了，就死亡了，就沉没了。枇杷娘看见这一幕，可是这与她无关。她解下裤子，她就想很奇怪在过去的许多时光里我总是因为介解下裤子……解下裤子就用那皂角树叶子洗涤自己的身体，自己抚摸肩膀上的红痣，无法不承认介对女人的体贴入微。什么是罪恶？罪恶就是那种温情的征服。怀上东方玉如的那次，肯定是在一个干燥的岩洞里。播种蚕豆的时候遇上了大雨。大雨像鞭子那样抽打他们的身体，抽打春麦与油菜，抽打岩石与尘土。他们躲进一个干燥的岩洞，他们开始拧自己被打湿的衣服。她穿一个粗纱织的衣服。大雨扑腾起一股泥土芳香的雾气。介不知从哪里弄到一捆干爽的稻草，打开。介把她扳过来，拉到稻草上坐下。介用自己拧干的衣服替她擦去身上的雨水。

介把衣服铺开在干草上。

我有时想我是因为喜欢闻干草的气味而留在你的牛栏上的，介说。

这个岩洞真好，这场雨不错，枇杷娘说。

那时干草就是我的床，我睡得很舒服，介说。

那有什么？我们也把这稻草当床来用！枇杷娘毫不犹疑地说。

于是介就把枇杷娘放倒在干爽的稻草上，认真地玩赏她肩胛上的那颗跳荡的粉红色的痣。枇杷娘的脸就泛出迷人的光泽，照亮了整个岩洞。

雨越下越大，洞口的上面挂上瀑布一样的水帘，下面流动着枝枝桠桠的浊水，像一些在雷雨声中复活的动物。枇杷娘温顺地躺在干稻草的上面，眼睛大大地张开，她看见一队蝙蝠紧紧地贴在石壁上。洞壁上有石姜的毛茸茸的棕色的根，还有蜈蚣爬行过的痕迹，蟾蜍坐过留下的莲花般的图样。枇杷娘躺着，主动为介脱掉了裤子。枇杷娘慵懒地说，这些稻草不就变成床了？就是在这个躲雨的岩洞里，枇杷娘一边呻吟着一边对介说，我要与你生一个孩子，我要与雒洛城的男人生一个孩子，我要知道肯寨的女人跟雒洛城的男人会生下什么样的孩子，我想看看雒洛城人是怎样调教自己孩子的。枇杷娘是肯寨第一个与介交媾而受孕的女人。后来东方玉如成为雒洛城的行政长官，就总是会不完整地记起这个岩洞，记起一些灰黑色蝙蝠的翅膀，以及石姜的毛茸茸的根和百足的蜈蚣。他曾藉此寻找过肯寨，但从未亲眼看到过这个岩洞。介就是在这个岩洞里诞生荒唐计划的。完事后他对枇杷娘说，你真聪明，也许，文明的因子就在精子里，我们试试，要是有可能，我就与肯寨每个女人生一个孩子，等他们成长起来，肯寨就变成一个文明的地方了。枇杷娘瞪大眼睛，你说什么？你不是说你逃离你那罪恶的城市吗？可是你对你的雒洛城念念不忘。你以为我听不出来，你说你想改造肯寨的人种。哼！但自从枇杷娘怀上了介的孩子，枇杷娘就支持介的计划了。介曾私下里想，枇杷娘支持我，那是因为她想与肯寨别的女人比较一下，同一个男人播的种，看哪个生下的孩子聪明。当介把这个猜测说给枇杷娘听时，枇杷娘笑了笑，承认了一半。一条长须的亮晶晶的蜈蚣从岩洞顶缓缓爬过。枇杷娘一哼，蜈蚣就掉了下来，在稻草上蜷曲成一个晶亮的小粒子。介用稻草秆捅一捅，这蜈蚣居然就死了。枇杷娘就认定东方玉如是蜈蚣投胎，怀孕的时候，枇杷娘常常摸着自己的肚子想，这是一颗狠毒的种子。

……我恨介可是我总是心甘情愿地脱裤子。脱下后，枇杷娘把那破旧的裤脚布解下来，那上面当然是有尿渍和汗迹的，那破旧的棉花也从腰间取了下来，黄色的红色的，花瓣与花蕊一样，丢到一边去，那些有酶菌的东西，那些可能导致感染的东西，于是她重新把介所设计的那种让胯部舒适的月经带换上了。打开门枇杷娘想，要彻底剔除介可真不容易，我想身先士卒但是我没有做到，不过等过了这一次我一定要改造自己，否则我无以服众。

　　天晴了，麻雀从屋檐下飞到树枝上去叫，树林子里和草地上的露珠反射出钻石一样的光芒，赤橙黄绿青蓝紫紫蓝青绿黄橙赤，蚯蚓开始向泥土里钻。有人说，昨天晚上我又听到布谷鸟叫了，让我们来复垦那个酱红色的沼泽吧。这个提议很快就被枇杷娘否定了。枇杷娘重新给肯寨安排了秩序，她说首先要去对付那个灾难的符咒，要彻底地把水库大坝的残基扒掉，要在那些子了正像肯寨的热烈庆典挥舞的手臂那样摇曳的沼泽里撒上石灰，让水库像原来峡谷的不毛之地那样，长着稀稀拉拉的马鞭兰，马鞭兰的根上带着阴险的黄褐色的酶菌，蚱蜢守候在马鞭兰草叶的阴凉里，窥视蜻蜓的翱翔，每一块顽劣的石头应回到原有的位置，紫荆树要回到原来生根开花的石头上，雷公耳应每一个石头的漩涡里海藻一般生长，被水浸蚀过多年的山陵和峡谷都要还原，一切皆成为过去的模样。

　　枇杷娘举着那个长有暗红色铁锈的喇叭，在红叶树下发出号令，于是人们扛着锄头挑着畚箕向水库残址进发。人们在峰回路转的羊肠道上唱起了山歌，向世界宣示参与毁灭雒洛城人的符咒的快感，每走过一个山坳，他们就在一块悬崖上杀掉一只有着猎猎红旗一般的冠子的公鸡，用它的血涂在悬崖的尽头。第二天，这悬崖的尽头就开出一束或几束与季节并不相符的杜鹃花来。人们沿着废弃的水渠走。水渠里长满了鹅黄色的嫩草。嫩草间跳动着蝎子、蜈蚣、壁虎以及蜥蜴，还有苍蝇一样的大跳蚤，它们不喝血，它们吸吮草木的汁液和沟渠中的污水，每只跳蚤含着一根燕麦秆大的吸管在人们的脚下舞蹈，吹出笛子一样的音乐。钉有金属马甲的田蚤在嫩草下穿行。戴桐叶帽子的山鼠在渠壁的裂缝里寻找食粮，寻找蜥蜴的断尾，寻找金钱树的种子，寻找沦落成泥的红草莓。水渠里的嫩草没有等到花季便溃烂死去。可是总有别的种子遗落下来，或者在炙热的中午有一个遥远的种球爆炸了，一团裹挟着籽实的轻絮就在天空中飞，就飞到沟渠里来，或者枇杷娘与肯寨的人们在耕作的路上踢落了种子。行进中梦子跌进渠里断了骨头跛了，那响声和鲜血惊起了蝎子和蜥蜴，昆虫飞溅的声音一如雨点。梦子爬起来跛着腿前行。

　　黄昏的时候，那水库大坝的残基就出现在眼前了，像雒洛城北郊那些古城墙的遗址，无言地颓废着，历史地颓废着，像一条在决斗中被利刃划破的流脓的臂膀或大腿小腿或另一种肢体，像一个被强奸后昏迷不醒、不堪收拾的裸身女人，像在不情愿的拥吻中被咬破的嘴唇，它裂开着，无可愈合地裂开着，羊肠线无指望的缝补，劣质的麻沸石的麻醉……所有的灾害的本质都一样，都是断裂与溃烂，都是崩坍与倒伏……肯寨人见得多哪！螳螂的长锯架在苗壮的麦苗上，蚕的利齿放在桑叶上，丝虫在血管里，棉铃在花朵里。人们看见黑色沼泽上被太阳蒸腾的空气浴浸着的黄土所辐射的颜色，颜色间的阴影，看见斑驳的墨绿色与奢红色相间的花岗岩的颜色，颜色间的棱角。有勤勉的乌龟在大坝的决口处翻动石头。人们走到了大坝上，仿佛仍能看见那洪水从决口处迸泻而出，裹挟着凄厉号叫的斑皮豹子、黄鼠狼以及所有的枯枝败叶。枇杷娘找到那个柘树木桩拔了出来。她用它来点燃圣火，然后把它扔在那干燥的绿色的帆布帐篷上。帐篷就燃烧起来。石菖蒲干燥的叶子燃烧起来，那些被火灰焐热的蚕豆在大雨后发出的芽燃烧起来，帐篷被风刮起来，成火翼的飞翔物降临沼泽。沼泽在一刹那被点燃，发出毕剥声，发出爆炸声。泥浆像那个岩洞的蝙蝠一样飞上山冈，飞上云霄，蓼辣草和水汀草连根拔起，漫天飞舞，鹰一样嗥叫！

人们蓦然听东方吉堂在沼泽的泥淖中欢声高叫：啊！伟大的沼气！神奇的沼气！啊！愤怒的沼气！啊！燃烧的沼气！

枇杷娘说：用他做这个符咒的牺牲吧，不用管他！

东方吉堂就发出癫狂的笑声。

枇杷娘透过飞舞的泥浆看着坝基的裂痕说：那泥土原本在山顶，现在它要复归山顶，那野草原来长在乔木的树荫下，现在它要复归于树荫，那石块原本在悬崖，现在它要复归于悬崖，孑孓要复归于蚊蝇的天空，砂石复归于乔木的山坡。

人们趴在大坝的残基上看这惊心动魄的一幕。泥浆落在脸上，落在脖子上，蓼辣的茎蔓以及根须落在人们的头上，变成女人的发夹，变成男人的红胡子和绿色鬓角。云根子用残剩的几根手指抠进了坝基的红土中。蓝寡妇像一只熟练的猪，迅速地用鼻子和嘴拱出一个安放头颅的掩体。她把自己的头埋入这个红土的掩体里，外面清晰的毕剥声与爆炸声成为混沌的轰鸣，没有来源也无所指向，她呼吸那土壤团粒中附着的空气，吸着土壤中酶菌辛勤分解出来的氧气。她腮边的土壤就是因此而板结的。梦子隔着那些沼泽的碎片对枇杷娘说，只有我镇定，因为我熟知这一切，我在每一个夜里要去一趟雒洛城，我在那里约会介。枇杷娘说，你懂什么？你只知道马苋子汁液的浓度。梦子就顶着一只青篾的畚箕，在完好的坝顶部分跳起舞来。枇杷娘看着这一切，一切都变成影子，影子与声音，声音与波动，波动与衍射，衍射与场，一切都占据空间挤兑生命。梦子的舞姿在波动中绰约扭摆，她用踢踢踏踏的步伐走到蓝寡妇面前，用歌声告诉蓝寡妇：

别把你的头埋进土里，

别把你的鼻子和嘴拱进土里，

别争夺土中的空气，

长此下去，

你的头便会拔不出来，

头发变成根须，

你的四肢会朝天生长，

你的指甲变成鳞片，

你的体毛长出粗大的叶子，

大王蛇绕着你的脖子休息，

耳朵里装满兔子，

奶子上坐着百岁的蛤蟆，

腋窝里蛰伏困倦的游隼，

膝盖上蹲着豹子，

脚板上歇着秃鹫，

眼睛里流出泉水，

鼻孔里钻进土蜂，

舌面上长满青苔，

肚脐眼里诞生松鼠，

你要赶快拔出你的头来！

你要赶快拔出你的头来！

她用那前头戴有丝桐树皮扎花的草鞋的脚去踢蓝寡妇翘起的屁股。蓝寡妇听到秃鹫时，马上把头从泥土中拔出来，眼睛清亮了，嘴唇紫乌了。她喃喃地说：我没有别的指望了，我要好好修炼，迟早我要变成一只鸟，在灾难到来的时候，我要飞走的——有了翅膀，一切就好办了。

就在梦子停止舞蹈的时候，沼气燃尽了，爆炸停止了，东方吉堂从泥淖中发出来的声音变得奄奄一息，然后游丝一般断了，缥缈得无影无踪。

人们开始撒石灰，他们不得不走进沼泽，有些人就陷入沼泽，最后变成了沼泽的一部分，永不出来了。他们花了两天的时候给沼泽的每一寸撒上了石灰，孑孓们死了，发出腐肉的臭味，泥鳅们死了，黄鳝们死了，蝌蚪们也死了。

枇杷娘说，不出四十九天，沼泽就会回复到峡谷的模样。

梦子却说，只要大后天的一场雨，孑孓们就会复生和繁衍，石灰加于它们的灾害，将被荡涤得干干净净，远远不如洪水加给肯寨孩子的灾害。

枇杷娘指挥人们挥舞锄头，以修建水库时的热情与干劲扒掉大坝的残基，刨开草皮。冬眠了无数个岁月的青蛙们，一直在等待这一天的到来，它们是在修筑大坝的那年冬天冬眠了的，它们在一些松动的有出口的干燥土洞里，修筑大坝时它们被转移了，夯实的坝基阻止了空气与温度，阻隔了季节复苏的讯息。它们注定要等到这一天。冬眠中，冥梦中，隔墙的附近的水声，鱼的絮语和蝌蚪的聒噪，它们都听见了，它们用皮肤上的斑点记下了年龄。刨开红土层，白蚁的金字塔出现了，蚁王在蠕动，坐着四轮马车，前呼后拥，四周是树木的残渣，破碎的麦秸。枇杷娘说，难怪这样的坝基会倒下来，介冷藏有尾巴的青蛙，喂养白蚁，让它们修筑如此辉煌的屋子，在屋子的尖顶炫耀光芒，可是他明明知道这是太阳照射不到的地方，明明知道这是无可反射的尖顶，可见介的阴险，可见介的阴险！枇杷娘挑着畚箕在人群中走过来走过去。每走过一次，坝的残基就低去一层，就那么走着走着，大坝的残基消失了，有尾巴的青蛙跳走了，白蚁们举着旗帜带着粮草扶老携幼迁徙了。最后一个乌龟在介打第一个测量木桩的地方成了一块斑纹犹存的石头。枇杷娘坐在这块石头上感到心满意足，大坝消失了，像一片桑叶被蚕啃食，像一具尸体被葬埋。

枇杷娘伸出手，向一个男人要了烟来抽，烟雾中，放眼望去，她觉得已经像一个峡谷了，哀伤和绝望是必须这样来挽救的。

让符咒毁灭吧！

让不幸沉入时间的深渊吧！

让哀伤漂泊到远方的雒洛城里去吧！
让绝望放逐到沙漠里去吧！

　　回到寨子里，枇杷娘又马不停蹄行动，现在让我们来对付房屋，对付琉璃质的坚砖，对付透明的玻璃窗，对付空心的墙，对付畅通的气孔，门的机关，上楼的阶梯，墙上的石灰，石灰上的图腾，图腾上的印鉴，印鉴上的文字，对付梁上的三角形结构。枇杷娘说，我们要拆掉房屋，要敲碎琉璃质的坚砖，要推倒空心的墙，要拆散门上的机关，缩小上楼的阶梯的间距，堵塞畅通的气孔，总之，要恢复土坯时代。土坯时代的砖墙是实心的，用杉木做成的窗小巧而精致，砖与砖之间用火炭灰及黏土及枇糠黏合，给昆虫以滋生的余地。土坯时代人们耳贴潮湿的墙可以听到季节的来临，可以用这种办法来沟通土地与人，可以判断立春、雨水、惊蛰、春分、清明、谷雨、立夏、小满、芒种、夏至、小暑、大暑、立秋、处暑、白露、秋分、寒露、霜降、立冬、小雪、大雪、冬至、小寒、大寒二十四节气，当土坯的墙基长出白硝了，人们就知道该播什么种子了。可是介领人烧制的琉璃质的坚砖却隔绝了这一切，破坏了这一切，在石灰与黏土与泉水黏合的墙角，人们再也看不到季节，所有的日子里它都是猪肝色——哼！猪肝！猪肝色！祸土的颜色！种红苔，种马铃薯，藤蔓不成为藤蔓，不伸展不攀缘，藤蔓像水浮莲，肥力不足的清水塘中的水浮莲。石基的塘堤，没有岩洞没有缝隙，没有鱼鳞没有毫獭，没有墨斗草没有刨木叶！砖与砖之间用石灰和黏土黏合，也没有缝隙。土坯时代的塘堤长满绿草，马鞭兰与猫眼草，夏枯草和水牛花，有石洞和毫獭，毫獭只在夜间出来，偷食水塘中的鱼，把鱼鳞和鱼的头骨留在塘堤上。人们最后把大垛大垛的杉叶刺投到水塘中，可是他们只看到鲢鱼和草鱼们遍体鳞伤，却从没见到毫獭的影子。但他们会乐此不疲。可是介把毫獭赶走了，把猫眼草也赶走了，因为有了石灰，因为有了测算与结构，塘堤与屋基一样严实而周密。

　　枇杷娘举着绿漆红锈的铁皮喇叭，仍在夜以继日地努力。号召与阐释，鼓动与挑拨，竭尽所能，一些红叶落到铁皮喇叭筒里来，随即又与号召与阐释一同飞出去了，在雾里悠悠，没有颜色没有形体，只有影子。除了喇叭以外肯寨不再没有别的声音。狗们停止了吠叫，用困倦的鼾声替代了，猫头鹰也偃旗息鼓了，布谷鸟亦了无声息，于是绿漆的喇叭就显得格外孤独。人们说，这声音聒噪而单调，它影响了我们的睡眠，甚至影响了树叶的休息，离村庄近的树叶已经半秃了，就像蝗虫咬过，连松树的叶子都枯去了一半。枇杷娘应该把喇叭收起来了，大坝已经扒平了，沼泽已经撒满了石灰。

枇杷娘说，从现在起，大家各自开始动手解决屋子吧，解决琉璃质的坚砖和透明的玻璃窗吧——这是介留给我们的符咒，保留它只会带给肯寨灾难。人们听了，静静散去，人们都是回家去执行的，可是他们只是绕着自己的屋子转……所有的人都绕着屋子转，最后他们一个个走进屋子，紧关门窗，把自己幽闭起来，用棕蓑衣挂在窗子上挡住光明，挡住声音。在柴堂的木板上静坐着抽旱烟，在雕花木床的凉席上盘着腿抽水烟，竹节的水烟筒，刻字的青铜的水烟筒。他们的手在烟筒上摩挲着。烟通过水滤去了焦油。屋子里静极，石灰的砖缝明快地亮出格子序列。村子坟墓般死寂。

枇杷娘知道，困难到底来了，到底出现了，我现在遇到了抵抗，他们不愿意捣毁琉璃砖的房屋，他们幽闭于屋中，采取消极不合作的态度，这也难怪，看来这一回我是非身先士卒做出表率不可了。枇杷娘在村子里转，青石板上响着她略显迟疑的脚步声。她想在寨子里找到一扇敞开的门，可是她没有找到，登上几级石阶，她看到一根柱子上拴着一头长着弯角的公羊。公羊两眼若开若合，旁边一堆嫩叶，是月季花的刺和茎上长的，羊屎散落一地，如果实一样，到底有一个活物在迎接我，枇杷娘去抚弄它的弯角，它倏地跳到一边去，枇杷娘希望它发出一两声咩咩的叫声，扳它的角，踢它的腿，拽它的尾巴，用月季刺抽它的屁股，甚至往它的肛门里插，可是它却一声不吭，逃避而不叫喊，仇恨而不恐惧。枇杷娘把那些羊屎捡起来重新塞回它的肛门去。枇杷娘看见有一扇门像是开着的了，黑暗中有光明，当她走近时，才发现是一扇黑漆的门。她连一扇开着的窗都找不到了，连一扇可以透过玻璃看到屋内蚊帐和绣花鞋的窗子都找不到了，透过玻璃只可以看到棕色的蓑衣、草黄色的蒲席。枇杷娘只好回去做示范。

于是铁皮喇叭的声音停止了，在这个空前寂静的村子里，响起小铁锤敲击砖块的声音，浓雾里，阳光下，一个娇小玲珑的人儿在一个屋顶，像漂亮的啄木鸟在一棵板栗树上，梆梆地敲击。

让瓦块去跌碎吧！

让三脚架去跌碎吧！

在屋子揭去一半的时候，枇杷娘伤风了。她在无瓦的半截屋子里躺了两个白天三个黑夜，在这些时间里她无休无止地流鼻涕，淋漓不尽。那些鼻涕在月光和朝露的帮助下成为鼻涕虫，进而又背负上背壳成为蜗牛。等到枇杷娘伤风痊愈后，那半截屋的猪肝色砖墙上爬满了蜗牛。枇杷娘在没有拆完砖墙之前，又用木板夹盒和木杵填起土坯，树起复辟的标本，然后她就很快地把那些猪肝色墙拆毁了，不留一点痕迹。她满意地打量自己的土坯屋子，墙脚外已开始长草，遗落的秕谷发了芽，她想我现在有资格去训导他们鼓动他们了。她再度去敲那些关闭了很久已经结了蛛网，蛛网上又有了很多粉蝶和苍蝇的残骸的门，门里面仍然没有回应，隐约地可以听出咕噜咕噜抽水烟的声音，这已经不是拒绝了，这是遗弃。

拯救者被遗弃？哼！

休想，拯救者被遗弃！

枇杷娘顺手捡起一块石头，向窗玻璃砸去，哐的一声，窗玻璃被砸碎了，可是屋内居然没有任何反应，她把所有的屋子的窗玻璃砸碎，所有的屋子都静静地接受，这简直让她发疯，她说你们怎么了？难道你们都死光了？你们怎么能如此没反应？哪怕拒绝与反抗也好啊！可是她错了，他们怎么会反抗她呢？她颓废地回到自己潮湿的清凉的土坯房子里，坐在一个水汀草的蒲团上，背靠砖墙想，也许悲哀已经过去了，也许他们已忘记了创痛。对，应该提示他们，用骨骸提示他们，用鲜血提示他们。

枇杷娘向酱红色的沼泽走去，向那祠堂的残址走去。

第七章

　　介逃离雏洛城的时候，城市里正飘荡着父亲腐尸的气味。那些为时装大师作过表演的模特们于心不忍，她们重新穿上大师设计的时装，去找大师的妻子商量。大师的妻子已不在原来的居所，她到近郊的一个教堂当修女去了。黑白的衣饰成为她永恒的时装。模特们找到她时，她已不再开口说话，不再表任何态。她说的最后一句话是为儿子送行的。那是一句谶语，她指着时装大师那个石化的心脏说：这就是雏洛城的未来，你别再回来，我不再说话！

　　雏洛城的焦点一直集聚在事件上，集聚在父亲那发出腐臭气味的尸体上，没有人注意到介的逃亡。那些每天去阳台上观望点什么的人现在一边用手帕捂着鼻子，一边还指指点点。虹还是没有出来，而腐尸的气味经久不去。

　　时装模特们就自动地组织起来，集体到市政府去请愿。她们发出一些与自己的优美身段相去甚远的声音。她们说时装大师为雏洛城带来了美和繁荣，可是城市的治安已到了这种程度，城市的道德水准已到了这种程度：时装大师居然被他的儿子杀死。市政府同意她们在那个巨大的玻璃缸里重新灌满福尔马林溶液，把大师的遗体搬进了他那挂满时装的工作室。她们用时装大师裁剩的一片红色的细薄布料，浸入福尔马林溶液，盖住大师最隐私的部位。这个部位绝大多数时装模特儿在激动的时候见过，可是现在它已颓腐如泥，不堪入目。模特们告别大师的遗体和他的工作室时，悄悄告慰他说：你那不肖的儿子已经逃亡了。放心吧，他不会再来骚扰你！

介穿着铜纽扣的衣服，走过雒洛城的街道，从阳台上的目光里穿过。他知道雒洛城还有一个叫菩垣子的附邑，在他毕业的时候，菩垣子地方政府甚至向他发出过邀请。但是他很早就阅读过关于菩垣子与雒洛城的战争的书，他不相信菩垣子。所以在逃亡的过程中，也一定要避开菩垣子。

若干日子后，介在一个荒凉的山坡上停了下来，身旁有一块干牛粪的化石，整齐而光滑。他在这化石上坐了下来。四面仍然是山崖，远远地似乎可以看见佛洞，那红褐色的或许是古代崖画。那石壁中间的洞有的还流出水来，有吻突一样的石头前沿，将那些水排列成瀑布。太阳在山的另一边——东边或者是西边，他要看看青苔才能辨识。可是附近没有青苔，大概是在西边吧。他看见两只豹子，那一定是母子俩，攀缘去那石洞边饮水。他感叹地摇头：山的生命力正旺盛着呢！唉，这该死的逃亡！

介把父亲的心脏从行囊中拿出来，那是用时装的七色碎片一层又一层地包裹着的，打开时，他看见这个石化的心脏仍在收缩和扩张，仍在跳动。他试了试，居然跟自己脉搏的振动数完全一致。看看，这是多么神奇的遗传！可是他们竟然不让我解剖，他们竟然要绞死一个追求真理的人，说我触犯道德，蔑视法律，违背科学，真荒唐！父亲的心脏在逃亡中弄得很脏了，应该洗一洗。介小心地捧着父亲的心脏，朝那瀑布下走去。

鹌鹑从紫荆树苑的草窝里飞出，发出马达一样的突突声。

介选择走，尽量过浅草的地带，那样就只会踩着螳螂。深草黄的黄绿的绿，草中夹有蒺藜，有隐伏的刺，还可能有隐伏的蛇蝎。走过的路于是留下弯弯曲曲的脚印，倒伏的草露出背部的灰绿色，他看见一条斑皮的蛇吐着无色火焰般的信子，从他选择要走的路上横过。那是属于它的疆域，所以它无所畏惧，有主宰者的自信和倨傲，它毫不理睬介，溜过的路上茅草也不倒伏，只有草尖像一阵微风轻轻地拂动，在标记那蛇的游走。优美绝伦的走姿，天然的缠绵，具有蛇腰的女郎没有一个能比得上蛇的。待蛇远去后，介仍然前行。与那蛇不同时地交叉而过，介走近瀑布，空气中散发出一种香樟味的潮湿。介相信，如果有太阳光穿过，一定可以看见飘落的水的颗粒，并折射出一些虹的颜色——雒洛城的人们不是一直在传说要出现一道彩虹吗？不知道在我离开的日子里出来了没有。抬起头，瀑布从天上跌落下来，十分浓稠的白，晶莹而不透明，那豹的斑皮还时隐时现，像半空中的云朵。介一点也不感到什么害怕。豹子要是摔下来，一定是需要介帮助（救护或屠杀），而不是介需要它们的宽容。瀑布冲成的水潭，翻滚着瞬即破灭的水泡，水中映出白练和豹的影子。水流过草隙，溜向山坡，形成一条极精炼的清清水溪，繁衍肥螈，繁衍山螃蟹和滑鳝。

后来，在肯寨发生旷古未遇的干旱的时候，介就带领东方吉堂来寻找这个瀑布，他觉得自己的记忆力是极好的，瀑布是一定能够找到的，他对东方吉堂说，那豹子像悬崖上的灵芝。东方吉堂就说我实在是走累了，走疲乏了，你说的那个地方总得有个什么名字吧？要不然我们无法找到，你最好先预测一下它的方向和经纬。东方吉堂说出"经纬"这两个字时，介大吃了一惊。介说，你能很快地运用"经纬"这两个字了，可是你能准确地解释它的意思吗？东方吉堂得意起来，他说其实肯寨早已运用了只不过不这么称呼而已，现在我只要改改口便成。什么是"经纬"？"经纬"不就是东西南北的量度吗？介说你真聪明，对极了。

然而现在，介不知道自己经纬何处。

介把父亲的心脏浸在清清溪水里濯洗过之后，它变得更为生动了。它以一种石质的姿态收缩和扩张。介就想：我还是可以继续与父亲对话的！

太阳落山后，介在山坡下找到一个村落的残址，那些残垣断壁也还亲切，还有几截三角的土墙，斜斜地披一身藤萝。很好的帐篷！很奇怪那些村民为什么要逃亡。本来一个很美好的村子，可是他们逃亡得不知去向。留下了一些农业文明的标记，陶缸还有三色的彩釉。仕女的长发泼到臀部以下，脸边遮过一枝疏落的花来，杏或者是桃，仕女却扛着一把长锄头，笑笑，媚眼里笑出忧愁与伤心与恨来。田畴间的细长的埂尚可见到一些，高高低低，作一些势力的划分，长了杂草和灌木。间或看到在一块田的中央，突兀长出一棵极高大的落叶乔木来，伟岸如一代天骄。这乔木昭示了田地已荒疏的年月。村落遗址上长满了柿子树，树上结满了柿子，黄昏里像灯笼一样闪烁，有些柿子熟透了，蒂还挂在树上，但皮被虫子咬破，那果汁便流了出来，浓浓地滴下，一把生锈的砍刀嵌在树上，被树用成年累月的汁液和瘢疤包裹起来。于是这砍刀就成了柿子树的一部分，无可分离。

秋天到来的时候，这树在晚上就会响起被砍的梆梆声，整个遗址及遗址以外的荒芜或原始的土地上，都可以听到这种声音，柿子熟了的时候，剥开皮，可以看到果内的累累刀疤，汁液中有锈的红色斑点有铁的味道。

在一个遗址过夜比在一个无所凭依的山坡上要好，没有什么可以证明在牛粪化石的山坡上可以安然无恙地过夜，虽然可能有屎壳郎在那里四世同堂过，而遗址是曾经被证明过的，这里不但有人过夜，而且还曾繁衍过，并建造了一份可考的文明。有三棵大柿子树围护了两堵三尺高的"人"字的土墙，算一个颓败的却又是遗址中保留得最完整的屋子。介就把自己安顿在这里。他从矮的马尾松上折下一些树枝来，扎成扫帚，打扫土墙以及土墙下的茅草和枯枝败叶。红黄的松针像一些卷曲的地毛。枯枝败叶下有青花的瓷碗叮当作响。残缺的破裂的瓷片，竹筷子，腐朽的木桶，桶沿上累累地长着蘑菇。介甚至在一颗七叶一枝花的叶下看见一堆锈成粉末的铝，白如骨脂。墙上长满了毛茸茸的青苔，扫开青苔，墙上有火炭的文字或图画。从文字和图画中可以看出，那些逃亡了的人在逃亡以前是在此安居乐业的。无大悲亦无大喜，苞谷的爽黄可以酿成老少的朗笑，间或死去一个人，这里的人们便得以复习悲恸与号哭，以免七情六欲中有某些名目和举动在长久的搁置里被遗忘。想必他们没有预料过自己的逃亡。因为文字或图画中没有任何惊恐的字句和抑郁的画面，一切明朗而和谐。

这里会不会是雒洛城的附邑菩垣子？这个念头只是在介的脑际一闪而过，他旋即否定了，菩垣子是向我发出过邀请的，不可能这么快变成一处遗址。介捡起身边的碎磁片想，这里的人们总得要因为一点什么逃亡，明火执仗的土匪或来去无影的厉鬼，或者逃离过分新鲜的空气，长寿的无聊，安适的寂寞。大概所有的人都该逃亡的。我逃离了城市，逃离了统治者的法律，伪善者的道德，刽子手的绞架，城市庸人的飞短流长，可是遗址的村民们逃离了什么呢？

真是一句绕口令：我逃亡到的这个地方的人很久以前已全部逃亡了。或者说，这地方的人逃亡了若干年之后我逃亡到了这里。

介用干爽的树叶和柔软的茅草铺成一张挺好的床，简直可以新婚。介直到后来走向林莽，也没看到过肯寨的新婚是一种什么样的仪典。但是枇杷娘告诉过介一个只有女人传给女儿才用的经验：女人会在房事中突然发现了新郎趴在自己的身上软绵绵地一动也不动了，停止了激动也停止了呼吸。那时女人要惊慌失措地把新郎推到一边去他就算完蛋了。所以女儿家千万不要惊惶，越是出现了这样的事情越是要冷静理智。就让他那么静静地软绵绵地趴着，抽出手把头上的针拔下来，扎在他尾椎骨及会阴穴部位，他很快就会苏醒过来。你们还可以继续下去。亲娘给女儿的最后一件礼物必是将一枚针别在女儿的发髻上。枇杷娘将这些经验告诉介后，她笑笑："我不知道要不要为你准备一根针。你这雒洛城的书生，很在行啊！"

介说："我不需要，什么针也不需要。"

"不一定，人总有虚脱的时候。"枇杷娘说，"要不然雄黄酒就派不上用场。"

"那是迷走神经兴奋过度，大脑供血严重不足。"介漫不经心地解释。

"米酒？"

"迷走神经！"

"迷走神经？看看，你又创造了一个新词。你总是想比我们显得聪明，显得伟大，显得智慧。米酒——你不说这个词，你把它变了变音调，与那男女间的事联在一起……"

"迷走神经！"介狠狠地叫喊一句。

"迷走神经……"

介躺下来仰脸看着天空，天空渐渐地变麻变暗淡，有星星开始出来闪烁炫耀。这只是天空一个暧昧的笑靥，一个诡秘的笑靥，难以参破它的禅机，远远无法领会其全部的祝福或讽刺所在。介就这样遐想……此时世界上有一万万张脸迎着繁星的光，景仰与猜测，希望与幻想，分析与测量。

天空黑下去黑下去！

天空黑下去黑下去黑下去……

青蛇冰凉而温柔地从腋窝间爬上来，盘在介的胸脯上，于是蚊子们远去了，山鼠们远去了。介就在这个不明真相的遗址里安然入睡了。

介在遗址朦胧的梦里听到了一些幽灵的声音。

"好了好了，现在他来了他到底来了，我们等待他等了怕有将近一个世纪。"幽灵的声音叽叽喳喳。

"你们是谁？"介在雒洛城的医院里就听说过，太平间常常有幽灵对话的，幽灵们甚至批评时弊，讨论哲学。

"我们等待了你将近一个世纪，我们相信你是一定会从这里经过的，这一天终于到来了。你从这里经过，我们要你把信息带去给我们的儿女们。柿子熟落了九九八十一个季节，他们可以回来了，回来耕耘这一片土地，要不，这土地就会改变颜色、改变姓氏，回归蛮荒，我们恳求你办这样一件事情：替我们传达信息！我们会用最好的饮食供奉你。"很多的声音在说，且参差不齐。

介不知道他们是谁，过去不知道，现在不知道，将来也不知道，他一直连他们的影子也没有见过。可是他觉得这一切毕竟是十分难得的。他刚从一个排斥他、谋杀他、诅咒他、毁谤他的地方逃出来，雒洛城所有的人都对他有了仇恨。他们生活着不是为了推动人类前进，而是为了消灭异端，消灭异端，看见与自己观点相左的人被枪弹洞穿胸脯流尽鲜血失去生命，那才是惬意的事情！可是现在那些看不见的遗址的祖先们却在恳求他，希望他能通个信息。幽灵们一致地奉迎他，这份奉迎唤起介的无限感动。介想，这是些原始而善良的祖先，他们直接从黑土中吸收养料，从山泉中吸收水分，可儿女们为什么要远迁别处呢？

"可是我怎么能遇上你们的子孙呢？所有的人都仇恨我，我触犯了法律，违背了道德。他们在追捕我并要绞死我。我在逃避人们呢！"介说。

"可是你没办法也没理由永远无休无止地逃。因为你逃不过任何的一个限。路途是有限的。当你歇下来的时候，你就告诉你遇到的人。"幽灵们说。

介说，那好吧，我答应你们。我去给你们找一批子孙，让他们回来耕耘这片土地，继续从黑土中直接吸收养料，给你们安排舒适的灵位。

介至死都没有找到遗址幽灵的子孙。在生命的最后一刻里，阳光从凤尾竹的叶间透了些金色的碎末过来，榛子树高举了双手。介看见将军赤裸的身体被嶙峋的岩石划破，露出父亲身体一样的肌理。介在那一刻里怀疑起来，怀疑遗址只是一次虚构，是读了一些古旧的笔记体小说之后的虚构，他甚至怀疑肯寨的经历也是一次虚构，没有记载，无可考证，他后来望着那些从凤尾竹的叶间穿行而至的太阳，仍然能够虚构起一些事物情节，尽管它们可能与自己的切身经历或体会密切相关，但会是与经历和体会完全不同的。他分不清虚构跟已经历过的却无踪迹可觅的事实有什么区别，也许它们本来就是没有区别的，它们只是在时间的无边海洋里流动，一会儿相互交融，成为一体，一会儿各自东西。或如空气，只能让呼吸去感受，感受氧与氮共同的芳香。他在生命的最后一刻里虚构了一次与太阳的游戏，他的生命同太阳一起熄灭了，像很久以前那个遗址的柿子树上熟落的柿子那样，他看见那凤尾竹的叶间的太阳纷纷落下来，每落下一个，他就听到一枚金币落在水门汀地面的声音，一如叩地狱之门。他从那阳光里看见枇杷娘的双眼，如寒风凛冽的长长的幽深的隧洞，那些光粒子正用自己细小的身体在隧洞的石壁上东撞西碰，期望闯出另一个洞口，然而它们没有做到，在疲惫不堪中被湿津津的洞壁收容了。枇杷娘们不是柿子树村落遗址的子孙，永远不是！从来不是！介从那失望的幽幽隧洞里了解到一个无法解释的事实：谁也不是柿子树村落遗址的子孙。谁也不是？可是他原来一直坚持认为肯寨人就是柿子树村落遗址的子孙，因为它发现肯寨与遗址有着文字的渊源，否则肯寨的语言就不会那么丰富，那么优美动人。枇杷娘挺身而出坚决反对，就像反对田里的稻子根下会长出地瓜来，长出土豆来一样，她说介创造了那么多古古怪怪的东西，现在还要替他们创造祖先，硬要把肯寨纳入什么叫作历史的匣子里，这无论如何是叫肯寨人无法忍受的。

"这绝对办不到！我们没有祖先！"枇杷娘斩钉截铁地说。

介说，可是在来的路上，我看见了柿子树、柿子和火炭的文字。

枇杷娘说，柿子？不！我们从来没见过什么柿子。说是果实像太阳，说是我们崇拜过一种叫柿子的东西，真是可笑得很！所有的果实都像太阳，从杨梅到南瓜，圆的，熟了就变黄、变红，沉落地面。东方吉堂却十分虔诚地相信柿子。

东方吉堂第一次看见柿子，是在漫长的无明确目标的迁徙途中。路上人如蝼蚁般行进，只有出发而没有终结，没有旗帜也没有口号，一片扶老携幼的繁忙。刀斧手和弓箭手在前面开路，野兽们早已消声匿迹了。因为肯寨人经历过干旱和饥荒，其饕餮之态远胜于虎狼，他们的呼吸里仍然有虎骨残渣和豹子生肉的血腥浊气，任何凶猛的动物闻到这复杂的恐怖的浊气都会逃之夭夭。他们将奄奄一息的老人及一些疲惫而死的儿童抛入丛林。直到人群前面的东方吉堂蓦然发现了一片灿红，他足足看了半个时辰，才喃喃地说，果实像太阳，柿子，真有柿子这东西的。介没说假话，他从来就没有说过一句假话。东方吉堂说话的时候，看着枇杷娘的滑竿，枇杷娘冬眠着，毫无反应。东方吉堂眼直直地看着壮观的场面，柿子树漫山遍野，叶子全部颓去，只剩下累累的果。

　　柿子树村落遗址其实是有子孙的，那就是菩垣子的农业技术员，当他踏遍青山，发现另一个远胜于自己祖先的文明村庄时，这村庄也业已成了遗址。他一直追寻他们的踪迹，可他们一直在若有若无里。他看见琉璃质的坚砖，看见那些碎成各类几何形状的玻璃，看见那些石灰写成的蛊惑人心的大字，他知道这就是菩垣子地方官员要他来找的地方。然而大水的痕迹已荡然无存，用一年三百六十五天的时间也找不出发大水的原因，那些原来水所流经的地方，已完全被灌木和茅草所掩盖，虽是新长出，却同样的肃穆而原始！夏蝉在灌木中长鸣，无休止地如泣如诉。农业技术员在肯寨的遗址中扒拉每一块砖石，拨开每一丛杂草，却如现在的介一样，无法找出肯寨被遗弃的原因，于是他得出结论：人们会无来由地奔忙，无来由地放弃安居乐业，无来由地放弃文明，无来由地跋山涉水，远迁他方。保不定他们中有人昏昏然伸了个懒腰，打个哈欠说，总生活在这块土地上真是腻透了，真是烦死人，我们不如去另一个地方活吧。于是他们便行动，便去了山的那一边，海的另一岸。

　　农业技术员无法找到绵竹土纸课本的任何对证。只有一种解释：自然。自然让欧亚大陆与澳洲大陆脱离了……那些相互撞击又相互分离的板块，土壤与花岗石与石灰石与断层悬崖，断裂？谁说那不会是地球的一次病变？后来人们无法找到联系了，就去寻找相同的树叶，同类的老鼠，以及蟑螂的翅膀，翅膀上相同的图案。农业技术员愤愤地一脚踹在枇杷娘干打垒的土墙上，骂着：哼！他妈的自然！我们只是在一些破破烂烂的规律（那些由自然限定的规律）里踩着脚印走。那种泥淖中的没有愈合却半开着的性器般有着人体的摄氏三十七度的软和的脚印。软和的，三十七度的，踏进去有一种让人不自在的声响的脚印。恶心！无限的恶心！大水的痕迹已荡然无存了。这就是自然所做的一切，自然的痕迹就是没有任何痕迹。哼！自然，狗日的自然！油菜花在自花传粉，蜜蜂嗡嗡，无耻地呻吟，无耻地歌唱，桃树上的寄生枝摇曳如旗帜，李树上长满木耳，多情如艾滋病，毒蛇进了螃蟹的洞，黄莺孵化了杜鹃的蛋。哼！狗日的和日狗的！

  介醒来的时候，他枯叶茅草的床边散乱地放着一些成熟的柿子。他知道，这是那些幽灵的供奉，可是他想吃另外的东西，他想吃一些烧熟的东西，他已经许久没有吃过什么熟食了。在遗址墙脚一个闪光的地方，他居然挖到一块玻璃凸镜，他把凸镜举起来，聚焦聚焦再聚焦，一个金色的灿烂的亮点照在干茅草上，着火了。一只野鸡受了幽灵支使，扑腾着翅膀飞来，落在火上，顷刻烧去羽毛，它歌唱着，舞蹈着，被烤熟了，香气弥漫了整个遗址。介一边吃烤熟的野鸡，一边吃软甜的柿子。介吃完了野鸡，打着饱嗝，感到十分满意，嘿，这些幽灵的供奉真不错。现在他们有求于我，于是一切便颠倒过来了。为了让我在逃亡途中为他们寻找复耕的子孙，这些不知名的先人置城市的道德与法律于不顾。他们得意地却又是焦灼地躲在柿子树根下幽暗的洞里，躲在柿子树枝头的果仁里，躲在七叶一枝花的花蕾里，躲在紫色蘑菇的伞缝里，操纵空气和雨露，操纵声音与霜雪，操纵气味与颜色，操纵欢乐和哀愁，一切都是为了等待复归的子孙。雒洛城的道德和法律？哼！那是什么样的东西？像猎人的铁夹吗？像渔人的网吗？像鹰的爪吗？像狼牙吗？它什么都不是！它能抓住什么？它什么都抓不住！它顶多像乌贼的烟幕，可是这烟幕于先人们何干？先人们只是要干自己的事情，关心恢复业已荒芜的土地上的一份文明。于是介在幽灵的娇宠里踌躇满志起来。他从容地扑灭了遗址的火。当他把凸镜揣在自己的口袋里，准备带走时，他蓦然想，也许那遗址原本毁于这块小小的凸镜。这只是小孩子的一次游戏，甚至连疏忽都不是，他们用这不平的玻璃点燃了自己的村庄，他们兴高采烈地听房中器皿或仓中谷物在大火中发出毕毕剥剥的声音。那是一个何等盛大的节目……枇杷娘正是站在这样的一些立场上反对在肯寨的窗上装玻璃的。因为在介向她传授光的原理的时候，她亲眼看见介从裤袋里掏出小凸镜，亲眼看见这个像空气一样透明却坚如花岗石的东西在阳光下将茅草点燃。枇杷娘用介的科学原理尖刻无比地反对介。

枇杷娘论据有力，思路清晰，逻辑鲜明。

她说：啊！你要所有的窗户都装上玻璃。你想重演一次那个部落遗址的灾难。你嗜好看烈火中的世界，你要满足自己！可是你跟我说过的，你是为肯寨的进化！

介说：对。

枇杷娘说：装玻璃是为了进化？

介说：对，让屋子采光。

枇杷娘说：怪了！你先前说过物体热胀冷缩，是不是？

介说：对，热胀冷缩。

枇杷娘说：对，热胀冷缩，玻璃嵌在窗上，太阳照过来，它受热就胀大了胀厚了。可是它边缘的部分被木框嵌住无法胀厚。这就成了一块凸镜，太阳通过凸镜照进来，毫无疑问，它会点燃我们的棉絮。要是我们晚些儿起床，它会烧焦我们的屁股。

介一时无言以对。因为枇杷娘的推理严谨，无懈可击。

介无可奈何，暂时只好在自己的窗上装了玻璃。

枇杷娘晚上悄悄地对介说，你当然是知道一些东西。你是有一些好主意。可是你用不着如此倔，我过去看见一个远处来的巫师卖药，说自己的药是不死药，结果我让他自己吃了三颗，让云根子给他打一锄头，他立时就死去了。装了玻璃别烧着了你的床，别烧焦了你自己。

介只好无言地笑笑，这个聪明透顶、野性十足、爱情洋溢的头人！

枇杷娘有备而来，介留她睡了一夜，到第二天日上三竿才从容起来，阳光透过玻璃照进窗来，温暖而柔和，屋内一切因了这阳光而鲜艳明亮。一顶糊了纸的棕丝斗篷挂在墙上，如一种宗教的壁饰。

介在这种茸茸的柔和的被滤过的阳光里抚摸枇杷娘说，你看，会烧焦什么呢？哪儿都不会烧焦，一切都好好的，都完美而充满芳香，一切都好好的，都莹白而光泽。

枇杷娘说，这只不过是春天，在春天里阳光当然是温暖的，只有夏天阳光才火烈。于是一直等到夏天过去，人们看到介那装了玻璃的房子仍安然无恙，才半推半就地在自己的窗子上装了玻璃……

介把凸镜揣进自己的口袋里，站起身来离开遗址，他想，我只不过是个逃亡者，没有向导，也无须指引，就这么放逐着，远离那个陈列尸体和肠肝肚肺的雒洛城，远离一千里一万里，无休止地前进——可是据现今的科学说，地球是圆的，既是如此，只要不死，我总有一天会回到雒洛，回到出发的地方。

第八章

地球是圆的？放屁！地就是地，球就是球，扯不到一块去。放眼看看，地是平的，球才是圆的。枇杷娘说，从今以后，介的任何乌七八糟的学说都要肃清，一律要肃清，一是不准运用，二是不准流传，什么地球是圆的，什么太阳只是一团燃烧的气，什么月亮绕着地球转，统统地要肃清！

枇杷娘现在有资格下这样的禁令了，因为肯寨的人心又重新归复于她，那些玻璃窗后的蒲席摘掉了，蓑衣摘掉了，那些紧闭的门窗又打开了，从门里，从窗子里伸出那些冒着烟的烟锅来，拴在屋柱上的山羊也开始咩咩咩咩地叫唤。这是枇杷娘在拆除了自己的屋子后，又苦苦奋斗了三个月又十九天的结果，这期间里，她孤独无援，没有一只手臂伸过来，没有一句话语抛过来，连太阳月亮都板起了脸，连麻雀和蟋蟀也哑了口。仿佛寂寞一时成了全宇宙的主宰，仿佛全世界在静默地孕育着什么，孕育着什么呢？枇杷娘想，这样的神秘真是虚假得很，无非孕育痛苦与欢乐吧，无非孕育灾难与幸福吧，还有什么？还有那些伴随着此类事件而产生的情绪，爱与恨一类的东西，就像新生儿的脐带或者胎盘。枇杷娘想，好吧，我要在这寂寞里开掘哀伤，哪怕这哀伤只是一颗极小极小的芝麻，我也要把它开掘出来，然后将它播种在一块沃土上，给它浇水，让它成长。在一个秋天里它便会结出成百上千的籽，这些籽又再播种，这哀伤之花便可以漫山遍野地开放。

那时候枇杷娘打碎了所有的窗玻璃，仍不能获得任何回响。枇杷娘惊异人们的消极不合作运动开展得如此默契，全凭一种心灵的配合。枇杷娘知道他们已经没有头领了。云根子永远不可能成为头领，他平凡而且断了手指，他只配当一个断指的寨民。东方吉堂仍然在那灰黑色沼泽的泥淖之中长眠，他闻得见石灰的味道。蓝寡妇跟别人一样，沉闷地躲在琉璃质坚砖的房子里，在万般无奈之下，她开始跟着一个黑色的拳头大的蜘蛛学习结网。她另有打算，她说那是为了保护自己，为了今后能变成一只可以飞翔的鸟。可是她没有原料，她自己的唾液不能见风而化为丝，她裹着一身黑色的衣服。蓝寡妇不是头领。她没有责任向任何人做出预言。可是她预感枇杷娘要借助另一种神祇的力量从外面推毁房子。摧毁房子，摧毁介的时代，如果枇杷娘在夜间行动，那么蓝寡妇自己就会死于非命。在蓝寡妇看来，所有的人都可以死去，唯自己不可以死。以自己的平凡，她要活个够，她要活一千年一万年，活到她一点也不想活、一点也不愿意活的时候为止。抱此类奢想的只有两种人：极平凡的和极不平凡的人，世界只是为平凡的人而存在的。那些极不平凡的人所产生的力量常常是相互抵消了的。在历史上，伟人们创造那些叫作业绩的东西，并且以各种文字大书特书，而凡人则创造万物，包括那些面包、牛奶、大米、南瓜、土豆，包括那些房屋及刀锄。在肯寨，抱着要活一千年一万年想法的还有被派去远方的刺客东方玉如，后来他当了雒洛城的行政长官，城市秩序井然，因为即使没有了城市的行政长官，人们的生活依然会按部就班，他们建立起了市场，没有人去限制价格，他们便用讨价还价来控制价格。东方玉如无公可办，他常坐在柔软的动物真皮的办公椅上打瞌睡，并流出长长的口水。在十分无聊的时候，他偶然会被死亡的恐惧紧紧地攫住，于是他就像古往今来所有的专制君王那样，寻找长生妙药。他派人乘了船去遥远的查尔斯王子岛上寻找，派人去南美洲森林里寻找。蓝寡妇当然就远不如他，因为她没有权力，她不曾杀死过一个全城市的敌人，她只要对付枇杷娘就行了，她生吞了三个长了绿芽的土豆后昏厥过去了。蓝寡妇独自昏厥在屋子里，没人知道她的昏厥。醒来的时候，她看见那个黑色的蜘蛛从自己涩涩的嘴里爬了出来。从此她的唾液就变得黏稠无比，见风而化为丝，比在纺车上纺出的棉线还细，半透明的，闪烁着一种绵而韧的光泽。蓝寡妇把这丝的一头粘在自己的肚脐眼上，她开始结网。她的本意是要像蜘蛛一样结网，好在枇杷娘摧毁房屋的时候网住砖石保住生命，可是结来结去，慢慢地她便觉得头昏眼花，世界一片混沌。她结成了一个蚕茧一样的东西，把自己缚在里面动弹不得，最后她热燥燥地撒了一泡尿，就睡去了。

这个茧后来果然保住了她的生命，在蓝寡妇作茧自缚的日子里，枇杷娘着手开掘哀伤，这是有目的的开掘，她找到了祠堂的遗址，那些刻有凹字的未被大水冲走的石头仍堆在那里，像一些结实的尸体，那凹纹里填上了沃黑的土，土里已长出羊齿植物来，一些雕梁画栋夹在那些石头的中间，红漆早已褪得干干净净，一些几何的图形歪曲了。这一切对枇杷娘毫无用处。这一切都不是哀伤之所在。枇杷娘希望寻到一具有损伤的骷髅，或者如阴湿的山地上的苔藓一般的一片头发，有完整的发圈，有规则的发序，寻到一个被蚂蚁蛀食了的头盖骨，头盖骨上满是小小的匿藏着蚁穴的孔，寻到一些白森森的股骨和手脚的骨头。显然这些已不容易寻见。枇杷娘扛来锄头，像一个司空见惯的耕耘者那样，把一片四亩宽的地方刨松，连同那些蕨针和冬茅，都刨松。即便把整个锄头挖进去，达到深度的极限，也只有八寸深，而洪水，那狂暴的肆虐的洪水是不会把尸体埋在这么浅的地方的，它要把那些尸体埋在足够深层的地方，以补充土地的营养。土地是越来越贫瘠了，没有什么可供滋补的了，好在尸体中有一些钙质有一些碳水化合物。枇杷娘还得借助阳光，她刨松一层，待阳光晒干，便把松土赶到一边去。被水荡涤过的田垄中央，枇杷娘，几十年如一日地美丽而白嫩的枇杷娘，为了拯救，为了拯救的毁灭，干着蚁蝼一般的事业。蚁蝼们沿着那些踝骨股骨和骨盆的缝隙，营造它们的乐园，在骷髅中采集业已干涸的骨髓，采集钙质丰富的粉末，它们像那个在最初的日子里从喉管钻入颅骨的螃蟹那样，惊异竟然有如此美妙的事情，它们闯入了一个天造地设的仓库，全由食物构成，就像人们或在一个极其偶然的机会里，走入一个面包造成的城堡，壁上涂满了黄油，夹层里有火腿和鸡蛋，有朱古力瓦片，有冰糖窗棂……枇杷娘慢慢地缩小范围，终于找到了哀伤之所在，在祠堂遗址的左侧，那个原用来惩罚氏族的罪犯后来改作学生的教室的地方，一些砖石横陈，画出趔趔趄趄的轨迹，有的还依靠往昔桐油石灰的黏结，三个五个地连在一起。枇杷娘在这里找到她所需要的骷髅，且远不止三具五具，一些骷髅上还沾有腐烂的肉，但已全然没有了腐肉的臭味，仿佛被那空前的洪水腌制过，腌出了泥土一样的芳香。就像一种宗教的咒语：孩子们，源于泥土，终要归于泥土的。

　　这些骷髅原本是生动的，上面且附有正勃勃成长的肌肉和皮肤，以及脉管和毛发，脉管里流动着温热的血。男孩子们有些开始长出茸茸的黄须，女孩子开始了初潮或者胸脯开始隆起，这些活泼泼的生命原本不可能如此集中地死去，原本分散在一些山坡上牧羊，分散在一些枞树上掏鸟窝，分散在一些屋子里纺棉线，他们自会享受生命所赋予的各样乐趣和苦痛。

　　我们要办一所学校，介那时说。

　　"学校？你指的是什么东西呢？"东方吉堂问。

　　枇杷娘说："学校？无非是打谷机一类的东西吧，我赞成！"

　　东方吉堂恍然大悟："我也赞成。可是你能不能先告诉我们，学校是用来干什么的呢？可以代替一些什么劳动？"

　　枇杷娘接着说："对，学校是可以用来夯墙，还是用来割麦？或者用来播种什么的？"

　　介信心十足地说："什么都可以！"

　　"什么都可以？"枇杷娘慧眼一闪，"你是说你要制造一架万能的机器？"

　　制造一架万能的叫作"学校"的机器，在开春的时候犁田开沟，在春天里播种，插禾，在秋天里收割，还有运输，还有夯墙，一切的一切，这真是个好东西。还未等介吩咐部署，枇杷娘就开始在整个寨子里鼓动了。介要制造一架万能的学校。有力的出力，无力的出主意。

　　"万能的机器？"寨子里人们开始窃窃私语。

　　"有万能的机器吗？瞧，枇杷娘说得多有带劲，万能，比我们整个村子人丁的数目还要多，真是不得了。"

　　"枇杷娘都赞成，那就一定是当真的了。要明白，我们一寨子的人除了枇杷娘敢反对介，还有谁敢反对？"

　　"不见得不见得！我倒是要问，什么是万能？万是一个什么样的数字？难道我们有谁数到过一万这个数字吗？可是他说这机器万能？可以让公鸡生蛋吗？可以让河水倒流吗？男人生崽子，女人站着屙尿，白天出月亮，晚上出太阳，槐树上结花生，刺桐树结木瓜，这些都想做到吗？不能，当然不能！要能，我就五体投地服了他。"说这话的是梦子，她只自言自语发表自己的意见，没有人在意她说了些什么。

大家只是说，连枇杷娘都这么热衷于这件事情，那么这件事就是真的了，那么这件事就一定是能干成的了。可是大家仍然不明白，这到底是一件什么样的事情，到底是要建造一架什么样的万能的机器。

介开始考察和构思，就像构思那座巍峨的水库大坝那样，他常常独自出门，带着那些有刻度的篾片。这种时间里，他看太阳的眼睛是眯着的。有一些太阳光从睫毛的栅栏里落进瞳仁来，被切开成七种颜色。什么时候眼睫毛具有了三棱镜的功效，介没太去注意。我们要办一所学校，介抚摸着祠堂门口的那个石狮子说。他接着向东方吉堂解释，那不是一架机器，可是要比机器更重要。

"还有比机器更重要的东西？"

"当然有。"介回答。

"我不是不相信你。可你要给我解释解释，什么是比机器更伟大的东西。"东方吉堂牵着介的衣角问。

"智慧。"

"智慧？"东方吉堂的手离开了介的衣角，他纳闷：介为什么不说学校而说智慧？智慧是什么？智慧只不过是大脑中的机谋，那怎么能与机器相比呢？

于是他们走进祠堂铁环铜锁的大门，门槛是一条巨石，刻有鹰和豹，他们穿过戏台的底下，来到四合院的天井中央。

"啾——呜——"

祠堂的刑屋传来凄厉的叫声。

"我听到呼唤了。"介说。

"不，那是鬼哭。"东方吉堂说。

"我听到呼唤了！"介又说。

东方吉堂不再反对介，可是他心里很清楚，那确是一个厉鬼的叫声，很久以前，肯寨在这祠堂的刑屋里处死过一个远到而来的巫师，他用一种奇怪的巫术引诱肯寨的女人与他野合。死后他的衣钵被放在祠堂里焚化，从此就有厉鬼叫嚷。

就因为那种叫唤，介决定把它辟作教室。

"不怕，"他说，"科学要征服一切！"

介把学校办起来了，那并不是一架新的机器，肯寨险些对他丧失了信心。介把所有那些牧牛、牧羊、采摘草莓的儿子女儿圈起来，圈在祠堂的刑屋里，教他们朗读，教他们加减，教他们测量与计算。他对那些无知的儿女们说，如果再有旱情、涝情、霹雳、飓风一类的事情到来，你们就要去应付这一切，他教他们太阳的颜色，大地的气味，草木的芬芳。东方吉堂开始也只作为一个学生坐在那儿，六个月以后，介就提拔他当了老师。看来，文字或符号是完全可以驱除厉鬼的。自祠堂的刑屋改成学校的教室，日常里坐满了介的儿女们，他们嬉闹，厉鬼凄厉的叫声从此绝止。等儿女们在那些枞树杉树的桌椅板凳上做介所布置的功课的时候，介的目光巡视着每一张脸，他有时想，我在这么短的时间与肯寨众多的女人交媾，满腔热情地向她们喷射精液制造了这么多的小人儿，是不是太仓促了？我算什么呢？我只不过是一个流亡者，一个雒洛城的硕士，我就用那么一些简直是城市人人皆知的叫作常识的东西，强有力地征服了他们。可是雒洛呢？雒洛连博士都被视为羊犬，雒洛城被啤酒灌坏了，被发明与专利搅坏了，被权力与金钱搅坏了，被淫欲与舞蹈搅坏了，那些香槟啊威士忌啊，那些夏威夷架子鼓、西班牙吉他、土耳其肚皮舞啊，那些电子游乐室、星星夜总会、桑拿按摩床啊，把那个城市宠坏了。于是那个掌握了权力的人就说：听说博士的老婆很漂亮，眼光清澈，嘴唇丰厚，奶子大，还会弹钢琴呢！真有这回事？我倒要玩玩这个女人！我倒要玩玩这个女人！这个掌握了权力的人吩咐一个人去请博士的老婆来为他弹钢琴，弹《致艾丽丝》还是G大调什么的，那无关紧要，他吩咐另一个人去药店买来"印度神丹"和"逍遥丸"。他自己服用了一颗"印度神丹"，他命令博士的老婆用温开水送服了三颗"逍遥丸"。就这样，博士老婆的手在八十八只黑白琴键上奔跑、颤抖，那已经不是八十八匹羊儿，那是八十八匹烈马，通过它们的嘶叫，牵动她的情欲，狂热而焦躁，一曲终了，她颤颤地问："下一曲该弹什么了？"那个刚服了"印度神丹"的掌握了权力的人走过来了，揪住她长长的秀美的头发，一把将她捺倒在深红色的地毯上，说："该轮到我来弹奏你了！"他来不及温情脉脉地亲吻，便下口紧紧地咬住她丰腴的肩胛。当博士知道了这件事情后，他明白诉诸法律是无意义的，便在一个深夜里，赤裸裸地吊死在公共厕所里，于是那些被叫作知识的东西，那些正在酝酿的发明，都随失禁的小便潺潺滴下。雒洛城对此司空见惯，一点也不引以为耻。他们一边在茶余饭后打着饱嗝传递这个故事，一边啧啧赞叹：权力真是个好东西！可不，又多了一个例证，至于博士，那是他应得的下场！强奸一个姿色很好的女人，这只不过是权力对美一向的态度，没什么好大惊小怪的。那博士的老婆不是因为掌握了权力的人的占有变得更加风流迷人了吗？博士是被赤条条地拉去火化的，连遮羞布都没给盖上一块……博士尚且如此，何况硕士？可是——介想，我却轻而易举地征服了肯寨，而且获得了如此多的子嗣。我要改造肯寨的人种，一定要彻底地改造！若非如此我干吗要付出这么大的努力背上沉重的包袱呢？间或介要他们中的某某举起手来回答问题，他要检查自己的成绩。他们于是回答说，地球不是全宇宙的中心，太阳也不是全宇宙的中心。介看着孩子们的眼光和十分流利的回答，感到无限的悲凉，他感到他们没有做任何思考就回答了问题，而事实上，他需要他们思考，可是他们甚至没有任何关于宇宙的概念就做出了回答。他们也不再多问那么什么是宇宙的中心？宇宙到底有没有中心？他感到了学问的奢侈与孤独，这难道是我所创造的子嗣吗？难道我的本意是要在肯寨创造这样的子嗣，以期获得人种的改造吗？

一一得一

一二得二二二得四

一三得三二三得六三三得九

一四得四二四得八三四十二四四十六

一五得五二五一十三五十五四五二十五五二五

一六得六二六十二三六十八四六二四五六三十六六三六

一七得七二七十四三七二一四七二八五七三五六七四二七七四九

一八得八二八十六三八二四四八三二五八四十六八四八七八五六八八六四

一九得九二九十八三九二七四九三六五九四五六九五四七九六三八九七二九九八一

知识本身应该是流畅如波浪的线条，鲜艳如雨后的彩虹，甜美如三月的刺莓的，学习它可以获得快感。就是说掌握了它会有类乎簇拥鲜花、吞食芋头、搂抱女人那样的感觉，为了证实自己那些富于煽动性的宣传，介不得不表演。当他三口气将九九乘法口诀表背诵了一遍时，祠堂刑屋讲台下的一张张脸都露出无限惊讶的表情。继而十四个孩子几乎在同时流下了眼泪。他们哭了，他们说原来世界有这么多的怪事，有如此严酷无情的法则，他们一点也不知道。他们举手问这些法则是不是可以改变，是不是能随心所欲一些，是不是不要那么古板刻薄，那些数字能不能像山坡下的羊群，间或变动一下位置。介告诉他们，这不可能，这是最最基本的数字的法则。于是孩子们号啕大哭起来。

那个最聪明的叫作东方玉如的孩子没有哭，他说，你看，数字把我们弄得鬼哭狼嚎，难道我们不可以废掉这种东西吗？其实我们根本就不用接受数字这种符号，你要做的是每天教我们唱歌，唱爱情的歌。

是的。

教你们唱歌。

教你们唱爱情的歌。

唱得群山勃立！

唱得河床抽搐！

世界还需要数字的法则干什么呢？

世界还需要几何的法则干什么呢？

世界还需要运动的法则干什么呢？

世界还需要结构的法则干什么呢？

一只漂亮的雌性的青蛙在绿树的枝桠上歌唱：树下长角的雄性，你是什么？你昂着头，一身的阳刚之气。我告诉你，我已深深地爱上了你，请把你的名字告诉我。你看不见我。我却看得见你，哦，你是麂子，亲爱的，我可对你一见钟情。麂子说：哦，可爱的青蛙！我已经看见你了，你是如此小巧玲珑，从那么小的身腔里发出如此洪亮的声音，我也爱你，我愿意背负着你，奔跑一千里一万里，青蛙说：我要求的远不止这些，我要至死不渝地爱你。我要你做我雄健的夫君，我要与你生儿育女，厮守一千年一万年。麂子说：这可不成，可爱的青蛙。青蛙说：没关系，爱可以改变一切。麂子说：可是我们交媾呢？将你的十个身体加起来，还不如一条麂鞭。可是青蛙执着地爱上了麂子，它纵身跳上麂子的背，又小心地跳到激昂的麂鞭上，攀缘、亲吻、摩挲，后来它们有了孩子。可是青蛙在妊娠期死去了。许久以后，那位农业技术员发现一种长角的奇珍动物，这居然是麂子和青蛙的爱情的产物，他无法相信。

好吧，我教你们唱歌。我教你们唱爱情的歌。青蛙在麂鞭上攀缘求爱，几何的法则又算得了什么呢？数字的法则又算得了什么呢？但是介从心底里不满了，这不满于是动摇了水库边那山的基石，那基石被这不满所放射，所销蚀。最后那山倾坍下来，挤垮了水库。葬埋了这些害怕数字的法则、几何的法则的孩子们。

现在，枇杷娘把他们一具一具地开掘出来，用他们曾经害怕过的那些数字符号标上序码。在她去贴这些序码的时候，她才发现，实际上介早已为他们编好了序码，在骷髅的尾椎骨的最末端，都有清晰的数字，多么可恶的介！多么无聊的介。这难道不是符咒吗？这难道不是阴谋吗？可是他却凭着聪明狡猾，将肯寨欺骗了如此之久，尤其是东方吉堂，矢志不渝地信奉他的符咒。一共是七十七具骷髅，这不是全部的数字，有一些已被冲走了。这个数字并不代表什么特殊的意义。然而尾椎骨上的编码也恰好是从一到七十七。枇杷娘拣起那个被螃蟹变成骨骼的迷宫的头颅，没有了大脑没有了皮肉。她举着它，在祠堂的残址踌躇了半天，然后毅然地去寨子里敲门。她厉声高喊，你们这一群贪婪的人啊！你们可以抛弃你们的头人。你们可以抛弃你们的信念，但是你们怎么能抛弃自己的儿女？你们怎么能抛弃自己的亲生骨肉，你们又怎能抛弃仇恨忘记哀伤。打开你们的窗子吧，我要你们看一看这空洞的头颅。于是便有人撩开蒲席和蓑衣，静静地看那被螃蟹蛀空的头颅。突然，有一个妇人凄厉地哭喊起来，她说她认出来了，那是她的孩子。她于是打开窗子，疯狂地跳了出来，直奔枇杷娘，把头颅的骷髅搂在自己的怀抱里亲吻。肯寨被感动了，那些男人还在怔怔地坐着抽烟，那琉璃质坚砖的屋子里的女主人们已开始抽搐。所有的女人都无法忘记介与她们交媾的那些时光、那些允诺、那些憧憬，并非所有的女人都从未体验过与介一起交媾时的那种快感。实际上她们大多数都体验过，只是极难得碰上一次。那时候肯寨的男人们或者是因为自私或者是因为迟钝，他们只知道匆匆忙忙地表现自己那一份躁动和狂欢。要有厉害的女人的导引他们才能稍稍变持久一些。于是女人们便只能在迎奉中偶尔碰上一两次，这偶尔碰上的有些已足够让她们终生难忘。令她们惊讶的是介将这些被肯寨男人们所疏忽了的经验积累为知识，并用它来指导每一次具体的交媾，使得每一次都那么恰到好处。介曾经允诺过很多东西的，一些还没有实现，一些已经实现了，比如琉璃质的坚砖、石灰、玻璃。

制造第一块玻璃，光是那炉子与坩埚的烧制，介就花了半年的工夫。肯寨的人们劝他放手不要干算了。介十分恼怒：以为我想为你们谋幸福？不是！根本不是！我只不过是怕可惜了这些透明的石英。坩埚烧成了，便烧第一炉熔浆，那熔浆泼到了地上。到了第二天，一层透明的光滑的被介称之为玻璃的物质便在阳光下光芒四射灿烂耀眼。介对他们说，我改造了肯寨的人种，等所有的子嗣们都掌握了必要的知识后，肯寨的变化就会惊天地泣鬼神了。你们就可以建造城市和发明机器，将山陵爆破，开出一条通往世界的路来。现在，路并没有开辟出来，玻璃碎裂了，不再透明和反射，快乐时光远去了，剩下的只有骷髅和哀伤，一时间所有的红漆绿漆黄漆的门打开，一百多个女人从各自的门里呼啸而出，直奔祠堂遗址，直奔骷髅们。一具具骷髅浸润了女人的泪水后被紧紧搂定。她们号哭！

号哭号哭号哭号哭！哭声回旋。

枇杷娘长长地舒了一口气，像她所预料所追求的那样，她开掘出了哀伤，而且这哀伤之花在顷刻间遍地开放，她从那些号哭的频率里，甚至看到这哀伤之花的颜色，姹紫嫣红，姹紫嫣红。这真是一些美丽的花儿，这真是一些可爱的花儿。枇杷娘觉得时机到了。她坚毅地向前走去，步子缓慢而稳健。一条在地上滚灰扭动的花色蚯蚓被踩扁了，三只蚂蚁被踩断了腿，还有一对交尾的黄色蝴蝶，踩在枇杷娘的脚下成了标本。枇杷娘走过去，唯有她脱离了这一群哭泣的人，这就注定她要吸引所有人的目光。她清楚地感觉到那些哀伤的、疑惑的、怯懦的目光落在自己的发髻上、后颈上、背上、臀上，以及脚踵，她像牵棉纱一样牵动这些目光，那缠绕着目光的头颅也如竹筒，她走过去，走到几块堆垒着的祠堂残破基石前，拔掉羊齿植物，她站立在那堆垒着的基石之上，郑重地举起了双手。

号哭声于是止息下来了。

这是枇杷娘奋斗了三个月又十九天所获得的辉煌瞬间，她重新被肯寨承认了。

她开始了有条不紊的安排：不要给骷髅找一片坟场。坟场过分张扬，而且需要碑石，就把骷髅埋在自己的屋基底下，以便时时牢记哀伤。枇杷娘做完一系列的指示。女人们抱回了属于自己的骷髅和残骸。枇杷娘感到累了，在下那个基石的台阶时，向前踉跄了一下。回到自己土坯屋里，枇杷娘草草布置了一下后就睡了，她睡在土坯屋的正中间，身子下垫有厚厚的稻草，稻草上是土布印花的床单，印花是红蓝两色的，周围有鲜花，有野菊和蓼辣。枇杷娘安详地睡下，脸色红润而生动。她枕着一个荞皮的枕头，她像一具城市伟人的遗体那样睡了，她说她要睡整整七天七夜。在她睡眠的时间里，土坯上的蜗牛排成蛇形的长队从她身边一一绕过，留下带有淡淡腥味的痕迹。才睡了两天，有人就认为枇杷娘死了。他们一个个走到土坯屋里，看那些蜗牛十分壮观地吊唁。蜗牛们星辰一般缀满了土坯的墙。有个人斗胆走上前去，轻轻地剥开枇杷娘的衣服，看见她肩胛上的那颗红痣仍然在跳动，才放心地走了。她没有死，我们且等她的安排与号令吧，人们说。他们走出土坯屋又绕着土坯屋参观。现在他们反而感到新奇别致。他们一边看一边咀嚼枇杷娘几个月前的劝说，觉得那些劝说精辟绝伦。他们用手摸土坯的墙，瞧，这墙就是土地的一部分，从土墙上可以感觉到地气，可以感觉到季节，这是多么美妙的事情！那墙脚的秕谷能长出绿绿的秧苗子来。

　　七天七夜后的那个晚上，一颗流星从天空泻过，一只猫头鹰从林子里飞过，一条菜花蛇从枇杷娘的脖子上爬过，枇杷娘醒了。枇杷娘撤去四周的花朵，竖起荞皮的枕头，她听到了无数不规则的叮叮当当的声音，这声音使她兴奋不已。她披上衣服点燃油灯，她走出土坯屋子的门。肯寨沉浸在一种夜以继日的繁忙里。人们正在用利斧解除人字屋梁，正在用锤子敲击琉璃质的坚砖，肯寨终于被哀伤所唤醒过来，并有了自觉的行动，现在他们明白了自己该做什么样的事情：杀死介！清除他所创造的垃圾，只有如此，肯寨才能得以恢复元气。将玻璃敲碎扔进岩洞，扔进山林的刺蓬中，让它们复原成为透明的石英。介所给予土地的一切武装都要解除了。当肯寨的人们因为哀伤而皈依了枇杷娘后，他们重新审视介所给予的一切武装，尽管这一切华丽或坚固，可是却奢侈而多余。更重要的是，他们发现了介的创造的荒诞，介所建造的屋子四十年不倒，八十年不倒，介所加固的塘基堤坝三百年不倒，五百年不倒，那么在整个冬季的农闲时节，人们将无所事事，人们不得不斗鸡取乐，不得不干一些挖洞寻蛇打的事情。可是打尽了蛇，田鼠又会肆无忌惮地糟蹋庄稼了。生命就是这样一种东西，它必得将成长、衰老、死亡、劳动、欢迎等等纠缠在一起，而介呢？介想利用他的知识抽去肯寨人生命中的某种元素，这种元素在不知不觉中已经被抽去一些了，现在他们在恢复自己。枇杷娘在肯寨的街衢中巡行，披着棕丝的大麾，她更加骄傲而又亲切，她一边看着人们捣毁墙砖，一边告诉人们，还要忘记那些数字的法则，那些都是罪恶的符咒。人们在毁灭这一切的时候，带着跟创造这一切一样的兴奋心情。

创造让人感到幸福愉快，破坏同样让人感到幸福愉快。

直到最后人们用锄头刨去那个石灰的大字，肯寨仍然没有一个人能把它认读出来。砌这个大字的时候，介花了很长的时候，好像这个字是他杜撰出来的，但是他意味深长地看着天空如鹤的云彩说：当你们中有人能认读出这个字来的时候，你们就可以动手建造城市了。而砌这个字的石头，将被你们拆下，它刚好能做城市第一块牌楼的基石。显然介不是一位先知，他的预言没能实现。人们把字拆了下来，把那些石头扔进了山洼。于是，介所遗予肯寨的一切都不复存在。他像一个巨大的影子，一条彗星的尾巴，一片绚丽的极光，他只是走过！

第九章

　　东方玉如从博物馆走过，他吩咐他们一定要想方设法陈列一条影子。他说他应邀参观了那么多的博物馆，还没有任何一个博物馆陈列着影子。他一再嘱咐：可不是什么花里胡哨的摄影作品，那些都是假的虚影，又是光圈，又是速度、焦距、曝光、快门，还有什么暗房制作，那么多的手续，那么机械又那么艺术，还要经那么多的化学药剂浸泡过，我说的是阳光下的影子，真实而自然的那种！

　　走出博物馆的时候，东方玉如不小心撞在一个化石的展柜上，他的头趴在玻璃上一动不动了，博物馆的工作人员吓慌了，他们以为行政长官中风死了，他们蹑手蹑脚地走近化石的展柜，却看见柜中的所有化石变成了亮晶晶的眼睛，在向玻璃上的那张脸说话。

　　人们不知道东方玉如在与化石说什么，馆长过来让工作人员走开了。

　　过了许久，东方玉如才缓缓地抬起头来，用那种可以穿越一切的目光看着窗外的苍穹，喃喃地说："他们在召唤我，要我站在他们的行列里，一同向未来证明历史，证明我们这个时代的文明。可是……我还未老呢！"他呸了一声，将一口浓痰吐在深红色的纯羊毛地毯上。

　　一位比东方玉如年纪更大的考古学家看着他有些因疲惫而弯曲的背影发怔，直到背影习惯性地一低，从一块肥厚的手掌下钻进车里，考古学家才转身蹲下，考证地毯上的浓痰。他看见红地毯已被浸湿，显出黑红色，中间堆垒着未化的雪山，四周已浸出火柴盒那么大的雒洛疆域的图形，还标出了半岛和山脉的位置。

"伟人之痰！"

考古学家自言自语地咕哝了一句，就去拿放大镜和化验器皿去了。考古学家试图化验这些痰，从痰中找出伟人之所以成为伟人的重要元素。他想，几乎所有的伟人都巧舌如簧，具有极大的煽动性，连从小就结巴的林肯也去流水的河畔练习演讲，终于有一天，他在葛底斯堡国家烈士公墓落成典礼上做了演说，这演说被认为是英语演说的最高典范，因此其手稿被藏入美国国会图书馆，演说词被铸成金文，放在牛津大学。可是所有这些优秀的蛊惑人心的演讲的内在本质到底是什么呢？只不过是一些气流鼓动声带，一个空洞的口腔共鸣着，舌头在硬腭软腭及牙齿上奔忙，而唾液则滋润这如簧的舌头，那么，痰是唾液的一个变种……它是阻滞了伟人的唇舌还是加快了伟人的唇舌振动的频率？

然而没等这位学究气十足的考古学家取上伟人之痰的样品，那痰中的水分便很快被纯羊毛的地毯吸收干净，那水份以外的杂物，包括行政长官从某些情妇的深吻里吸取的蛋白质分子，以及吻情妇的脐眼时所吸附在舌苔上的爽身粉，还有吃芒果后所留下的细碎得近视眼无法发觉的渣子，全变成了灰尘，在脚步的振动下快活地摆脱了纯羊毛的黏附，顺着从窗洞射进来的一束阳光的通道，轻扬直上，去游历另外的生活。

于是，伟人之痰的影子也消逝得不留一丝痕迹。

我们要陈列一条影子！

我们要陈列一条影子！

我们要陈列一条真实而自然的影子！！

一个星期来，博物馆馆长茶饭不思，这个声音像苍蝇一样在他的脑子里飞动。博物馆馆长渐渐消瘦，他深感无能为力，尽管在考古学界，他具有相当的权威性，他的鉴定方法和考证方面的许多论文都成为经典，被编在同时代的考古学大学教材及研究生教材里，但是他从未考证过影子。

影子属于什么范畴？属于光学的范畴，一个实在的物体遮挡住了阳光、月光、灯光，让它们无法穿越，于是就有了影子。可是东方玉如把影子放进了哲学的形而上的范畴。影子是什么？是事物的另一种属性，一种类乎魂魄、名誉、感情的东西，难以捕捉而又随处可见。影子是很具个性的东西，尽管它柔软得让时间或光线的角度任意地拉长或缩短，但人们从来不能把它用物件割断，人们将一对山盟海誓的情侣分离开，要比将影子从物体上分离开容易一万倍。博物馆馆长只得找了那化验"伟人之痰"的考古学家一起商量。他们戴上黄色的缀饰着橄榄叶的太阳帽，一同搭乘一辆篷车，在大清早离开城市，这时街心花园的含羞草叶上结着露珠，城市的眼睛尚未张开。他们将车驶到离城市有一定距离的海边，等待太阳从东边升起，等待阳光，就是等待影子。他们坐在礁石上仔细地揣摸行政长官的意图。行政长官为什么要陈列一条影子？是一时心血来潮的标新立异吗？是要像开普勒用行星轨迹来证明万有引力定律一样证明一条关于影子的什么规律吗？

太阳从东方的海平面冉冉升起，一块漂浮于海面的芭蕉树，顺着阳光在海面上铺成的金色小路，姗姗而来，鸥鸟轻轻地掠过微微起伏的海面，红蜻蜓从木麻黄的林子里穿过，恣意地落在平阔的沙滩上，晶亮的眼里反射着早上阳光的妩媚。

影子在岸上，在一棵木麻黄历经沧桑的黑褐色瘢痕上。那瘢痕的缝隙里含着半透明的石英砂，这石英砂在海水里浸润了九十九个世纪，如今它被影子温和地隐匿着，瘢痕性感的缝隙如一张安逸的眠床。它躺在眠床里，像东方玉如数十年以前躺在城市因战争而废弃的花圃里一样。战争的硝烟弥漫了整个城市，有一种令人兴奋的香味，花圃仍是温润而充满希望的。像时装大师的遗体躺在盛满福尔马林溶液的玻璃缸中一样。木麻黄里有悠长而寂寥的蝉声。

馆长说："在我们所有的陈列品里，只要是立体的，而且有光，它就有影子。"考古学家摇摇头："可是我们谁都明白，那不是他所需要的。"

于是馆长与考古学家在沙滩上从最物质化到形而上的各个角度对影子的理论进行了严谨的探讨。

最后，馆长和考古学家一无所获，都抱着自己长长的影子回到了博物馆，他们谁都明白：自己的影子对于工作的完成毫无意义！但是他们对海滩上一天的观察做了十分详尽的记录，以便城市行政长官检查起来有个合适的交代！

考古学家最后无可奈何地建议："看来，我们只好去找找那位修女了。

据说那位修女是城市行政长官的老祖母。"

博物馆馆长说这是个好主意。

雒洛城的修道院是一个完全符合宗教标准的建筑，然而它毫无特色。在晚祷结束后，博物馆馆长和考古学家才见到修女。修女黑白两色的服饰就像永恒的时装。她对所有的问题不再开口，但从修女的神情中猜测，要陈列的影子就在城市行政长官那里。馆长和考古学家看着修女举着烛消失在修院幽深的门道里。烛光将她长长的影子覆盖了寻找影子的人。

城市行政长官果然在一个天色灰暗的日子来到博物馆。

这样的日子，影子只在雒洛城暗室的灯光里。灯光的影子里有一些过时的阴谋，人们一千次一万次地重复着，一千年一万年地重复着，这些阴谋不为什么，仅仅是为了欲望，欲望是种虚无的力，是一种昔在今在将来还在的场。欲望本身并不为什么，它绝不为阴谋服务。阴谋是一个彻头彻尾的婊子，在城市，不，在有人类甚至有生物的所有角落，从皇宫到田野，从雕龙画凤的红木眠床到发霉的草垛，阴谋时时刻刻眨闪着媚眼，扭动赤裸而性感的腰肢，准备献给每一个人。影子匿藏着阴谋，然而影子并不能获得回报。

博物馆在这样的日子里惶恐起来，城市行政长官肥硕而略显老态的身子从他的豪华专车里钻出来的时候，馆长和考古学家已躲到办公室里准备汇报材料去了，尽管他们知道这样的工作劳而无功，但他们需要在这样的时刻恰如其分地表现一种敬业乐业的境界。

城市行政长官下了车，看着博物馆的镀金牌匾暗自好笑：我出了一个刁钻古怪的难题，凭他们用什么样的科学方法也解答不了。科学算什么？把偌大一个世界架在时间和空间的基本假设上。自从那次与科学局局长的赌局输了之后，东方玉如一直在寻找一个支点，以便继续确立城市行政长官的地位。事实上这件事再简单不过：违背它！理直气壮地对抗它！科学是一束光吗？科学是女人的体液吗？科学是一泓泉水吗？不，它什么都不是！介在肯寨的时候就念念不忘教我们科学，后来他还是逃亡了。科学局局长在屋子里制造闪电雷鸣，可是博物馆馆长和考古学家却无法制造出影子来。城市行政长官走在深红色的纯羊毛地毯上，地毯的振动仍然溅起微尘，过往情妇秀脸上掉下的死皮轻轻飞扬，他在深红色的地毯上看到隐形的痰迹，那痰迹仍然是国土疆域的图形。只有我明白自己，城市行政长官想，在一个充斥着科学的城市里，我领导着一切，我左右着一切，可是我仍然在这样的城市里孤独着，哲学家一样孤独着。我是为杀死父亲而来的，这种使命意识尽管随着年龄的日渐增长越来越淡，可它还是时不时地会冒出来。我为此而爬遍了这个疆域内所有的山山岭岭，我几乎沿着这份土地的边界走了三次鬼打墙的路。在有巨蟒的地方，在有群狼的地方，在有虎豹的地方，我都流过血，他们用牙齿把边界的形状刻进了我的血液里，所以我的痰迹变成国土疆域的图形。

直到东方玉如统治了这个城市很久以后，雒洛城对他仍然是有些陌生的。城市行政长官只有到博物馆里才能找到与自己的童年记忆相对应的事物，那些玻璃罩下的器具和壁上的图画都能让他产生亲切感。他在很多场合公开声称：博物馆是我感到最亲切温暖的地方！事实上当行政长官老了想要寻找肯寨的归途的时候，也只有博物馆对他表示真切的支持。雒洛城的势力行政长官早就看得明明白白，如果不是发生了那场战争，如果不是战争中那份虚假而又庄严的承诺，雒洛城就不可能由一个陌生的访客来执掌一切，那么事情就会是另一种结局，东方玉如想。他们就会以入侵者的罪名处死我。他们连一个学者解剖自己的父亲都要处死，还能饶恕一个用毒箭射死本城市民的外来者吗？可是因为雒洛城派别间的战争，事情完全倒了过来。

东方玉如与一只邂逅的斑额虎同行的时候，城市尚未进行有规模的杀伐。对垒的双方只是在一个高雅的桌上放着紫罗兰和玫瑰花的会议室里谈判，双方的人员都很潇洒，穿着西装，脸上始终保持着宽容一切的绅士的笑。他们讨论的问题极简单，那就是本城女人所穿迷你裙的长度问题。这本来是一个无关痛痒的问题，但是自从时装大师去世以后，雒洛城对时装乃至衣饰就失去了价值判断，进而对所有的审美原则失去了判断。整个城市在窃窃私语：这样的问题当然要引发战争！因为女人的大腿总是要涉及道德、价值取向、健康、美以及城市生活水准、水文土质等等一切问题，而迷你裙的长短能确定女人大腿的暴露程度。

一位唯美主义教授斩钉截铁地说：女人的迷你裙要像军人的口令那样，

越短越好！

取中庸的学生则补充：当然还要看大腿的质地。我是赞成满街晃动着美腿的！

这位学生后来因自己的女友晃动的美腿沾上了城市维持交通的栏杆上的红漆久久未能洗去而站到了教授的对立面。

对垒的双方举行了若干轮谈判，进一寸退一寸，进一分退一分。唇枪舌剑，散发着玫瑰香的会议室终于开始有了火药味。大家都把法律、伦理乃至职务任免、交通规则搬到了女人的大腿上。双方觉得依靠谈判、对话的途径是无法达成一致意见的，非用暴力不可！尽管因为这样的暴力毁灭了不少他们为之保护的美腿，他们还是进行了坚决的暴力冲突。他们一边压抑着火气彬彬有礼地谈判，谈判完后还常常共进晚餐，用大香槟酒碰杯；一边各自暗地里加紧制造黑铁黄铜的武器，这些制造武器的工厂设置在雒洛城的远郊。远郊的人们欢呼起来，他们没有政见，也不管那些正义与非正义的杀伐。他们只在乎眼前增加的就业机会。制造武器或者制造香槟酒，对工人来说，全是一回事！

远郊的人们在收到制造武器的第一笔工资的时候，奔走相告，他们感到不可思议，雒洛城一场关于女人大腿的裸露程度的讨论居然会给他们带来就业的机会。可是……那些裸露大腿的女人自己为自己创造了什么就业机会了吗？在远郊，在有田野和山包的地方，女人的大腿不是根据道德、伦理或者风化来裸露的。远郊女人的大腿只根据季节来裸露，只根据阳光的热度和水田的深度来裸露。

谈判期间，城市的女人裸着腿趾高气扬地满街走着，她们从关于谈判的报道里知道自己被重视，有一种不知该怎么表现高傲的感觉，有一种女权主义胜利者的自豪。在女人们还没有找到合适的表现方式时，战争就爆发了，说爆发就爆发了！为美腿而战！这是双方都可使用的口号，特洛伊之战，为美人海伦而战，一仗打了十数年！这一场战争人们不知要打多少年。呼啸的子弹乒乒地打在商店的花岗岩墙面上，玻璃以及玻璃内的石膏模特儿被击碎了，残肢和头颅们混在一起。呼啸的子弹掠过女人的发端时，女人的尖叫声压过了枪炮的声音，一些子弹穿过城市园林或者灌木准确地射入穿迷你裙的秀美而性感的大腿，大腿一颤，跪了下去，猩红的血液开始从迷你裙上流下来，浸染了城市。

一位旅行中的兽医扶起一位行将倒下的少女，一边用自己有限的唾液为少女大腿上的弹孔止血，一边喃喃地说："人们常常注意了手段而忘记了目的。"

少女就问："你有什么目的？"

旅行的兽医说："不，我是说战争与审美。"

少女就说："那么别说话，快救我的腿！"少女说完就开始急促地呻吟起来，这呻吟与做爱中激动的表情无异，让旅行的兽医困惑而踌躇。

子弹仍然呼啸着掠过头顶。在城市税务局高楼下的一个地方，无遮无挡。少女急促地呻吟。旅行的兽医犹豫良久，终于用舌头仔细地嚅湿了自己的嘴唇，将嘴唇贴到少女大腿的弹孔上，连同血液一起吸吮出那颗子弹。

少女呻吟着很是感激："谢谢！"

在战争中无端射入少女大腿的子弹听从旅行的兽医双唇的召唤缓缓地理性而极不情愿地游出少女爽滑的肌肤的时候，东方玉如望着河流上的火焰惊呆了！火焰呈炽白色、炽黄色、炽红色、炽黑色。

东方玉如被一股热浪推倒，晕了过去，醒来时，他发现自己在一张血盆大嘴里。从这张嘴的喉咙深处，散发出发酵肉的腥臭味。我远离火焰而落入了虎口，东方玉如想，我注定找不到我们的父亲——肯寨的敌人。枇杷娘总还是有失算的时候，可是我自己选择了厄运，选择在一个合适的时刻成为虎的美味佳肴。

虎威武而端庄，斑驳的皮毛在阳光下闪着迷人的光泽。虎撕开东方玉如仅有的树皮的遮饰，用胡须触了触他的阴囊，沉思片刻微笑（后来东方玉如说起老虎的微笑时没有人相信，人们说会哭的动物很多，会笑的动物只有人）着走开了，绕着一颗连东方玉如也不知名的树左左右右转了几圈，然后背对东方玉如，坐下去。甩动尾巴。远处是树木被烈火焚烧的毕剥的声音。东方玉如明白了什么，坚定而勇敢地扑过去，趴在虎背上，虎负着东方玉如疾速地行走，他们一齐逃离了那场灾难。在后来的相当一段日子里，他们形影不离。在险象环生的大林莽里，他们机警而默契，与另一些凶猛而狡猾的兽类作过不懈的斗争，分担过悬崖下的恐怖，分食过野兔子肉，还有狸獾。他们拥抱着睡觉，秋天晶莹而冰凉的露珠滴落在他们的梦里。

在梦里，东方玉如在一条温暖的河流上漂泊，两岸长满了黄色的、紫色的菊花，有歌声掠过陡峭而狰狞的岸，醒来，他发现自己躺在温热的血泊里，他的朋友一动不动，软软地趴在干草上，他在梦里杀死了它。

东方玉如坐在血泊里，用手指沾着朋友的腥血尝了尝，面前是阴险的荆棘，无路可走。可是东方玉如从荆棘的缝隙里看见了铺满落叶的长路，伸着舌头的蜥蜴从落叶上爬过。我将告别大林莽，我接近了城市，东方玉如想。

雒洛城的杀伐仍在进行。时装大师安详地躺在设计室的福尔马林溶液里，一脸神秘莫测的微笑。那块盖在隐私处的细薄红绸偶尔会因枪声的激荡浮出福尔马林溶液，枪声过后，它又沉回原处。没有人出来调解。一颗奇异的子弹穿过医学院实验室的玻璃器皿，从迷你裙下顺着二十一岁的实验员的大腿游过津湿而温柔的阴道，到达年轻丰满而富有弹性的子宫里时，它寻找到一个自以为合适的位置，安顿下来，显然，它想冒充一颗成熟的精子，获得战争里的生命。实验员浑身一颤，手中的试管落到地上，打得粉碎，从试管中泼洒出来的溶液，则滋滋地溶解水门汀的地面，并泛出细细的泡沫。实验员被这突如其来的强暴所困惑。她看不到施暴者是谁，可是她却被强暴，除了与自己心爱的人在床上试探着用力所能及的各种方式做爱，她从未接受过别的性爱。一位有着露阴癖的名教授走进实验室，曾猝然在她面前脱下裤子，露出并不坚挺的阳具。她失声尖叫，毫不犹豫地把一瓶五百毫升的硫酸泼向名教授那并不坚挺的阳具。名教授的露阴癖被治好的同时，他的阳具的包皮上留下了斑驳的紫色瘢痕。据说，他的太太后来攻击那像个生病的茄子，而他自己则充满信心地说，西部地区出产的六棱形宝石原矿就是这个样子的。实验员四面张望，除了墙壁上科学家的画像和格言，没有别人。这种不为任何人所知的强暴，在排除了道德的恐惧后，就变成了意外的福祉，一如神赐。实验员双手撑在墙上，扭动腰肢，独自激动和陶醉了好一阵。玻璃器皿里有准备冷冻的精液，实验员因此而受孕。九个多月后，实验员产下一个壮实的男孩，嘴里含着那颗子弹。这男孩子在城市变为废墟后，成为最后的幸存者。

婴儿的第一声啼哭响起时，全城市的枪声停了下来，静静的城市，由婴儿的啼哭穿越所有的街道与楼宇，振动人们的耳膜。

这不是刻意的安排！

战争无限期地阻滞了预定好的一次盛大的时装表演，令模特儿险些忘记了台步。无所事事的模特儿们眼看着体重日增，优美的形体即便是没有子弹的光顾，也会毁灭。她们终于忍无可忍！她们联合起来，去了住着时装大师妻子的修道院。修女什么也不说，但用手指了指修道院墙上的壁画。模特儿们就点头，像是心领神会了什么。从修道院回来后她们穿着赤橙黄绿青蓝紫的乔其纱的比基尼泳装，嬉笑着走过城市的主要街道，绕过三个最大的街心花园，来到标志性的城市纪念塔下，好奇的人们冒着战争的风险尾随她们来到纪念塔下。模特儿们攀上纪念塔基座，像浮雕那样摆出各种造型与纪念塔融为一体。你们不是要为美腿而战吗？美腿在纪念塔上。她们宣誓：战争不结束，我们不下来！

战争因此就结束了。

人们（包括持枪对立的双方）自觉地集结在纪念塔下的广场上，静静地瞻仰完城市最秀美的大腿后，赞叹不已，无论是这些腿修长的比例，还是皮肤的光泽、颜色，汗毛的长短，都叫人无可挑剔，我们怎么能为此发动战争呢？时装模特儿们说得好，迷你裙的长短只能由穿迷你裙的女人自己来决定，政治与迷你裙的长短无关。

活着的持枪者彼此歉意地握握手，淡淡地笑了：我们差点儿相互打死！

人们平静下来，冷静地思索，无辜者已经死去，这场数百天的杀伐造成了无数的妻离子散，家破人亡，这样的人类损失只能由人类自己负责，责任者是谁？人们确定，既不是那发动战争的人，更不是那接受指令开第一枪的人，责任者理所当然是那个最初发起讨论迷你裙长短的人。

这个人不久被东方玉如射死！

那是个浓雾的早晨，东方玉如踏着巨蜥爬过的枯叶，走到一个风景的山顶，他看见了多变的光和高高低低折射着七色光的碑林。他坚定而稍带怯意地站在山顶，等太阳出来，等浓雾消散。介当在这样的碑林里生活着，介当在一群好奇的人的包围下一遍又一遍地叙述自己在肯寨的传奇故事，包括征服东方吉堂的智慧和枇杷娘的肉体，他一定不知道自己的儿子正历尽千辛万苦，悄悄地接近他，准备结束他邪恶的生命！浓雾化开的时候，有一朵鲜花般的旗帜从城市的广场冉冉升起。钟楼的大钟随着悦耳的音乐敲响了，紧接着，街头上出现不断举起手臂振动的人群。那个被人们指认发动迷你裙的审美讨论骚动城市企图取得政权的美学教授失道寡助，他再也没有同志和朋友。唯一的情人抱住他亲吻后轻轻告诉他："你死去吧，已别无选择！"他只得从城市不易被人发觉的街角仓皇出逃。他回头望望广场上的纪念塔，看七彩比基尼泳装的时装模特儿已撤走。他一边逃跑一边心中愤愤不平：我只不过是发动审美讨论，可是人们却以为我要夺取政权，那纪念塔庄严而悲怆，定是为冤屈而立的。不平也没用，已没有分说的地方，重要的是逃跑。他气喘吁吁地向山上跑来。

东方玉如张弓以待！

我终于找到了那个叫介的人，我必须射死他，东方玉如想。

东方玉如开弓的姿势优美绝伦。阳光将他的影子投射到石头下的青苔上，成为永恒，这一秘密从未被人发现，而东方玉如自己心中明白：大地和太阳共同记录了我那历史性的一射。那一箭改变了城市的政治格局，也改变了我自己，枇杷娘却一定在悠远的肯寨独自饮泣。

……东方玉如来到博物馆，坐在他惯常坐的那张真皮沙发上，转动着天真而狡黠的眼睛，故意不提陈列影子的事情，只谈一些无聊的趣话。这些趣话大多都是民间流传了许久，人人皆知的东西，然而博物馆的人们还是小心地在脸上造出一系列的笑来。我刚进入这个城市的时候，他们笑得都很真诚，东方玉如想。他们欢呼着，歌唱着簇拥着我，有的人甚至热泪盈眶。他们认为我结束了城市所有的灾难，带来了永恒的福祉。他们忘记了我的性别，用手臂把我赤裸而粗犷的身体高高地举过头顶。美丽的少女把花环套在我的脖子上、手臂上、腿上。我的入城几乎成了城市空前盛大的一个节目。我为这个节目所惊吓，逃到一个因战争而废弃的花圃里睡了一晚，第二天清晨还是被找到了。他们把我抬到一个金碧辉煌的温泉浴馆里，把我小心地放入水温适宜的温泉浴池中。人们在池子上边围观着。他们选出十八个模特一般高长得十分相像的学水上芭蕾的妙龄少女随音乐舞蹈着游过来细细地搓洗我的身体。她们的手指柔嫩而细滑。她们甜蜜地微笑着，脸上有浅浅的酒窝，面色粉红，这是少女崇拜英雄的一种正常心态。

我粗糙的身体在她们仔细地搓洗下变得健康、红润而洁净，血管和毛孔舒张。她们用大腿枕着我野蛮而愚昧的头颅，用纤巧的手指梳理我乱糟糟的头发，清除头发上所黏附的碎草和枯叶的残渣。她们从我的后脑勺上抠下来一块黑色的血块，那是同行的虎的血，少女把它浸在温泉中慢慢化开时它变成红色，她们轻轻地啊了一声，像一首无伴奏小合唱的开头那样，她们同时让我的腿枕在她们的手臂，脚板触及她们丰满而富有弹性的乳房。她们用尖长的指甲抠掉我脚趾甲上的泥污。几年后，我把其中的两个弄到床上，聊起来竟如故旧一般。她们回忆着说，在为我搓洗下身清理卷毛的时候，她们希望我的东西有力地勃起，倒不说是英雄的东西就应该勃起而坚挺，主要是勃起时便于包皮和卷毛的清洗。我说，我那时激动、紧张、莫名其妙。你们的搓洗和抚摸让我骚动，但那些仰慕的目光强有力地抑制了我，我不知道他们在赞叹一头在角逐中获胜的公牛时，是不是要把它作为牺牲献祭于某次仪式。我被一种崇高的气氛所笼罩。而在这气氛中，我无法表现欲望。我告诉她们两个多星期以前，一位年方十七但野心勃勃读了两年中学就辍学的女孩勾引了我。她那不完全成熟的身体充满野性的魅力。她毫无顾忌地宣布要将自己处女的身体贡献给我。我答应下来，并约她来我的私人别墅，我甚至为她的玫瑰红的处女血准备了洁白床单。可是她有一个异想天开的要求，她希望与我在我办公室的那张办公桌上做爱，她说她随她的一个亲戚第一次到我办公室看到那张办公桌时就有那种欲望，她说我的办公桌宽大得像一艘浮于海面上的船，而且原木的桌面散发出森林的香味，躺在这张桌子上做爱，当是很好的事情。让那些无聊的关于公务的声音消失，出现爱的呻吟，让处女的血随着桌面缓缓流到那些措辞老到而含糊的红头文件上去。她说如果不在那张桌子上做爱，便毫无意义，我只得答应了她的要求。星期天，我让秘书们挡住所有其他的公务，不让一个人到我的办公室来。那是上午，屋外阳光明媚，我把窗关上，她却执意把窗打开，她说她希望在紧张或是激动时看到窗外的绿树和花朵，或者天空中的云彩。她让我放心，她不会带一个私家侦探躲在花丛中拍摄什么镜头制造关于城市行政长官的绯闻。在亲吻之后，她敏感的嗅觉发现我牙缝里至今散发出在肯寨才嚼过的水牛花的味道。她闭上眼，我把她抱着放到宽大的办公桌上，有条不紊地褪去了她所有的衣裙，然后把自己的衣服也剥得精光。我在她身上抚摸良久。

"你上来呀！"她说。

"等会儿吧。"我回答。

我在努力唤醒自己的欲望，我看着她赤裸而鲜艳的身体，对自己说：这是少有的美味佳肴，你开胃呀！但我就是不能挺立，我的欲望被周围的环境压抑着，发挥不出来，这是我办公批示的地方，我在这里对我的人民负责，尽管人民不一定都对我满意，尽管多数的时间是计划一些流氓与政客之间的阴谋，至少在名义上，我对我的人民负有责任，现在我却要把一个少女放在这张办公批示的桌面上做爱，让她的处女血浸染城市的文件及文件最原初的草稿。我到底被一种崇高所禁锢着。

"你上来呀！"她催促着。

"我们……能不能先喝杯咖啡？"我想回避现实。

她扭转身体，张开清亮的双眼，望着窗外的云彩："你是让我随你到办公室来喝咖啡的吗？"

"当然不是！"我说。

"那是什么？"

"我答应让你的处女血流淌在我的办公桌上，并浸染文件。"我认真地回答。

"你……怎么了？"她一眼瞥见我失败的原因。

我无言以对，就像那次初入城市在豪华的温泉浴馆让十八个跳水上芭蕾的少女为我搓洗时那样，崇高压抑着欲望。她仄过身来，按照她所读过的《性知识手册》上介绍的某些方法将我的身体详细地搓揉了一阵，我无动于衷，最后，她带着遗憾走了。走时仍是个完美无缺的妙龄处女。我只好回到私人别墅深深地怀念她。

两个原来学过水上芭蕾曾在入城仪式上为我施洗过的女人笑了。她们说，你不是被一种崇高所压抑，而一种欲望被另一种欲望所压抑，权力欲压抑了性欲，就是这样！

……那个时候，人们的笑还都是十分真诚的。两个女人为找到一个刻薄我的话题而放声大笑。可是现在我看到他们笑得虚假而小心。嘴角十分勉强地往后拉。这大概也与我说趣话的目的有关。我说趣话是为了给他们时间，让他们揣摸清楚我对陈列影子的态度，以便得心应手地对付我。可是我清楚地知道，他们是无法得心应手地对付我的。他们自觉地被一些定义和公理制约着，被一些归纳和演绎弄得无所适从。从我开弓的那一刻开始，我就以我神秘的魅力完全彻底地征服了这个城市，他们为打发无聊的生活解决面临的困惑延伸自己的欲望，总是希望发生奇迹，奇迹是什么？是出乎意料地出现有益于他们的一些事情。如果有害于他们，他们就不叫奇迹而叫厄运！然而他们制造奇迹的本领实在有限，一个人烧制出一件有屋子那么大的陶缸，缸壁只有窗玻璃那么厚，他们就啧啧赞叹：奇迹！这是奇迹！不过谁都清楚，那不是什么奇迹，而是一个大玩具，一个没有人做过的大玩具。而我呢？我能创造无数的奇迹。我让全城市的人在同一个晚上同一个时辰梦游，他们携儿带女，赤身裸体，彼此打听着来去的方向，那一刻他们没有仇恨，也没有欲望，只有迷惘和困惑。他们彼此打量很久，却不问对方为什么没穿衣服。他们只是从心灵里想要逃离这座城市，而且赤条条离去，不带上这个城市的任何痕迹。而我，独自一人，站在城市纪念塔的塔顶，俯瞰着城市棋局般的街道，我看到那些携儿带女梦游的人们，表现出困惑中的秩序和节制，连婴儿的啼哭声都没有。"你们知道出去的路在哪儿吗？"

"不知道。我们连从哪儿出来的路都忘了。"

"我们无法离开这个城市吧？"

"大概是这样。"

"可是大家为什么还在奔忙逃去？"

"不知道，我也不知道！"

当我让奇迹消失时，梦游的人们顿时醒了。他们记起了羞耻、荣誉、爱等一系列无聊的东西，纷纷捂住自己不轻易露出的某些部位，惊叫起来，他们记起了来路，纷纷逃回自己的家里，一个也没走出这个城市。

——只有修道院里的老祖母看穿一切！

东方玉如宽大而绵软的手搭在沙发的扶手上。他说得有点累了。博物馆的工作人员为他端来一盅猕猴桃果汁，他不接瓷盅，张开嘴，孩子一般噙住吸管，滋滋地喝了起来。

博物馆馆长和资深的考古学家终于诚惶诚恐地出来汇报工作，他们把若干次的纪录抄正请东方玉如一一过目。东方玉如神秘地笑笑。考古学家甚至把自己的裤腿挽起来，指着一块一厘米见方结着硬痂的疤告诉城市行政长官，这是第八次捕捉影子时负的伤。城市行政长官爱怜地看了考古学家一眼，将一些猕猴桃鲜汁涂在痂上。

"你们捕捉不到影子。"城市行政长官说，"你们也制造不出影子！"

这个有些衰老的声音神秘、洪亮。屋子里顿时弥漫着鲜榨猕猴桃汁的气味。

东方玉如这时才向着被自己愚弄了许多日子的博物馆馆长和考古学家调皮地笑了："要不要我帮忙？"

博物馆馆长和考古学家默不作声，恭恭敬敬地站在一旁。

东方玉如吩咐工作人员从自己的卧车后面的行李箱中拖下来一个麻袋，麻袋上粘有树叶和草籽。工作人员在东方玉如的指挥下把麻袋解开，人们看到一麻袋的青苔。这青苔在一个三米见方的展柜里铺开来，则出现一个高大威武的勇士挽弓欲射的影子。

影子！这是真正的影子！它没有任何对应的实物，只是一个纯粹的影子，它对应的实物只在若干年前的一瞬间出现过。毫无疑问，这一瞬间对历史有着极其重要的意义，即使把灯熄掉，影子仍然存在，可是你去拔下影子内的任何一根青苔来与影子外的青苔比较，它们毫无区别，而这些青苔一旦植成平面，就出现勇士的影子。勇士的影子就是城市行政长官的影子！博物馆的所有工作人员围在影子的展柜旁边，他们惊呆了；怪不得行政长官吩咐要陈列一条影子，而且指定不要是摄影作品，可是谁又知道那风景的山顶石洼中的青苔会有如此心计呢？它是为了某种永恒罢！

东方玉如仍然坐在沙发上，孩子般真诚地微笑着，这雏洛城先前的勇士垂垂老矣，他变得越来越顽皮，越来越不可捉摸，人们记得他刚入城市的时候，头发上有黑色的血痂，腰间只有树皮的遮饰。当激愤的人们爬到山上时，他正茫然而悲怆地注视着这个城市。人们从他的脚下拖走掀起审美讨论者的尸体。那一刻，他像他后来所一手导演的城市梦游者那样，迷失了来去的路，他轻飘飘地任由人们将自己的身体抬向喧哗的街市，他将自己的灵魂支配到高高的苍穹，以悲悯的目光来欣赏这躯体的游戏，在苍穹，他看见了青苔的影子。

从此，博物馆得每天给影子浇水，就像对待园林中的花朵那样对付这些有生命的青苔，以保证勇士的形象经久不衰。

第十章

　　墓地里没有勇士。与骷髅相伴的珠宝、金盏银斛、佩剑、勋章只可论证一些过往的故事。藤萝们鹰爪一样强劲而尖利的根穿过原木的棺材，经过骷髅，将珠宝、佩剑、勋章牢牢地抓住。骷髅中的魂魄已不愿再沉默守望。他们丢下珠宝、佩剑、勋章，小心翼翼地渗入藤萝的根，沿着汁液到绿叶上去升华。毒蛇们已开始上树，它们吐着动感而美丽的信子。菩垣子的农业技术员用柔韧的树根为自己成功地制造了一条尾巴，以方便长时期地在树上生活。这尾巴甩动自如，像其他动物的尾巴一样用来拍打蚊蝇，平衡身体，必要时，它可把农业技术员倒挂树枝上。农业技术员开始学会了与毒蛇们嬉戏。

　　耶路撒冷的红衣主教放飞的鹞鹰在天空高高翱翔，敏锐的眼搜索着森林的每一个地方。它看见那些烟瘴互相纠缠在一起撕扯。它尖利的爪和钢铁一般的喙随时等待那异教的声音从森林中冒出来，好给以致命的一击！

　　从绿叶上升华起来的骷髅的魂魄弥漫了墓地。它们在绿叶的上空舞蹈着，歌唱着，那歌声有七彩的颜色，那舞蹈有无形的波浪，这一切干扰了红衣主教的鹞鹰的视线。

　　菩垣子的农业技术员在藤萝的秋千架上坐定时，他的思路又清晰起来。毒蛇和游隼在一个注定的时刻蛰伏下来，被中断的圣墓教在骷髅的魂魄的笼罩下开始发生作用。它除了给农业技术员以生存的意志，还给森林中所有的动物和植物以启迪：

我们一生下来就在寻找我们的墓地。可是我们常常只是注意了手段而忘记了目的。于是一些人在过程中辉煌，一些人在过程中潦倒。在过程中，我们总是寻找欢乐而回避哀愁，哀愁却对我们紧追不舍；我们总希望只爱不恨，然而恨时时从爱中滋生。所有的苦难来自我们迷失的心灵：我们不知自己从何而来，但明白自己走向墓地。墓地是我们神圣的唯一的归宿！

以前许多的树叶在秋天来临的时候瑟瑟发抖，互相哭诉：我们曾经给森林装点过春天。我们在风中小心翼翼地托出花朵，护卫果实。我们像人类的嘴唇一样吸吮森林中的雨露阳光和空气。将养分传递给树枝。可是无情的土地和季节却要让我们在秋天凋零，她们完全不理解每一片树叶的情感！而如今秋风吹来的时候，树叶们齐刷刷地背诵圣墓教中的词句！这些绿色的灵魂得到了慰藉。

菩垣子地方政府自从遣出农业技术员之后，就再也没有获得任何消息，地方官员耐心地等待着。因为他们知道，农业技术员考察的路上，没有邮递，也没有驿站。农业技术员要凭借山路上的野果和自己的智慧活下去。遣出农业技术员的时候，官员们觉得他的生死是无关紧要的。但在许久得不到他的消息时，官员们还是急了，他们希望他不死。他们希望农业技术员弄清了那原始森林中神秘的绵竹纸张，弄清那份现代文明的来龙去脉。农业技术员肯定是对地方政府产生了意见，他不满政府取缔了他的“萝卜教”并把他关押了许久。可是他一直很爱他那个有着欧罗巴长奶子的女人，他应该想尽一切办法给他的女人一个消息，比如放一片特别的树叶在原始森林的小溪流中，然后让它流进河里，流近河边的码头。她的女人应该每日去河边的码头上等待某一片树叶。或者，她应该去那条绿色河流中长着鬼柳和车前子的沙洲上，筑一个棚寮，日日依在棚寮的门口，翘望遥远的林莽！

地方官员终于在一个类乎政府事务的常务会议上做出决定：派一名老资格的警察去农业技术员的女人那里打探他的消息。

警察们认为：这是个光荣而又艰巨的差事，四十七名警察挺身而出，报名去完成这任务。地方政府官员们首先调过他们的个人档案，逐个地进行仔细考核，从中挑选了十三名进行面试。面试到最后剩下两名，其中一个曾跟随农业技术员的岳父——那位脾气很坏的上校上过战场，上校牺牲的那会儿，他就在上校的身边。而另一个则跟那位农业技术员一起远远地向着上校的女儿打过喔嗬。他振振有词地肯定：上校的女儿在某个美丽的黄昏给过他一个媚眼，如果让他去，他可以从回忆那个黄昏入手，准确快捷地获得关于农业技术员的情报。地方政府相信了他的话，由他乔装打扮去刺探情报。

上校的女儿在农业技术员出发九个多月后，生下了一个萝卜般嫩而胖的儿子，产后患了一场妇科病。她孤立无援，只好自己一味一味地吃药把病治好。病愈的第三个晚上，她梦见了农业技术员和墓地，还有藤萝和蛇，她几乎不敢相信自己的丈夫在那样的环境还能生存。醒来时还是子夜，她向四周搜寻这个梦的来由，锦被的另一方，蜷曲着丈夫用过的一根皮带，它的斑纹酷肖蛇蜕。上校的女儿认定是这根皮带在作祟，她披着睡衣跳下床，从衣柜里找出平时裁剪衣服用的剪刀，用力把这根皮带剪成碎片，然后把碎片放到微红的炉火里焚化，一股焦臭味弥漫开来，一缕青烟袅袅腾起，她在这样的烟雾里默默为夫君祈祷。

上校的女儿藉着这样的祈祷，笃信这一生中唯一的爱情。她过着充实而平静的日子，那些因买了农业技术员宣传蔬菜的营养的小册子而被打成"萝卜教"教徒的可怜人，偶尔有因在狱中表现好而减刑释放的，便来看望上校的女儿。他们大多都很尊重她，这让她十分不安。实际上，是我的夫君连累了他们，她想。可是出狱的人说，其实谁也没有连累我们。地方政府一方面是要找人把仓库已经过期的部分长有黄曲霉素的玉米和小麦吃掉，一方面要保障那些监狱的看守不要失业。看守们都会使枪，大部分由正规的军人转业而来，失业了对社会治安没有好处。他们整天跟罪犯打交道，比一般罪犯更熟悉偷盗、抢劫、贪污、诈骗、纵火、强奸、杀人的方法。地方政府有责任找一些罪犯给监狱，就像人们应该给精心编织好的鸟笼找一些鸟一样。上校的女儿想，这倒也是，父亲在没有战争的年代，不是常去邻近的山林开枪射杀飞禽走兽吗？不是让那些豹子、麂子、獐、野兔、狐狸妻离子散、家破兽亡吗？

自从菩垣子地方政府宣布丈夫是创立"萝卜教"的罪魁祸首以来，上校的女儿一吃到萝卜就要作呕。现在她去市场，不愿再光顾任何有萝卜的菜摊。她生活得很简朴，每星期用五天来吃素。为了尽可能地抑制身体的冲动保持节操，她努力避免吃枸杞、韭菜一类的蔬菜，选择吃一些降低性欲、勾起怀想的菜肴成为她认真研究的一门学问。这些学问也常常让她产生疑惑：这样做，我会不会一样滑入"萝卜教"的泥坑？

傍晚时分，农业技术员的妻子吃完晚饭，开始烧水洗澡，水中浸有一把叫"艳香藤"的植物，这是一个民间土方，妇女们可藉此永葆肌肤的鲜嫩和泽润。她希望农业技术员回来的时候，长奶子依旧富有弹性，依旧芳香四溢。

门口出现了那个乔装打扮的警察。

"你好！"他说。

她看了他一眼，什么也没说。

"如果……我们都不会记错的话，在很多年前的一个黄昏，西边天上还有绯红的晚霞。你在那座雒洛城风格的屋子的门前，看了我一眼。"警察像一个刚刚开始学习朗诵的学童那样背诵自己早已构思好的情节。

她对这情节完全无动于衷。

官方给警察的时间是一个星期。

上校的女儿对警察提的任何一件旧事都抱遗忘的态度。警察明白：自己受到敌视的拒绝。警察最后只好公开自己的身份。

上校的女儿说，她并不知道农业技术员现在何处，甚至连他如今是否活着都不知道。这份回答本来是意料中的结果。上校的女儿从未获得一片有标记的树叶。可是警察却发现了另外的希望。

"你不寂寞吗？"他问。

"放自重点。在我的家门口，你怎么像一个暗娟招徕路人？"她说。

警察悄悄地把上校的女儿的房门钥匙放煤火上烤得炙热，然后在自己的手板心烙出一个印来。告别上校的女儿，警察迅速跑到一个配钥匙的摊档上，照着手板心上的烙印配好了一把钥匙。之后，警察才感到手板心灼痛，他没有去医院，只是在一个屠夫铺里涂了点狗油，灼痛就凉凉地消失了。

警察的探访勾起了上校的女儿深切的盼望。农业技术员该回来了，或者至少，他应该像地方政府官员所设想的那样，去溪流里放漂一片有明确信息的树叶。为此，上校的女儿还真去码头边守望了两次。河流上漂着稻草、树叶和水鸟的羽毛。没有约定，也就不可能有任何信息！树叶只带有季节的消息。上校的女儿有信心等待丈夫的归来。她一如既往地用"艳香藤"、石榴壳等植物煮成的浴液仔细地濯洗自己的身体。浴液盛放在一个齐腰深的宽大的木桶内，桶内缘边支着一条檀香木的小凳。上校的女儿坐在小凳上。溶液呈褐黄色，散发出迷人的植物香味，盖过乳房，浸至腋下。她喜欢这种深度，这样，她靠乳晕的地方长的两根纤细而温顺的长毫就会因浮力而直立起来，像水草一样浪漫地漂动。而浸在水中的一对乳房，就像两条拴住尾巴的鱼，一直试图着挣脱开去，在水中自由地漫游，逐浪戏波。上校的女儿十五岁的时候就懂得为自己的一对完美而性感的乳房自豪。

门轻轻地开了，没有一点儿声音，警察小心翼翼地进了门，又把门轻轻地关上。他绕过一张桌子，走到木桶的后面。他静静地站着，看着这个令本地男人无限向往的胴体。他以为女人濯洗自己的乳房的时候应该激动，他不知道她自己会不会情不自禁地吸吮自己的长奶子。他看见她像码头边的女人洗萝卜那样搓洗自己的乳房，认真、自然。他轻轻地把手伸过去，搭在她圆润的肩膀上。她像什么都没察觉，只是微微地阖着眼，他的手于是像墓地的蛇一样，缓缓地滑向上校的女儿的长奶子。

"手！"上校的女儿蓦然睁开眼，惊叫一声。

木桶及浴液倾倒了。警察亦被撞倒在地上。

床上的婴儿哇哇大哭起来。

上校的女儿湿淋淋地站起来，大叫大嚷："谁让你进来的？出去！"

警察臊红了脸，说："可是我已经有了你的房门钥匙，我会再来的！"

上校的女儿喝令他把钥匙交到她手上。警察照办了，可是他嗫嚅着问："我不明白，你怎么会像洗萝卜那样搓洗自己的奶子？"

"萝卜？你又在说萝卜？"她把他狠狠地推出门去。

月亮消失了，野生的落花生闭合了叶片。菩垣子的农业技术员从一对栖在树枝上的鸟间或的鸣叫声里，洞悉了妻子的处境。可是我孤立无援，他想，我甚至已找不到回去的路。他只有相信自己的女人能够自救。这份相信的基础是她是上校的女儿。上校曾久经沙场，血液里有本能的自尊和自卫意识。既然已被放逐，离去或回去，都毫无意义，我还是要找到那绵竹纸张的文明，以及那些奇怪的头骨上的碎片的源头。我的心已经泊稳，我是圣墓教的教主，这是森林与墓地封予我的，而支持我活下去的大林莽中所有的植物与动物都是我忠诚的教徒！包括狰狞而柔韧的蛇，包括彪悍而美丽的豹，包括山溪中的水虫和尚未长腿的蝌蚪，包括箭毒木和望天树，包括常春藤和苔藓，它们在林莽里或奔走或静伏，每天都认真地完成生命的某项手续，向自己注定的墓地走去，不思索灵魂的有无，不畏惧地狱的苦难，不向往天堂的辉煌，凶残的只管凶残，温驯的一如既往的温驯。可是我得要有我的出发点，我已有了宗教信仰，我要生活在一个坐标里，这个坐标的原点就是我。横轴是我的行动，纵轴是我的思想，立轴是我的欲望。为此，农业技术员决定为圣墓教盖一座教堂。他让松鼠扫干净树叶，先在一片平整的苔藓上设计教堂的图案，教堂当然是坟墓的样子，教堂当面高耸的牌楼就是墓碑。而墓碑上刻下的教义就是墓志铭。教堂里不阐释生的缘由，不说明死的意义。草图画好后，农业技术员用了一周的时间征求狼虫虎豹以及乔木、灌木、苔藓乃至山藻、菌类的意见，并认真地修改了某些细节，以多数票通过了方案。

教堂修筑起来了。石头和一些植物干硬的尸骸堆垒成墙垛、牌楼以及拱顶，拱顶上盖满绿茵茵的湿润苔藓，墙壁上没有任何画，灵魂是无形的，连教主的影子也不曾映在墙上。现在，农业技术员藉此栖住躯体和灵魂，想象死亡后的生活，躯体已不再动弹，而魂魄却更趋活跃，这是一种什么样的生命原理呢？显然躯体在能活动的时候，是大量地占用了灵魂的自由的，而农业技术员则觉得自己已然生活在坟墓里，死亡是到时候办的一道手续，它并不能让生命发生任何的变化。圣墓教的教徒用不着来教堂做礼拜，它们明白所有的生命并没有唯一的主，但所有的生命都有唯一的归宿。

森林上空具有几千年历史的宗教的鹞鹰从空气里，从俯瞰森林的云霞里嗅出了异教的气味，这异教带着死亡的馨香迷惑了大林莽中所有的生命。可是烟瘴让鹞鹰的爪无法伸来了。农业技术员宣谕圣墓教教义并建筑自己的教堂的时候，他所要寻找的那份绵竹纸张的文明正在遭到完全彻底的破坏。介的一道又一道符咒被枇杷娘奋力攻破，只留下一些玻璃的碎砾以及金属制品的残臂断腿。枇杷娘对碎砾和金属制品的残臂断腿还不放心，总怕有一天它们会集合到一起，各自找到相对应的接合处，复活过来。待所有的质地坚硬的红青砖瓦屋被拆毁之后，枇杷娘吩咐在山坡上挖了两个大窑，将所有的玻璃碎砾和金属拾到窑里来，直把它们烧结成顽石的模样，不再有符咒般的光泽。

窑上浓烈的硫黄气味穿越漫远的森林的屏障，抵达农业技术员的教堂的上空。菩垣子的农业技术员从硫黄气味里闻出了绵竹纸张文明的方向。这硫黄的气味在更多的时候，被人们判断为战争或暴力的气味，它能让一部分人兴奋莫名，让另一部分人惊悸不已。但是农业技术员明白，这气味来自大林莽的更深处，那里不会有战争，不会有具规模的杀伐，即便那里有人要根据部落的伦理处死同类，也用不着炸药，更用不着去设想枪弹，这硫黄的气味只可能来自冶炼，林莽中的人们一定在守着土窑跳着舞蹈冶炼他们需要或幻想的东西。

当宗教建立的基本程序完成之后，我的原本与宗教毫不相干的行动目标出现。农业技术员想，对我而言，宗教不是终极关注，而是生存手段，既然目标已经出现，尽管它还十分遥远，但是我必须接近它，尽我的一切努力。从教堂出发的人，精神已经有了家园，在去途上无须茫然。农业技术员把自己的决定告诉了所有的教徒，教徒们不解：为什么教主所创造的圣墓教不是至高无上的，不能拯救一切生命的困惑？

农业技术员从墓地出发的时候，林莽里黑风四起，飞沙走石，一场豪雨铺天而来，有百年老树刺啦啦地倒了下来，一起毁灭的还有孵卵的鸟及结巢于树桠上的蜂。这一切并不是什么祥或不祥的预兆。面对一场豪雨，圣墓教教徒的心理准备绰绰有余，它们甚至挡得住世纪的灾难。农业技术员顶风冒雨，从一棵树荡到另一棵树，从一面悬崖攀到另一面悬崖，向那硫黄味飘来的方向坚韧不拔地走去。所有目睹他离去的背影的狼虫虎豹、青枝绿叶都想：教主只是为我们找到了墓地，可是他自己的墓地在哪里他并不知道。他要继续寻找，直到他倒下，直到他的胴体变成泥土的一部分。

农业技术员在豪雨中前行，目睹了一些生命为狂风所摧折，可是他无动于衷，第三天，天气晴朗起来。林莽里就氤氲着一种令微生物快速繁衍的气味。树林又被雨洗去了尘埃，在阳光中变得秀丽而清爽，鸟们抖动羽毛开始用一种讨好的调子歌唱太阳，而太阳只透过树叶上水珠的折射乜了一眼。腐败的枯叶经雨的撮合，已成为泥土的一部分，洪水冲刷出来的不规则的沟里还流着水。水中间或有雏鸟的尸骸及发胀泛白的蜥蜴。农业技术员想，我快要找到那绵竹纸张的文明了，再找不到我就会死去。我的头昏沉得很，我被大雨浇得感冒了。这大林莽里肯定是有治感冒的植物的，可是我一时找不到，我学的是农业而不是植物或中药，那有绵竹纸张的地方一定会有感冒药的，即便那里没有含扑尔敏的丸子，也一定会有人能用他们屋前屋后的某些植物，比如紫苏叶和生姜，熬成能治感冒的汤。当然，也许那里什么也没有，那里只有弓箭和刀斧，它们渍透了毒液在等待每一个入侵那块净土的人。那散发出浓烈的硫黄气味的炉中火还在熊熊地烧，部落的人们会把一个感冒的不速之客投入燃烧的炉中，并围着听炉中人皮肉的爆裂声，看炉中冒出的绿烟，且歌唱，且舞蹈。其实大林莽里是没有感冒病毒的，我的感冒病毒应当是从菩垣子地方政府的监狱里带来的，也罢，那样，冶炼的熔炉便成为我的坟墓，我的钙质的骨架便会烧成石灰，肌体中的磷质便会成绿莹莹的烟升腾，灵魂是一种归宿，而肌体中各种不同质的化学元素是另一种归宿。

树枝上有鸟屎及水珠滴落在农业技术员头上，无路的路上，荆棘横生，苔藓中开始生长蘑菇，在一些灌木所未能遮盖住的地方，农业技术员看见那成片的蘑菇像小人国的公民举着伞在雨天集会。从它们的神态里，看不出灵芝是蘑菇中的贵族，它们只是要利用这样的一个机会，讨论蘑菇在森林中的地位和作用，并对森林的过去做出必要的检讨，对森林的未来进行展望，农业技术员能从它们成群结队的神态里感觉到它们的虔诚，所以他尽量岔开脚步，不伤及这些刚刚从苔藓里长出来的嫩生生的小东西。农业技术员从蘑菇的会议的气氛里获得了一份感动，所有灵长类的都在嚼食，动物嚼食动物，动物嚼食植物。而人类，人类的血腥的嘴在嚼食，嚼食动物，嚼食植物，于是森林变成了荒漠，而若干美丽的有生命的物类都已万劫不复，人类甚至嚼食空气、阳光、云彩以及蓝天、海洋，现在，只好让蘑菇来讨论森林的过去与未来，让水母及珊瑚来讨论海洋的过去与未来。

农业技术员高烧不退，躺倒在茂密的杉树林里。月亮狡黠地在黑色的杉树枝叶上逶迤而行，从枝叶间泻下的光芒像女巫裙裾上的细碎缀饰。一条蛇幽灵般溜向农业技术员，它沿着农业技术员的左肋爬上农业技术员的身体，用月光下闪烁不定的信子在他的两腋及会阴处探了探之后，认真地把自己的身子在他的胸脯上盘了起来。然后，蛇把头探到农业技术员的嘴边。一种怪味的树汁掺和着蛇的涎水黏滞地滴入农业技术员的嘴角，迟缓而自信地渗入农业技术员的口腔，咽喉，蛇用信子扫了扫他的鼻孔。他毫无反应。

菩垣子地方政府正忙于别的活动，他们无一例外地认为这些活动有利于人民。关于派农业技术员寻找绵竹纸张文明的立项，被放进了地方政府设立的档案馆里，官员们说，这是为人民设立的，但所有的人来查找什么，都得交钱，都得盖章。那个被派来向农业技术员的妻子打探消息的警察已变成了专职。地方政府忘了曾派出过一名向长有欧罗巴的长奶子的女人打探萝卜教教主消息的警察，现在，这名警察的名字不再出现在别的工作任务派遣的名单上，而只出现在工资名单上。他在每个该领工资的日子去签名领取工资，然后就陷入漫长而沉闷的单相思。地方政府无疑对这个极有意思的事实毫无察觉：他们花工资养着一个专职单相思的警察！地方政府赶走了那个挚爱有欧罗巴长奶子的女人的男人，而为她送来一个单相思的警察。单相思的警察千方百计地去接近有着欧罗巴长奶子的女人。女人换了门锁，警察甚至就睡在门外，一任露水打湿身体，一任眉毛结上寒霜。他无法感动有欧罗巴长奶子的女人。于是他在一个冬雪的傍晚把脑袋伸到窗户上，看着正在裸着身体搓洗长奶子的女人说："我要强奸你，亲爱的！"

长有欧罗巴长奶子的女人看见了窗户上的那对眼睛，说："你不能强奸我！你是警察！别的人强奸我或许还有道理，你没有理由强奸我！"

专职警察说："警察也是可以强奸的，不过判罪时重一点罢了！他们不再分配别的工作给我干，而你又不能爱我，除了强奸你，我还能干什么呢？我肯定，萝卜教教主是不会再回来的了。强奸对你的身体有好处！"

有着欧罗巴长奶子的女人霍地从沐浴的木桶中站起来，由于激动和气愤，抖起的水珠溅落在桶外的地板上，她斩钉截铁地说："强奸对谁都没有好处！"

专职警察惊叫一声，从椅子上跌落下来，警察后来还不断地向长有欧罗巴长奶子的女人说：我要强奸你！但是他一直没能强奸她，他甚至在机会到来的时候，手都不敢触及长奶子！有着欧罗巴长奶子的女人为了躲开专职警察的骚扰，把房子租给了一个因受萝卜教的株连而坐了几年牢的人，这个无辜的可怜人出狱后开了一间生意清淡的铁匠铺。上校的女儿独自去河流中的小岛上，她在岛尖的沙洲上用木头和竹子搭建了一个棚寮。她想，我应该像地方政府所提醒的那样，在这里守望，守望每一片从河流的上游漂下来的树叶子，每一根草，每一个泡沫，我应该设法从河流里获得我的农业技术员的消息。棚寮像一处废弃的风景一样立在沙洲。码头上的人对它刮目相看，那些经历过与雒洛城的战争的人，觉得它完全像一个哨所，那些因萝卜教的株连而坐过牢的人则认为，它像布有电网的监狱瞭望台。上校的女儿承认：这就是我爱情的哨所和瞭望台！为了贞操和安全，上校的女儿让那个出狱的铁匠为自己打造了一条白铁的三角裤衩。上校的女儿在棚寮上望着河流向遥远得不知所踪的农业技术员说：我为我们的宝贝戴上了铠甲，我要保证在你回来以前秋毫无犯。我要誓死保卫它，就像战士保护领土那样。小城里的人便盛传这白铁的铠甲不是在铁匠铺里打造的，而是上校从战场上缴获的战利品，那上面甚至镶嵌有南非钻石，在夜间能放射出光芒，这是上校的团队在战场上贪污的唯一一件战利品。有人反对，不相信有这样的战利品，给女人那玩意儿戴上铠甲？让它在夜间放射出光芒？笑话！于是白天黑夜，就有三三两两假装游泳的人，泗渡到沙洲，在棚寮下的河水里游来游去。上校的女儿看着河水里钻来钻去的胴体想：要是这些人永远不上岸去，河里会不会多几条鱼？

　　上校的女儿是在深夜的梦里发现农业技术员睡在自己身边的，她惊喜莫名！我还想在河流里找到一些你的信息呢。可是你一声不吭，就回到我的身边。你是怎么知道这个棚寮的？你去老屋子里问过是吗？你从河流上漂下来的时候远远地就望见了我是吗？上校的女儿有一百个一千个一万个疑惑不解的问题，可是这些都被一种巨大的惊喜和感激冲走了。她紧紧地搂住农业技术员，为他御去柔韧树根的尾巴。上校的女儿告诉农业技术员：他们派一个警察专职骚扰我，可是我为我的重要防区打造了白铁的铠甲。上校的女儿在农业技术员面前把这副贞操的铠甲解开。上校的女儿与农业技术员同时发现：她的原来卷曲而郁黑的阴毛变成了白色。上校的女儿诧异良久，终于哭了起来，这可怜的东西，它等你等老了！它等你等得白发苍苍。上校的女儿抹了抹眼泪说：可是我还是希望它变成黑色，我要是想起我的阴阜满是卷曲的白毛，总会像镜子照出自己已是满头白发的老太婆那么伤心！我用很多种树叶煮水来洗我的身子，让我的一切泽润性感，青春依旧，为什么独独它老了？我一定要设法让它重新变回黑色！农业技术员说，它只是少见了光和空气罢了，像种韭黄的道理一样。这并不影响什么。真的，什么也不影响。接着，他们开始在棚寮里做爱。农业技术员自己躺倒，让上校的女儿骑在他的身上运动。在张弛之间，上校的女儿发现自己的白色阴毛像电视广告中的魔术一样，慢慢变黑，而农业技术员对此还毫无察觉，他的手伸长了，在欧罗巴长奶子上十分投入地搓揉。上校的女儿想，天呐，原来我是如此缺乏爱的阳光和雨露，我的阴阜就像一片久旱无雨的土地。生长在上面的草或庄稼都要快枯死了。亲爱的你真是及时雨啊！

太阳出来了，蛇用信子探了探农业技术员的鼻孔。菩垣子的农业技术员打了一个响亮的喷嚏。绿树汁和蛇涎的作用已经消失，农业技术员醒了过来。与此同时，棚寮里的上校的女儿亦醒了过来。醒过来身边空空如也，上校的女儿坐起身，望着河流问自己，我只是做了一个梦吗？抑或他已经成了一个在夜间飘荡的鬼魂？她嘤嘤地哭了起来，泪水从指缝间从竹板隙里滴下去，滴进河流里！蛇吐着信子溜下农业技术员的身体，蜿蜒穿过蘑菇的队列，向灌木丛里隐去了。圣墓教教主知道，我离我的目的地应该不远了！

第十一章

硫黄的气味是一种准战争的气味，它已升腾而去，穿过林莽，飘得悠远。

肯寨已恢复了本来面目，田土的边缘错落有致，形成各种用几何的规则都无法描绘的图案，妙不可言。玻璃以及琉璃质的坚砖都已回归为岩石和石英，所有的房屋都回到了土坯树皮的年代，一些乳白色的树汁从树皮中渗出来，在干黄的过程中散发出森林的清香气味。土坯的墙上有蜘蛛吐丝奔忙，结成八卦阵的细网，蚊虫常常饱胀着人血匆匆落入黏稠而透明的网里。

介在肯寨所蓄意制造的符咒已被彻底摧毁，枇杷娘披着棕丝的大氅，在红叶树下庄严宣布。棕丝如猛兽的毛皮，衬在黄昏夕阳的背景里，每一根都散发出莹莹桔光。枇杷娘演讲的时候，有森林野兽的影子驾着云霞的车马从她的背景里穿过，一如精灵穿过她的魂魄，爱情穿过她的身体。东方玉如老了的时候，他的影子就是这样气势磅礴地穿过城市街道的，他的政令就是这样在城市的生活里飘荡的。肯寨已经再生，枇杷娘说，我们要回复到介以前的时代，一切的一切，我们都要回复到过去，现在土地已经复归，我们的屋宇也已经复归。我们在屋子里就已经能闻得着土地的气味，听得见季节的脚步声，蜗牛和蜥蜴又重新可以在我们的墙壁上自由自在地爬行和交媾，牵牛花、黄藤、四菱草、夏巴藤以及各种各样的藤蔓都已经向我们攀缘过来，蚱蜢和螳螂毫无顾忌地在这些藤蔓上产卵。如今，我们所要做的是清洗我们被介的符咒所污染了的身体。他曾经修正过我们的大脑，他曾经亲近过我们的身体，他把那根蓄满毒汁的管子伸进我们所有成年女人的体内，勇猛而热烈地向我们的身体里喷射那些改变我们生活的毒汁，让我们在他那邪恶的身体下激动、战栗、呻吟甚至歌唱。我们摒弃了以往的道德和伦理，我们像追随一个前所未有的救世主那样，盲目而热烈地追随他。我们所有的女人都为他怀孕，为他生孩子，我们把那些孩子当成我们的心肝尖尖。可是介呢？介根本就不在乎什么孩子，他一直在计划一个阴谋，他恣意地在我们的身体上享乐，让我们为他的一次祭礼准备了生动活泼的牺牲。我们在心里还要为他留什么位置呢？我们现在要像用长锄短镐清理我们的田塍那样，像用铁钎锤子清理我们琉璃质的砖墙那样，用肯寨新的空气、用肯寨新涌出来的泉水来荡涤自己的肠胃，清洁自己的头脑。枇杷娘甚至号召每个女人找一节合适的竹管，将竹节处磨得滑溜了，在节横隔上用针钻个小眼，用棉絮扎在一根小竹棍上，塞进竹管，然后吸满皂角叶子水，插入自己的阴户，以冲洗干净被介所摩擦污染了的阴道和子宫。这些地方曾经不遗余力地传导过他的贪婪与无耻、激动和战栗。

所有人都默默地看着枇杷娘。

背景的光芒炫目而神秘。

人们席草而坐，臀下偶尔发出细碎的声响。

断手而且麻痹了半边脸的云根子突然鼓起勇气对枇杷娘说：你要回到过去，可是过去是什么呢？我已经糊涂了。我知道介的机器打断过我的手指。可是那个时候谁也不敢仇恨介，谁都在欢迎介，谁也没有想我们有一天要努力回到过去。过去是什么呢？过去我躺在一个夏巴藤条的摇篮里，无思无忧地吸吮母亲的奶汁。母亲的乳房硕大而绵软，在夏日的夜里，月亮的影子总是与母亲的乳房重叠，我伸手去抓母亲的乳房的时候，常常捞空了月亮。母亲的乳房总有吸不完的奶汁，以至我在后来的岁月里就总是想，要是母亲不老去，我就完全不必要为生计忙碌，我可以一直吸吮母亲的奶汁，到老到死——可是现在，我们要努力回到吸吮母亲奶汁的时候去吗？

枇杷娘打断云根子的话，她觉得他的话幼稚而多余。过去是什么？我们不是已经将水库残剩的堤坝恢复成峡谷和山陵了吗？我们不是已经用土坯代替了琉璃质的坚砖了吗？什么是过去？忘记介就是过去。

洗涤身体，首先得清理头脑，这是毫无疑问的。于是，肯寨人开始整理自己的头脑，他们得分清楚哪些是介的符咒在自己的头脑里烙下的痕迹，哪些不是。清理头脑时他们发现了所面临的困难，这困难不来自别的什么力量的阻碍，而是来自他们自己的心灵。他们明知有些关于工具使用的法则是介所传授的，但他们不能说服自己放弃，于是他们十分矛盾地对自己说：这不是介所传授的知识，这种使用工具的法则到处都有，就算没有介，我们也能从劳动中把这些带规律性的东西总结出来。比如杠杆的技术，不是在介还没有到来前就已经很好了吗？至于玻璃，我们完全可以不要，至于月经带，我们也可以不要，我们完全不应该要房子透明，让阳光、月光从有口子的墙上伸进来窥探我们的生活，看着我们交媾和生孩子。有许多的东西我们在劳动中就能领略，介的传授只不过是他自作多情而已，他传授得最多的，恐怕主要是那些如今已腐烂成泥的孩子们。

枇杷娘回到自己土坯厚墙的屋子里。她把自己的头颅放到荞皮的枕头上，原来她以为最艰巨的工作已经完成了。清理介所留下的建筑的时候，人们就对介所留下的东西表现出一种很暧昧的恋恋不舍，但是我开掘了哀伤，我为他们将自己孩子的骷髅从地下挖出来陈列。人们就是为了重新哀悼那些骷髅才拆掉介所建造的屋宇的。而现在，我要他们自觉拆除头脑中的知识、智慧、观念。我已经没有骷髅跟他们做交换，我还能开掘什么。看来，最艰巨的工作还刚刚开始。她要整理出一个头绪来，可是整理关于人们头脑或思想的秩序要远比整理田土和屋宇的秩序困难得多。我不知道他们头脑中现有的秩序，就像他们不知道我头脑中的秩序一样。

他们肯定谁也想不到，我诅咒介的同时，在怀念他。我甚至一直没弄清楚，为什么那么多的孩子都在那一场预设的灾难中死去了，而我们的孩子不死？他难道没有给我什么祥或不祥的暗示吗？我差去的东方玉如会抵达介所生活的城市吗？介的雒洛城是一什么样的所在？白日里是否有人在陈列黄金和玛瑙、兽肉和鸟卵？晚间是否会有牛头马面从地底下冒出来，在城市里招摇过市？也许有一个智慧高于介的男人与所有的城市女人交媾，像介改造肯寨一样，他在急躁而盲目地改造城市的人种，他一定觉得介的城市的人种糟糕透顶。介在床上谈到他的雒洛城的时候，用一种十分绝望的口气说话。介说，城市是什么？城市是人类充满垃圾的驿站。所有的城市建筑都是墓碑，所有的文字都是墓志铭……跟介最初的交媾也是在一个荞皮的枕头上，介用一种征服者的目光看着我。征服者面对被征服者，有时有一种残酷的温情，所以他那时的目光柔和得像一团被干而韧的牛筋弹过的棉花。介一直认为我的皂角树是一个了不起的秘密，他宁愿分享而不愿破坏这个秘密。我的皂角树有一种异香，一种除泽润身体而外的异香。肯寨别的女人只服从力量，而不知道服从智慧。她们只在被男人粗俗不堪地按倒在地时，才会乖乖地摊开自己的身子。而枇杷娘则服从智慧。荞皮有一种秋天果实的香味，头颅下那些黑三角的摩擦让人能听得见荞麦地里鹌鹑的夜鸣、蟋蟀的征战、蜜蜂的歌唱。那些歌不是从耳蜗里传来，而是由皮及肉及骨地传来，枇杷娘的身体为智慧而开启，为智慧而幽闭。

介在喘息和痉挛都平静后说，我枕着这个枕头睡觉的时候，总会想起荞麦开花的季节。那是一个煽情的季节，满山满坡的粉红，满山满坡的蜂飞蝶舞，荞麦花就像一床一床绵软温馨的大被子、大床单，这粉红色常常拥塞了我的大脑内所有的沟回，让我无法思想，我的每一根毛发都受到过挑逗和诱惑，有时我甚至在想，我逃离城市，就是为了这荞麦花迷人的芳香。

这时，枇杷娘摩挲着介的头发，用自己熠熠发光的瞳仁照定介的眸子，说，你说过你的城市在追捕你，人们认定你有弑父的嫌疑，要惩罚你的罪行。你是个很狡猾的东西，你把逃避罪行变成了追求浪漫。你说你厌恶城市，你要远离文明，可是从你日我的姿势和手法上看，你对你那所谓的文明恋恋不舍，我只是向你的智慧屈服，我不能信任你，就像我对我的耕牛不放心一样，我总是用一根绳子牵住它的鼻子，我为它找到一坡肥嫩的青草，然后把绳子拴在一棵粗枝大叶的树干上，我并不虐待它的，但我要时刻提醒它的责任。

介说，您也要用一根绳子牵住我的鼻子么？

枇杷娘便说，有必要的话，你的鼻子也是要想办法牵住的，人就是像牛一样，我总是担心牛向着森林中的什么奇怪的动物发情，它甚至什么都没看见，只是闻着了一点什么气味，它便会骚动不安，向着森林叫春。耕牛这种放纵的态度对庄稼的前途没有半点好处，它不明白它要负责任的是庄稼，而不是森林中别的什么动物的爱情，哪怕这个动物十分漂亮。

介淡淡地笑了，这种质朴的智慧很动人。他十分随意地用手指抠破枕头，将一把一把的荞皮撒在枇杷娘的肚皮上，然后在她的肚皮上轻轻地搓，轻轻地搓。介和枇杷娘同时听见了大林莽里树的枝叶相互摩挲发出的簌簌声……枇杷娘止不住自己用手抠破枕头，抓出一把把的荞皮来撒在自己的肚皮上。她一边用荞皮摩挲自己的身子，一边想，东方玉如一定已经到达了介的城市，他是掀起了对介的仇杀呢？还是被狡猾的介所驯服了呢？也许介已经死了，死在他的罪恶的城市的阴沟里，死在他罪恶的雒洛城的垃圾里。他的魂魄早已从肯寨收走了他的脚印、手印，他认得所有的砖块、石灰、玻璃和铁条。我在清理他所创造的垃圾的时候，他的魂魄就已经从这里走过，像秋天的风掠走树上的叶子那样，像六月的阳光蒸发青石板上的水珠那样，他的魂魄悄悄地收走了他的脚印、手印。我如此在意他的一切的时候，他已对一切毫不在意。我原本只是要解除符咒，现在却不得不清洗智慧，这是一件无可奈何的事情。

荞皮排成蚁蝼的矩阵依附在枇杷娘的胴体上，静静地守护着肯寨唯一的思想。

介已死去，枇杷娘从荞皮的枕头上醒来后，郑重其事地向肯寨宣布，她向所有的人说，这消息来自她荞皮枕头上的一个噩梦。她亲眼看见了紫乌的血在城市的道路上结成闪闪发光的痂块，亲耳听到了一个城市巫师最后的哀号，他的魂魄连同他的躯体一道，被城市的机器所焚毁。骨头的爆裂就像我们惯常所听到的清脆生嫩的柴枝在燃烧的灶膛里发出的声音一样，沉闷而绿烟腾腾。肯寨人则知道，枇杷娘其实并不能准确地描摹一个城市的真正的样子，这个梦来自枇杷娘的需要。肯寨并不需要花什么心思去怀疑枇杷娘的梦。

肯寨需要枇杷娘，这就像枇杷娘需要梦一样。

于是肯寨就一同确认：介已死去，介已死去！他们问枇杷娘，要我们举行什么样的仪式来欢庆这样伟大的胜利呢？现在，肯寨忽然记起了他们派出去刺杀父亲的孩子，并记起了送走孩子的一切仪式。无疑，肯寨要举行一个比迎接介进来更为盛大的仪式来庆祝介的死亡。在肯寨为一位因染上了瘴疠死去的人举行的葬礼上，肯寨人悲恸不已。可是介却用一种科学家的口吻轻描淡写地说，我看见过许多死亡的，它在不同的情况下呈现不同的形态。他叙述他所习见的死亡如同叙述一片砖瓦的断裂……介在雒洛城那所著名的医学院学习解剖的时候，就亲眼看见了许多坦然的死亡，那些无可救药的人们为了表达最后的善良，总是选择死在解剖室的隔壁，以便向急需的人们及时地贡献自己健康的肠肝肚肺，还有眼角膜什么的。可是许多等待器官移植的人迫不及待，他们叫唤，哀求，他们希望无可救药的人疾步走向地狱或天堂。他们甚至跟医生商量，是不是不要那么机械地执行有关器官捐献的协议，先把那些人身上健康的东西取来用了，反正已经有了协议，死去才贡献器官并不能提高他们的情操。相反，要是那个捐献的人能活着提供自己的器官，那才算得上是史无前例的壮举。难道他不想以自己奄奄一息的生命去换取这份永久的荣誉吗？介便听了患者的哀求去隔壁征询，回来时不无遗憾地告诉那个等待移植器官的人：那个捐赠器官的人撕毁了协议，宁愿让你去领受那份永久的荣誉。于是介看见了这个等待器官移植的人呼吸变急变粗，疾步走向不可救药的行列。然后就是安慰良心的紧急抢救。一匹长长的白色殓布从幽冥处缓缓铺过来，裹住一具满怀生的希望的躯体。介在太平房伫立很长的时间，一直到看见一缕凄凉的魂魄从太平房的窗棂间悠然飘逝。远处响起了迷人的天籁。这期间里，那个原以为无可救药准备捐献器官的人却意外地康复了，他小心地食用了一个多月的麦片，就神采奕奕地回到了他那瓜果满园的故乡。故乡已在一片芳草地为他挖好了长方形的墓穴，石匠正一凿一凿地在一块大理石上凿他的墓碑。这个原要捐献器官的人在故乡的河流里捧了一捧水喝，就被故乡人发现了，大家无比惊异地围了上来。然后，他用了整车的瓜果去感谢医学院，去凭吊那个等待他捐献器官的死者，去安抚那个年轻而孤单的寡妇。他怀着真诚的悲悯对寡妇说：我不能为他的生命做出些什么来，十分遗憾！抽泣着的寡妇用一句含糊的哀叹作为回答：一切总算是过去了……介后来就在那个医学院的附属医院工作，在生与死的缝隙里工作着，跟牧师差不多。父亲去世的那个夜晚，他做了一个奇怪的梦。梦见自己业已被同学们解剖，皮被剥脱，放在街市上出售，标价略略低于近旁的羊羔皮。他便花钱把自己的皮买了下来，重新披上，然后去找那些解剖自己的同学下棋，看他们有什么反应。失望的是，什么反应都没有。他去与同学们踢球，在盘球时被人踢倒，当杂沓的脚步要把他的人皮重新踢开时，他才猛然惊醒。然后他接到父亲工作室的消息，他披着自己的白大褂去了别人的医院，他看到那个曾创造过自己的生命的人呼出了微弱的最后一口气。

我看见父亲的死亡，介在一个有蝙蝠进出的岩洞里做爱完了之后对枇杷娘说，父亲的灵魂脱离躯体的时候，我感到我的骨髓里被抽去了一些东西，我不知道那是什么，但是我想那是他的一份一直寄存在我身体里的一些东西。

枇杷娘说，你不是懂科学么？可是你居然不知道你的父亲临终时取走了你身上的什么东西……

介说，对，懂科学的人就是不知道自己身体内的东西，所以……

枇杷娘说，所以你就试图解剖你的父亲，像你的城市所控诉你的那样，你用一把杀猪那样的刀，仔细地割你父亲的皮和肉，剥开他的筋脉，刮他的骨头，不是吗？你的文明城市说你在宰割你的父亲有什么错呢？

夜已降临，有蝙蝠扇动长长的翅膀从洞中飞出，介望着蝙蝠的影子困惑地想：是啊，我的城市有什么错呢？律师有什么错呢？法官有什么错呢？狱吏又有什么错呢？当然，我逃离他们，更没有错……

枇杷娘在清除介所污染的头脑的时候，总是不断地想象那个被介称为雒洛的城市。城市在哪里呢？除了那座庙宇长亭般的木桥，肯寨人就什么也不知道了，仿佛介一出生就已经站在那里，他甚至目睹了肯寨上千年的荣辱兴衰。而肯寨人对他只是视而不见，他不得不走出来。就像神祇不得不用雾雨雷电来表达对人们的态度一样，介用科学来表达对肯寨的意见。介背着那一个据说在瞬间就成了化石的心脏，无可奈何地走向肯寨，头发蓬乱，目光清澈，肯寨人把他迎进来时，他没有城市的任何傲慢和无礼。枇杷娘最先让出一间厚草的牛舍。一头干净的母牛与介为邻，它纯情的哞叫声总是引起肯寨别的牛舍公牛们的躁动，可是实际上它一直只会发出呼唤母亲的声音。介错误地认为牛粪的气味是一种乡村蒸煮菜肴的气味。

介是被一种热烈的仪式迎进肯寨来的。

我将不会再走！走进肯寨牛栏的第二天早上，介躺在厚草里，对着从屋檐下瞟进牛栏的阳光说。

肯寨人不明白这个人的来意是什么。他说他不会再离开这里，他要来呼吸这里的空气吗？他要来耕种这里的土地吗？不行。他不曾开拓过，没有一分土地是属于他的。如果他一定要在这里耕种，他得问我们愿不愿意。他得要有合适的东西跟我们交换。他会拿什么交换呢？那个多余的石头做的心脏吗？可是我们这里谁也不缺少心脏。既然，枇杷娘接待了他，看枇杷娘怎么处理这件事情吧。反正，枇杷娘是肯寨最智慧的女人，连男人们也都崇拜她。可是人们看不出枇杷娘有什么特别的动机。枇杷娘为他准备了各日的饮食，让这个奄奄一息的人将息了一段时间。就是在这一段时间里，介告诉枇杷娘说，他是一个很有用的人。如果枇杷娘愿意让他留下来，他就会真的留下来，他已经逃亡了很长时间了。他已经累了，不想再逃亡。更何况肯寨是这样的亲近自然、融入自然。人活着，就应该活在这样的地方，没有污染，没有钩心斗角，衣饰的规则就是季节的规则，不喧嚷也不夸张。

枇杷娘说：你是因为想要留在这里而赞美这里的，不过这没有关系。如果你愿意，你不用赞美也可以在这里留下来。我们长时间地没有一个外来人赞美，但是我们一样很愉快地活着。要靠别人的赞美而树立信心，这大概是你的城市的恶习。不过，土地要你自己去开垦，你不能种植现成的土地。你的雒洛城一定告诉了你起码的生活规则：劳动才能获得。

介在那一刻暗暗称奇：肯寨也是有哲学家的。

枇杷娘用一些草木的叶子和根熬了汁液给介擦洗长疮的身子，并让他吞服。介的身体就慢慢地蜕变，变得粗壮、结实。

有一个早晨太阳还没有出来，介已经醒来了，他听到了那头母牛出栏的声音，然后看见枇杷娘走过来，扔给他一把柴刀、一把锄头，并问：有火吗？城市一定是有火的吧，你该上山了。你要趁着这样的季节来开出你自己的土地。先选好容易灌溉的位置，把柴草树木通通砍光了，晒几天。

介说：我知道，这叫刀耕火种。

枇杷娘很惊奇地看着正在穿衣服的介：你说什么？刀耕火种。雒洛城知道什么耕作上的事情？这么说，你是可以独自干好这份活的了。我还以为我得上山去手把手地教你呢。这么说，烧荒、开垦、种植、收获，你都是胸有成竹的了。真是——其实，这样的话，你该早点儿来到肯寨。用不了多久，你就会成为农耕高手，这是令人难以置信的事情。

介想，是的，我该早点儿来到肯寨。枇杷娘说的是一句偈语。我应该在城市的谣言四起之前，在父亲的尸体被展览之前，甚至，在父亲去世之前，我应跟他一起来到肯寨。也许，那样我就能和他一起探索我们来自何处。我们一起面对生命的屏障，一起与山野的魑魅魍魉做一些灵魂的交易，一起垦荒……一起看林莽的植物开花、结果。那样，雒洛城的法律和道德就在某一件事情上扑了个空，当这些虚伪的文明的规则集合起它的那些无所事事的信众气势汹汹鼓角而来时，他们所要征讨的对象开了个小小的玩笑：预定要做的事情被理性地中止。他们以为发生了的事情实际上没有发生。那个为他们准备礼仪的人走了，祭坛变得空洞而多余。他甚至没有留下任何祭品做一个交代。绞架竖在城市空旷的陵园里，与水杉相互致意，与远处成排的电线杆互相致意。那杆上的电线就明白了绞架赋闲的痛苦，自作聪明地电死一个接驳电视机的年轻人。那陵园的绞架就会心地笑了。若干年后，大人们对来陵园里凭吊的孩子说：这是一个伟大雕塑家的杰作。可是孩子们会问：这是一个什么样的雕塑家呢？难道他不喜欢美与和平吗？大人们心中想：和平，那是什么东西？人人可以拿它来作为统治的资本。那些有能力破坏和平的人总是打着争取和平的旗帜出现。当一个人对你说，拥护我吧，我会给你们带来和平。孩子，别相信他。当你把权力交给他后，你会发现真正破坏和平让你生活在恐怖和不幸中的人就是他。那时，你想要废黜已来不及了……人们也许就介绍说那个伟大的雕塑家叫介……介很难想象清楚道德和法律扑空的情形。介想，我应该早点儿来到肯寨，获得做一个牧童的机会，很好，很美妙。可以吹笛子和唱山歌，可以采野果和尝一些甜蜜的树叶，可以掏鸟蛋和打野兔子……

　　介穿好衣服走向山野。当然，我要开垦自己的土地，介想，能让我去林莽中开垦就是一种赏赐了，我怎会奢望别人的土地？城市的报纸上总是没完没了地刊登关于争夺土地的新闻，历史书籍里充斥着血腥的争夺，几千年都有腥味儿。尸骨成堆，血流成河。在这些争夺中产生将军、烈士。可是我现在来到了这样的一个山村，我可以随意地获得一块土地。规则是我不能去要别人的土地。我当然不要。介很愉快地走入丛林。枇杷娘说，要我选一块易于灌溉的土地，那么，我首先得弄清楚哪里有水。我应该找一个有山泉或小溪的地方。弄清楚泉源和流向，然后我就可以选择开垦自己的土地了。现在的阳光和森林空气已与流亡途中的森林空气不一样了，它们让我感到亲切安全，让我的心平静下来，做一个刚由集约社会转变到初农社会的农民，让我垦殖，让我学会从土地里获得我日常的粮食。土地里长着茂盛的树林，绿叶十分夸张地炫耀它的肥沃，阳光从叶间似熔金般地渗漏下来，以高贵的姿态照顾匍匐的藤蔓和苔藓的光合。介想，纵使是人们百分之百的努力，难道我们能改变屠戮与掠夺的事实吗？如果没有植物的光合，人们将依赖什么生存？造物让人自以为万物之灵，可是，他连光合的本领都未曾赐予人类，人类居然还常常沾沾自喜。当然，唯一值得高兴的是：所有动物用失去光合的代价获得了行走或飞翔的自由。

　　介开垦的八亩土地很快长出了苗壮的庄稼，肯寨为这个新村民的加入而高兴起来，因为他用事实证明了他既不会寄生也不会掠夺。介就是这样迅速地获得了肯寨的信任的，以至在清除介所创造的垃圾的日子里，肯寨也在一再地检讨自己的轻信与盲从。因为我们从未碰到一个声称自己掌握了科学的人，我们除了碰到迷途的狩猎者，就是碰到灵魂出窍的巫师。狩猎者还知道自己冒犯了山神，而巫师则宣称自己找到了迷失在深渊的信徒，像模像样地点数了人群后，便毫不犹豫地要带肯寨人走向天堂。肯寨人便对这个走火入魔的人说：天堂？那是什么？我们只相信我们曾经看到了的东西。猎人会沿肯寨人指引的路回到他应回到的地方去，他甚至枪刺上挑着色彩斑斓的豹皮满载而归。而巫师则常常死在荒野，他（她）的尸体尚未来得及腐烂，就被一些慵懒的鹰撕食了。有时，甚至在巫师奄奄一息的时候，那些勇猛的鹰就会置喙于他（她）的血肉。而肯寨人则无法体验巫师那时的巨大快乐。当然，他（她）以这样的方式进入天堂，这是毫无疑问的。只是他（她）在生命的最后一刻仍然未能找到那些迷失的信徒，将如何向天堂里的执事交代？巫师不能迷惑肯寨，是因为他（她）不能对肯寨的耕作与工具提出任何令人信服的意见，而这些，介轻而易举地做到了。肯寨人想，这种灾难性的信任当然是源于我们贪婪的本性。我们太现实了，以至于相信一个自称为要用科学来拯救一切的救世主。可是他给我们带来了什么呢？他为我们带来的只是短暂的欢乐，永恒的痛苦。我们要怎样才能清洗被他玷污了的阴道和头脑呢？

　　在枇杷娘宣布介的死亡的时候，介在一个另外的地方困惑地活着。介并不是一个有预感的巫师。他说要在一片如花的原野与肯寨的人们相会那其实只是一个美好的愿望。他用一片榛子林的成长来怀念肯寨。介所处身的林莽比肯寨更荒僻，只有一个老人——那位失意的将军，他靠群鸟生活。老人说，只有鸟群是跟人类的灵魂为伍的，因为它们的飞翔，蓝天和云朵变得生动而妩媚，森林变得动感而流丽。这些在人类，都是只有灵魂才有可能做得到的事情，而鸟儿用充满爱意的飞翔做到了。介很羡慕老人能与鸟儿聊天的本领。老人参加过许诺他能升官的战争，如果那场战争能获得胜利，他至少是当然的内阁成员，这样的舆论在当时的报纸上都已经公开刊登过。当时年轻气盛的他并未发表任何拒绝的声明。可是毫无疑问，他参与策划且八面威风地指挥的那场战争输了，他同样用升迁的诱惑组织起来的军队作鸟兽散。老人住在一个天然的石洞里，靠鸟儿衔来的山果生活。

老人说：我就是凤凰！我就是鸟中之王！

日日里鸟儿们衔来的果实，供给两个人的食用是绰绰有余的。介告诉了老人自己的逃亡经历后，期望老人说点什么，老人咬了一口藤梨后一边嚼一边对他说：与我在一起的时候，不要谈什么哲学。山林里是不用什么哲学的。然后他就仍然嚼他的藤梨，望着那些日常里跟他交流的鸟儿出神。介在这样的时候就开始回忆知识与城市了：城市又犯了什么错呢？它让我们建立规则又扬弃规则，订立条约又踏践条约，鼓励贞操又赞美偷情。夕阳下山后，虫鸣弥漫了林莽，介静静地躺在干树叶上，看着月亮升起来，星星从幽蓝的天空里显现出来。他仔细地回忆逃离肯寨的理由，但怎么也想不起来了，事实上没有人会再来要求他对肯寨负什么责任。大林莽里一切都有，却又什么都没有。老人像一个孤独的哲人一样睡在岩洞的厚草里，头颅在月下发出淡淡的荧光，他的左鼻翼扇动，发出鹌鹑鸣叫的声音。介渐渐地进入了梦乡，城市的绞架还在，实验室长满铁锈的门还在。只是城市人饭后的谈资换了些许内容。梦里，介发现一个巨大的无可匹敌的山魈的影子沉沉地向他压来，向他压来……

枇杷娘让云根子去山坡上砍来足够的竹子，叫来几个男子汉，指导着他们一个竹节一个竹节地裁好，用刀仔细削好竹节处，并在磨石上磨得光滑了。枇杷娘说，这只是为了清洗，而不是为了伤害。枇杷娘亲手调好皂角叶子水，然后领着蓝寡妇挨家挨户去分发。她把这些准性器的竹节发给女人的时候，像一个军官给士兵发枪那样，教给她们用法，还要语重心长地阐述一番意义。接过竹节的女人就想：这样的竹节当然不能跟介的爱情相比。介带来了雒洛城的爱情方式。也许他在很多时候是邪恶的，是计划着一些什么阴谋的。可是在爱情上，自始至终看不出他有什么阴谋。他爱每一个女人，在搓揉与抚摸的过程中，他不放弃任何细节。对于爱情，这是很感人的。最后分发到蓝寡妇家中，剩下了三个竹节。蓝寡妇请枇杷娘去屋子里坐坐。枇杷娘坐下后，蓝寡妇说，我不需要这些竹节，三个你一起拿去吧。枇杷娘不悦地问：你拒绝清洗？

蓝寡妇摇摇头：不，我不需要清洗！

枇杷娘吃惊地说：你是说你没有受到过介的玷污？

蓝寡妇说：自守寡后，我的身体就只为真实的飞翔做准备。介在肯寨的时候，我跟他一起讨论过飞翔，但是我没有接受过他的身体。

枇杷娘定定地看了蓝寡妇半晌，难以相信，如果蓝寡妇真像她自己所说的那样，倒是有点遗憾的。也许她一接受他的身体，就能真正体验飞翔了。枇杷娘最后什么也没说，留下一个竹节和一些皂角叶子水走了。

第十二章

介离开部落残址继续他的逃亡的时候，忽然想，我现在业已变成这个部落的一个子孙了。这些幽灵真是十分狡猾，他们漫不经心地俘虏了一个流亡者，让他去完成一项有历史意义的任务。我现在只得在我所途经的地方仔细查询，以便找到一群人来继承这个残址，接受漫山遍野的柿子树的遗产。到达肯寨之后，介原以为可以把这一切当作一份礼物送给肯寨的，但事实上被枇杷娘拒绝了。枇杷娘说，柿子？果实像太阳，满树的橙红色，那当然好！果实是什么形状都可能有的。可是无论如何，肯寨不是那个残址的后代，因此，我们无意去继承那份遗产。

在离肯寨很远的地方，介就闻到了村落的气息，甚至闻到了部落女性头人的青春气息。这种气息只能感受，不可摹状，它不一定是依靠空气来传播的，也许是依靠一种场，一种可以穿透一切的场。介闻到这种气息时想，我已经累了，我只是要逃离那些所谓的法律、道德、伦理，逃离那些城市习惯的谬误，并不想来到林莽与狼虫虎豹作战，与伤寒瘴疬作战，这一切让人感到疲乏和恐惧。我要在一个有人的村落歇息下来，不管这个有人的村落有什么样的罪恶，只要那里有一些能呼吸的人，我就要在那些呼吸里寻到一点温馨，森林里青嫩新鲜的空气我已经享受够了，枯枝败叶腐沤的气味我已经遭受够了，在所有的路上，我除了遭遇过莫名其妙的鬼魂，除了看见人类逼森林节节败退的痕迹，就没有别的。

介在山顶，在微凉的晨曦里，背景里衬着浓黛的群山，露珠打湿的睫毛柔和地架在发涩的眼睑上，看什么都有些朦胧。早醒的鸟轻啼着开始在枝叶间觅食，松针上的露珠一阵阵地滴落下来，打在深红色的落叶上。一些橘红色的光芒从这背景里升起，慈祥地照着远处。介从蒙蒙薄雾里看见了那座庙宇长亭般的桥和那些与桥若即若离的屋宇，心中暗暗吃惊：我只不过是想寻找一个休息的村寨，可是我却无可奈何地遭遇了城市。介想，那是一条悠长的街道，它串通了那些贪婪的贩夫，组成市场，人类欲望就是借了这样的地方膨胀起来的，许多创造物的价值就是在这里完成了剥夺与被剥夺的过程。介不知自己已经逃亡了多少年，可是介的逃亡到这里就失败了。赤道是一个圆环，难道城市也是一个圆环吗？介经历过那么多的艰难跋涉，却只是从一个城市逃离到了另一个城市，这是一个地地道道的错误。我并不是一个政治上的逃亡者，可以在另一个政治制度不同的城市里要求什么政治庇护。我犯的是一种奇怪的罪，我得罪了整个城市！所有的城市文明规则都有理由判我有期徒刑或死刑，当然，这也就是他们最后谁也判不下来的原因。一个人从一个城市跑到另一个城市、从一个国度跑到另一个国度能算是逃亡吗？父亲的心脏从那根结实的筋上跌落下来，碰撞着山石发出金属的声音。介想也许这个心脏仍在发出什么指示。原本包裹它的躯体现在仍然在雒洛城时装大师的工作室里陈列着，四周静谧而安详。扶桑花和木芙蓉一茬一茬开过，不代表怀念也不指示罪过。一些在城市杂沓的脚步下扬起的尘土，让风和阳光鼓励着游历过尚未被城市建筑充塞的空间后静静地落在那个大玻璃缸的福尔马林溶液里，仍以尘土的名义去覆盖父亲的尸体。这一层尘土细腻而均匀，带着大地永恒的馨香……介决定走向那条悠长的街道，无论那里有什么样的罪恶，他都将在那里歇息。

喜鹊栖满了肯寨村子周围树上的枝头，并在这一个早晨显出一份浅薄的兴奋，它们惯常兴奋的理由来自狐狸的败绩、人类的礼仪以及公鸡的鸣唱。枇杷娘在跳蚤的梦里，肯寨人在麂子和蜘蛛的梦里。梦里有一些传说的宫殿，有一些宫女华丽而夸张的衣裙在云雾里飘荡，这一切不知来自何处又将去向何处。枇杷娘的梦中的跳蚤将自己的长腿变成蝙蝠一般的翅膀，在一些大大小小的隧洞里飞翔。枇杷娘的脉管就是这些感觉暧昧的隧洞，那些翅膀的扇动让隧洞壁发生瘙痒，不够老到的隧洞便开始一个接一个地打喷嚏，一些燥热便趁机调戏一个发梦的胴体，让肌肉和毛细管有一种膨胀的感觉，体液变得汹涌澎湃。

一束阳光照进来，胴体上便有汗珠晶亮地反射，那折光里都是跳蚤和隧洞的故事，可是连刚从故事里醒来的人都无法看懂。

介于是顺着阳光走进来，走进来。跳蚤通过那束神秘的阳光看见了介以及过去和未来的一切。一个胴体便在燥热的调戏下清澈地醒来，步履坚定地去接受她将要接受的一切。介一步步地走近那座长桥，阳光将他长长的影子掼下河岸，在河面上，影子像船一样漂浮起来。介在桥的一头停了下来。原来，这并不是一个城市，并不是一条悠长的街道。介仔细地端详这座木桥，辨认每一块被踩得年轮毕现的木板，试图从木板的踏痕上找出一些善良的脚印。但是这些脚印一个个从容而坚定，让人无法辨出善恶来。最后他发现有一串脚印仿佛就是自己的。介小心翼翼地踏上桥板，就像一个伟大的人物要踏出历史性的一步那样。

介现在站在长桥上，从桥板的缝隙里看到水流东去，看到时光东去。而自己像一个乘着船在时光的河流上回溯的乘客……父亲说，其实，我也不知道自己的来历，没有人会认真地追想这个严肃的事情，偶尔有一些穷愁潦倒的哲学家会提及这样的事情。人们常常从祖先的业绩那里寻找自己的来历，无非想证明自己血缘的某些高贵成分罢。父亲似乎一生下来就在时装里穿行，几乎全世界所有的地方都知道他的名字。他的名字被写在许多巨幅的广告牌上，但那广告上的照片常常是那些有一定成就的模特儿。因此人们常常对错了号，或者说父亲以多副暂借的面孔生活在世界上许多地方。照片上要是一个女性模特儿，雏洛城就总是有关于父亲与她的绯闻出现。父亲从来不在公开的场合回答这个问题，但他会暧昧地说这个模特儿确实是有可爱之处的……行至桥中央时，介忽然看见了自己的影子。我似乎一出生就站在这里了，他想。那么雏洛城呢，城市在自己生命史的哪一页开始出现过？是什么时候呢？所有关于生命的话题总是如此让人困惑莫名。介忽然就有了要尿的感觉。在桥下，河流的下游远处，有石板的码头，一两声捣衣声响过，又骤然停了下来。介想，码头上自然是有女人的，可是我现在还要注意有关风化的事情吗？瞧，这男人，上帝配给他一个女人。她胸前有两个乳房，两腿之间有一个小洞，在里面放进人类种子的一小滴，就会从中长出这么大的一个身体；这微不足道的一小滴将变成肉、血、骨头、神经、皮肤。约伯在《旧约·圣经》第十章中说：您不是要像挤牛奶那样对待我吗？不是使我像干酪似的凝结起来吗？在上帝所创造的东西中，总有一点滑稽可笑的事物。要是他就人类生殖问题征求我的意见，我会建议他仅限于处理湿软的泥团就够了。（马丁·路德语）可她不是，她是上帝配给谁的女人呢？不知道！一直到介成了肯寨优秀的一员，在自己开垦的土地上种出不错的粮食，之后用他原本有些憎恶的城市智慧征服了肯寨，与肯寨所有的女人交媾，他都没能弄清楚那个在晨曦里捣衣的女人。尿过之后，那捣衣声又十分明快地响了起来，以至介一直怀疑这个女人在远处的码头上看着自己，介于是站定，站在木桥的正中间，确定自己的进退。如果这里的女人奉行有关风化的规则，那么，我显然是来得不合时宜。我的内分泌的需要让我干了一件失礼的事情，很可能连说明一下的机会都没有。有一个很著名的文明古国，过去的礼仪是有男人碰过一个女人的手，这个女人就要断臂。他们会有一个要割去我生殖器的法律吗？介止不住心里寒了一寒。

我还等什么？我要一直朝着有人的地方走去。我还等什么——在雒洛城，我就是用这句话来督促自己开始解剖工作的。关心我自己的来龙去脉的只可能是我自己，这样的工作我用不着别的人来督促，我不是为了混饭吃。可是我们城市的规则大概仅限于混饭吃，城市并不支持探索生命的意义。尽管人们过得并不快乐，人们总是希望知道自己来自何处又会去向哪里，但是欲望总是能够有效地控制人们将兴趣转向战争与剥削。那一个早上，风很爽朗，陪介去解剖室的是介的一位情人，她是个十分可人的女子，在城市的医学院读二年级，眼睛里有着混血儿的蓝光，睫毛长而且弯曲。有一天介接到一个特别的任务，在带这批二年级学生去附属医院认识处女膜时认识了这个可人的女子。雒洛城的道德早已发生了无法逆转的变化，在对八百余例未婚女子的体检中，医生们没有发现一个完整的处女膜，人体解剖的教学于是出现了一处小小的空白。当附属医院医生从一个十七岁的白血病患者那里发现了完整的处女膜时，便赶紧通知了医学院。这一弥足珍贵的处女膜供医学院的学生参观一星期，条件是医院为她免费治疗。这个家境贫寒的处女接受了这个因科学而有伤风化的条件。

其实我也有，后来这个有着长而且弯曲的睫毛的大学二年级学生说。

介笑了：你也想参展吗？

她就用她肉嘟嘟的小拳头捶击他的肩和背。

在没有关于弑父的谣言的时候，介是一个优秀而讨人喜欢的学者。教授们常常在一起谈论他，甚至认为未来解剖学的希望就在他的身上。他有一种不顾一切、不屈不挠的精神！教授们说。这样的赞誉让介获得许多后来学者的仰慕，介是很在意女学生的仰慕的。可是当介真正发挥起他的被教授们赞赏备至的精神来，就受到了铺天盖地的指责，这些指责同样来自那些赞赏过自己的教授。只有情人开始时还十分坚定，她在那个解剖的仪式上最初充当了助手的角色，庄严地戴上大白口罩和半透明的手套，为他传递刀剪。那有蓝光的眼睛看着介用刀子划开父亲的遗体。半个月后，城市出现了有关这个大学生的谣言，谣言的情节有各种不同的版本，但所涉及的部位却基本上相同，这些部位是眼睛、鼻子、嘴唇以及舌头、脖子、乳房、体毛、生殖器，而关于处女膜的天花乱坠的传说成为雒洛城最热门的话题。当然，它们都成了与解剖有关的部件，在故事中扮演了角色。一些痴情的时装模特儿暗自惊出一身冷汗：原来因为仰慕时装大师，险些爱屋及乌地爱上了他的儿子！谣言的普及本是介正在研究她的处女膜，他与她相处的时候，总是小心地用刀片取她身体上的一小片东西，放到高倍显微镜下去观察……这个情人在谣言四起后便消失了，无影无踪。介后来推断，如果她没有离开人间，至少会离开这个无聊的城市。这个城市的谣言足够摧毁任何生活信心。城市谣言的生长远比知识的生长容易汲取营养。

介走到桥头，一个巨大的令介十分困惑的仪式迎面而来。锣鼓喧天，彩旗招展。直到很久以后，介才弄清楚自己只不过是一件适得其时的道具。肯寨已经很久没有过狂欢了，人们感到了寂寞。枇杷娘被那些强烈的声音吵醒，在一束有生命的阳光面前羞赧满面。在介到来前的悠长的岁月里，肯寨的一切事物都由枇杷娘主持。枇杷娘的精明能干不是一开始就有的，肯寨的权力并不由能力来决定，而是由生育的资格为决定。枇杷娘十六岁那年就顺利地生下了她的第一个孩子，从而获得了主宰肯寨的资格。此前，是东方吉堂的母亲，她十七岁生孩子。介进入肯寨的时候，枇杷娘还只生了三个孩子。人们把枇杷娘请了出来，让她走在队伍的最前面。后来介问及这个规模盛大的仪式的来由时，肯寨人狡黠地说，他们从头天晚上月光的辉晕里看见了什么，那是一个要举行仪式的暗示。其实，肯寨并不知道第二天会发生什么事情。第二天真正要发生什么并不重要，重要的是有了节日的理由。介想及自己的城市的节日总是那么拘谨，人们总是从历书上去查找节日，那些节日常常来自一个伟人的生日或者忌日，因此，城市的节日不是为了庆贺就是为了凭吊。由于年代久远的缘故，除了那些专门的学者，人们往往忘记了被纪念者的姓名，忘记了被纪念的事件的基本内容。人们只是用节日的名义来添置衣物和家具，用节日的名义来邀请朋友，或者向情人献花。那个创造节日的人只在庙宇的烟尘里，接受香火的同时，要对人们无休止的愿望负责任，要承诺那些人心想事成……东方玉如后来是雒洛城节日偶像里唯一的例外。他入城的那一天被定为节日，那些阿谀奉承的人劝他举行盛大的庆典，在庆典上进行规模空前的阅兵式。城市的三军仪仗队早已操练好了步伐。劝他走上阅兵台的人说：三军仪仗队一直就有的了，不检阅的话，那也只不过是一种浪费。这个仪仗队创立在东方玉如接管城市的权力以前很长的时间，你不能解散它，让这么年轻可爱的一批孩子失业。于是东方玉如就进行了检阅，他看见那些不会打仗只会迈正步的士兵精神抖擞地从阅兵台下走过，并喊出震耳欲聋的口号，心中十分的愉快：这很好玩，真的很好玩！

东方玉如问：这个主意是谁想出来的？我一定要重重地嘉奖他。

人们告诉他：发明这个主意的是城市的创始人，他不再接受任何的嘉奖，他的镀金的躯体已被安放在城市的伟人祠里，接受人们的瞻仰。

东方玉如心中不悦，说：可是我为什么从未瞻仰过他们？

人们说：你的功绩不亚于这个城市的祖先，所以你就不一定要瞻仰他的。

东方玉如说：不是这样，没有他创立的城市，谁来接受我的功业呢？

人们拗不过他，只好让他也去瞻仰伟人祠里的塑像。

东方玉如认真地向先圣前贤进了香之后，忽然说：我也是有资格进入这伟人祠的，难道我不够伟大吗？

陪同人员马上说，当然当然，伟人祠里早就为你预留了位置的。

在哪儿？东方玉如不相信，伟人祠建造的时候，我还没有出生，即便是它被香火熏得墨黑时，我也还只是在肯寨当一个不羁的少年，这里怎么会给我留下位置呢？

于是那个掌管伟人祠祭典的官员把东方玉如领到另一个殿堂里，这里除了几行歌颂东方玉如的文字和一些花鸟鱼虫的浮雕，神位上空空如也。

官员指着空位说：这就是为你预留的。

东方玉如看着那个空位想，他们都祝福我不死，而实际上，他们已为我的死亡准备了祭典。不过，我还是不要戳穿他们，免得难堪……第二年的庆典，东方玉如提出，不搞阅兵式了。他异想天开地说：我们搞一次活人的祭礼吧！这样的提议把城市管礼仪的官员吓了一大跳。活人的祭礼？这不是很原始很残酷吗？人们很早就不再以自己作牺牲了，一般只把猪牛狗马羊鸡鸭鱼来当作牺牲。东方玉如说：我不是从杀戮里获得权力的吗？怕什么残酷？怕残酷你们为什么要立我为城市的行政长官？官员们哑口无言。然而后来，官员们一个个哑然失笑了，这个"活人的祭礼"并不要求牺牲。取消阅兵式，在那个万众瞩目的庆典到来的时候，东方玉如走进了伟人祠，径直去到那个据称是为他准备的殿堂，在一些官员的协助下，沿梯子爬上了那个空位，像塑像一样坐在那里，他宣布开始接受香火。人们开始鸦雀无声，在伟人祠里，人们还从没对一个活着的伟人磕拜，人们只习惯对着塑像磕拜。那些诚惶诚恐的官员们先带了头，向着东方玉如磕拜烧香。东方玉如端坐其上，可是不久，他就被香烟熏得涕泪交流，咳嗽连连。雕像是从不流泪从不咳嗽的。东方玉如要求从自己的宝座上撤下来。下来之后，他似乎是心有余悸地说：看来这只能供逝去的人享用，活人是不能享受的。经历过亲身的体会后，东方玉如对伟人祠的待遇不再抱任何幻想。有时他甚至觉得这是一种报复的手段。他威胁错误理解了他的指示的官员：把你送到伟人祠的神位上去！这就代表着让你烟熏火燎下不得台。他认真地跟官员们讨论：我们为什么要这样对待那些伟大的先人？这跟木炭火上的烧烤有什么区别？这跟乳猪的待遇有什么区别？我们不可以用别的方式吗？东方玉如还是恢复了阅兵式，这个游戏要有趣得多！通过比较，他得出了正确的结论。

枇杷娘在欢腾的人群里，头戴闪闪发亮的银饰，一队五彩缤纷的女人跟着她，从绿色的麦地走来，从长满青草的田间阡陌走来，且歌且舞，一群群彩蝶波浪一样随着女人的舞步翩跹，叫雀子吹着一种快板的笛音从田间子弹般穿向云端，仿佛不再回来。这样的歌舞介从未见过。介曾经见过的歌舞是在那些规矩严厉的剧院里，爱情总是在戏台上，在那些涂脂抹粉的假面里。人们总是从剧情里学会猎艳而学不会爱情。但是毫无疑问，从这些田间阡陌的舞蹈里，人们能轻而易举地学会了爱情。介那逃亡的灵魂就永远地栖在了桥头的一个十分粗糙的木桩上，不再下来，看逝水东流，看春花秋月，看暮云朝露。数年后，这个灵魂看见那个长途跋涉的农业技术员幽幽地从桥上走过。

　　介走下桥头，一种被久违了的人类呼吸所感动的情绪骤然生发。介在田间阡陌上踉踉跄跄地走了几步，晕倒在麦地里。

　　青嫩的麦秸随即倒伏下来。

　　没有人急救这个奇怪的城市人。人们依旧歌舞。整垄整垄的麦苗开始随着歌声舞蹈，田野变得汹涌澎湃起来。

　　枇杷娘领着人们踏倒了麦苗，绿汁沾在她们的鞋上，直到她们累了，才围坐在介的身边，放声歌唱，歌声响彻云霄。那位大林莽里因战争的失败而避世独处的老人，在此期间正训练他的雀鸟，以便报复让他遭到败绩的城市。雀鸟从天空飞过，目睹了麦塬上的歌舞与狂欢，回去告诉了老人。老人喃喃自语：我心中是有数的，这里是他的归宿，这里才是他的葬身之地。如果他能够早来，那也只不过是上帝什么的考虑到了我。然而他不是我，他只是因解剖他的父亲而为世人所诟病，他并没有参加过任何敌对政府的行动。他想从解剖父亲那里弄清楚自己源自何处，这当然是一个极端愚蠢的行动。即便他化作一个随血液运行的蛋白细胞，在父亲的身体里跑个遍，也是弄不清楚的。他迟早会来寻找鸟群，他的导师应当在某一门课程里告诉过他，鸟才是人类真正的始祖，难道他不能看出父亲的生殖器那鸟一样的形状吗？当然，他要经历一些磨难才能懂得这一切。在老人开始计算着介到达大林莽的日子的时候，肯寨的歌舞平息下来。

　　仪式中最重要的一节结束了！

　　现在人们开始帮助介苏醒。人们在麦地里烧起了草火，大家围着草火吟唱一种呼唤灵魂的调子。这种调子没有任何语词能与之对应。等介醒来的时候，火焰已灭，稻草已化为灰烬。那些钾质丰富的草灰随风飞扬，与妖艳的蝴蝶嬉戏去了。人们像扒拉一个煨熟的地瓜那样把介从火灰里扒拉出来，用一个发黑的草篓装着，抬进了肯寨。人们把这个草篓放进小溪流里的一个纯天然的水潭里，用浮木挂着。让流水不断地冲涮这个草篓。女人们向水中不断地抛火炭和蓼辣子。

歌声依旧在田野里飘荡。

草篓像胎盘浸在子宫的液体里一样轻轻搏动。介便成了这个胎盘里等待出生的胎儿。他看不见溪水，看不见岸，看不见漂浮的火炭和沉落的蓼辣子。他像胎盘里的小人儿那样盘着腿、箍着手，他只看见一些红色的胎丝布满自己的四周，环宇一片猩红，他在这些胎丝结成的网络里，安全而舒适。我好久没有过这样的享受了，是的，出生后我就没这般享受过，介想。鱼群从草篓的旁边游过，一律变成透明而动感的猩红色。溪底的石子排成鱼卵的矩阵跟着这些胎丝一起搏动。介想，父亲沉在那个大玻璃缸的福尔马林溶液里，闭上眼睛，是否也看见了一片猩红呢？那把尖利的手术刀会划破那份猩红的温馨吗？时装大师曾经设计过一个绝无仅有的"生命系列"，所有的时装被设计成子宫的形状。父亲说，这是人类最感安全的时装。模特们一个个像是裹着子宫出来表演。介在少年的时候目睹了这场盛况空前的表演，台上晃动着色彩斑斓的子宫，整个世界变得温柔而虚幻，所有的感觉都浮游在一片羊水里。这样的一个系列轰动了整个世界。父亲就是因为一些这样的创造而获得雏洛城的荣誉。但实际上父亲从未看到过真正的子宫，他只是借鉴了几本解剖学的书籍。后来他曾要求到介所在的医学院里去学习一些这一类的知识，去解剖室见识一下真正的子宫。但是因为他的名气，一进校园就被人簇拥起来。最后他无法看到真实的子宫，却不得不作了一场关于审美的报告……

有些异味的鱼开始集结到介的身边，商量对付他的办法。鱼群开了一个会，这个会要确定介的准确身份。一些鱼以须触及他身上的疖子，认定介是有毒的。一些鱼却主张攻击他，说不定这是一味可口的食物。在鱼们尚未弄清楚介的身份的时候，介被肯寨人从溪中提了出来。无论他是一个何样的人，他的过去对肯寨已不再重要。他已经在仪式中洗心革面，肯寨人毫不怀疑地认为。现在肯寨人已经完成了对他的洗礼，至于离开还是留下，那是他自己的事情。肯寨人把介连同那个发黑的草篓一起置于田野。

田野一片蛙声。介能透过夜色看见那些跳来跳去的蛙类。

月亮从山那面升起来了，山棱变得朦胧。野兽的叫声此起彼伏，一声声近了又一声声远去。只有蟋蟀的鸣叫是清亮而温柔的。肯寨人各自回了自己的家，家畜的低沉的叫声隐隐地表达出对野外兽叫的恐惧。几只机灵的田鼠奔过来，认真地卖力咬断了草篓上的绳络，并用小舌头舔及介的脚板心和疮疖。介打了一个响亮的喷嚏，四野的兽叫声立即停了下来，连蟋蟀的叫声也停了下来，附近的蛙叫声也停了下来。介舒展了一下自己脱胎换骨的身体，四周看了看，然后认定某一盏灯，毫不犹豫地向那盏灯走去。狗群压抑着发出疑惑的叫声，紧紧地跟在介的后面。肯寨人在回忆今天的狂欢，至于那个道具的下落，没有人再会去关心，反正那个接受了洗礼的人不会再给肯寨添加什么麻烦。

有舞蹈的机会真好！

有放歌的理由真好！

肯寨人仔细地在油灯的窗下回忆：自从那个远方的巫师在肯寨的山路上倒下，肯寨人围着他奄奄一息的生命送她去了天堂，肯寨就再没有过一次意外的狂欢的理由，人们常常不得不向野兽要理由，向飞禽要理由。这个从木桥的那一端走来的人难道不知道我们正在找理由吗？

介无力的敲门声被人们的争论声盖过了，被四周的兽叫声淹没了。没有人开门让他进去。他只好绕着自己认定的屋子转。介的眼睛盯住了早晨阳光的小洞。一束目光从土坯的墙洞衍射过去。介就是在这一刻看见枇杷娘鲜艳的胴体和那肩胛上粉红色的痣的。舞蹈了一整天的枇杷娘裸身斜躺在一张杂木椅子上。那张椅子因为年代久远而反射出红铜色的光芒。那会儿我感到了阳光一般的灼热，后来，当介把自己最早的偷窥告诉枇杷娘时，枇杷娘说难怪难怪，这恍然大悟的叫声甚至惊动了岩洞里休息的蝙蝠，它们慌乱地飞到阳光里去了。枇杷娘甚至把时间推得更远些，她认定一大早，介站在山顶的时候，他的目光就已经顺着山顶的阳光穿越墙洞，准确地抵达枇杷娘的胴体，抵达那个粉红色的痣。否则，枇杷娘的身体不会那么燥热难当。枇杷娘抓过一块土布的宽大浴巾，仔细地欣赏那些蟾蜍的图腾。

只有枇杷娘有超越他人的预感，枇杷娘对这一天的洗礼很不踏实。她想，有些什么东西将要进入肯寨了，它可能改变肯寨的一切，也可能将肯寨毁灭得干干净净。这种感觉近年来一直就有，而且越来越强烈。今天，肯寨终于迎来了这样一个陌生人，他不预示危险，但也绝不预示安全。果然，他不用询问，只是嗅着空气的味道就轻而易举地找到了头人的家。枇杷娘从自己胴体某一部位的灼热里清楚地感觉到了屋外的介。介再敲门，终于看枇杷娘镇定地裹上有图腾的浴巾前来开门。枇杷娘打开门，介挺着湿漉漉的身子站在门边。

"你来了？我知道你不用人指引就能找到我的屋子的。"枇杷娘说。枇杷娘说这话的时候，似乎她与介相识已经很久很久了，似在早上的歌舞里他们曾有过约会。枇杷娘的目光安详而柔和，那些土布浴巾上的深蓝色蟾蜍，用各种各样的姿势紧贴着枇杷娘的身体，浴巾边缘上的蟾蜍看上去已将一半的身体探进了枇杷娘的身体。因着蟾蜍姿势的动态和暧昧，枇杷娘的任何表情都变得性感而妩媚。

"当然，你的屋子有一种不一样的气息。别的屋子没有。"介一边说，一边惊讶地看着那些活蹦乱跳的蟾蜍。在医学院读书的时候，介和同学们是常常解剖蟾蜍的活体的。它们蚕豆般大小的心脏紧贴着背脊，即便去除了它的肠子，它仍能跳跃不已。介第一次参与解剖蟾蜍活体的工作时，脑子里总是出现自己观看父母私生活的情景。他反复告诉自己不要想这件事，但这场景总是挥之不去。

"我早就知道你要来了。"枇杷娘说。

"有人通知过吗？我先把这个草篓还给你。"介立即想到残址的那些幽灵，顺手扬起那个装载过自己的发黑的草篓给枇杷娘看，"我想把它留下来是有用的。"

"那是你来的那个地方的习惯，我们从来不需要任何通知。"枇杷娘说，"草篓你得留给你自己。明天等它干了，你把它烧成灰。用那些灰和香油涂在你那些疮上，七天就会好。只有疮好了你才能走路。"

"当然，我只是路过这里的，我需要休息。等休息好了之后，我大概还会继续走的。但是我现在还不能百分之百确定自己。"介一边说，一边把草篓扔在枇杷娘门口，走进屋里，像到了自己的家里那样开始脱自己身上湿漉漉的衣服。

　　枇杷娘将一件紫色印花土布长袍披在介的身上，自己仍然裹着那块土布浴巾，没有要换衣服的意思。枇杷娘从一个竹篾的篓里取一个红薯递给介，看他狼吞虎咽地嚼食了之后，便不再与他说话，引他走进了自己的牛栏。牛栏的上面是累累的稻草，等介爬上去，在稻草里躺下来之后，枇杷娘执灯离去。

　　第二天，介一边烧那个半干的草篓，一边跟枇杷娘商量着说："我不想走了，我想在你的牛栏上住下来！"

第十三章

灾难让东方吉堂在沼泽里扎下根来！

东方吉堂被肯寨彻底地遗忘了，自他被枇杷娘奋力提起，掷入水库残址的泥淖中后，他只是从污泥的浊水里吹出几个可怜的小气泡，就再也无所作为了。他像那些红秆绿叶的野草一样长在泥淖里，泥鳅黄鳝从自己的胯下滑过，让人有一种尴尬的颤动，他不得不摒弃作为动物的某些优越。他想，我走动是没有必要的了，枇杷娘看到我走动一定不会放过我。那样并不利于我继承介的遗志，并不利于我思考科学，设计那个宏伟的穹窿盖。也许我首先应该学会植物的光合，这样我的生命就有很好的物质保障了，我的大脑就有很多思索的时间了。没有人来骚扰东方吉堂学习，而榜样则漫山遍野。学会了光合，只要有光和空气，有二氧化碳，我就会有足够的营养，这是多么合算的事情。东方吉堂一边学习，脚下一边就不知不觉地长出根来，这些根是身体内各种脉管的延伸，它们在东方吉堂的呼吸里迅速发展，并开始与别的植物争夺营养。东方吉堂想，我终于长成了一棵树，很小的时候，没有粮食，我就吵嚷着要长成一棵树。我向母亲发怒质问她为什么不想点办法把我变成一棵树。而现在，我自然而然地变成了一棵树。

东方吉堂的大脑已不用再去思考吃饭的问题，他就有足够的时间来设计这个罩住沼气的穹窿盖。他的头颅每日在泥淖中，跟着日出的节奏旋转，像一个不为人知的星球，或者一朵血肉的向日葵，这样，水库残址的模型就在他的脑子里固定下来了，他清楚每一个山棱的形状，关于穹窿盖的力学支点，关于结构和造型，关于土石方的量度，一切的一切都渐渐在东方吉堂的脑子里形成……枇杷娘真是愚钝不化！做一个穹窿盖，我们就可以变废为宝了。我们解决了能源的问题。介说那是雒洛城人都十分头痛的问题。有什么不好呢？我只不过是想贡献智慧，可是枇杷娘却怀疑我想夺取权力。枇杷娘以最小的年龄生下最重的孩子，谁能夺取她的权力呢？早些时候，东方吉堂旋转的头颅还能看见自己栽的菖蒲在巍峨的坝址上绿着，后来有一段时间，东方吉堂忽然听到了某种噪声。他觉得这些噪声是来破坏关于穹窿盖的美妙构想的。我为此已经变成植物了啊，他痛苦地闭上了眼睛。果然他听见了枇杷娘的吆喝，听见了那些长锄短镐的声音。这些声音杂乱无序，但却准确地表达了枇杷娘的意志，枇杷娘是无论如何要清除介所留下来的一切的。东方吉堂就在这混沌的锄镐声里冬眠了，不分季节，不管晨昏。他脚下的根须抢夺营养的速度就明显地放慢了，四周的植物为此感到十分高兴。一只恶作剧的地老虎跳到东方吉堂已经冬眠的头颅上，划拉了几下长刺的长腿，在他的头皮上划出几印血痕来，以证实这个人沉睡的程度。这个人果然不能在切肤之痛的骚扰下醒来。

东方吉堂醒来的时候，是在一个夏日的黄昏，有蝉在高高的树梢上长鸣，树的影子山魈一般从西面扑过来。东方吉堂不知道过了多少年，有着缎子一般光泽的大沼泽不见了，残缺的大坝不见了，山棱恢复了昔日的模样，泥鳅与黄鳝变成了阴毒的蛇和异形的蜥蜴，菖蒲不知所踪。也许它们已经完成了生命的所有手续，归于泥土了，也许它就势隐匿在灌木的后面，不得而知。东方吉堂依旧转动着自己向日葵般的头颅，四下打量。原来长水草的沼泽现在长满了灌木。枇杷娘希望看到的就是这种样子。可是介呢？介真的像枇杷娘所猜测的那样，回到自己无可救药的雒洛城去了吗？难道一个科学工作者就这么无信誉可言、无责任可言吗？我们曾经拯救过肯寨的灾难，那是因了科学的福祉，可是现在……科学的结果总不是要让我变成一棵树吧，我永远变成一棵树有什么好？这些灌木的种子是从哪里来的？春洪冲过来的，馋嘴的鸟儿衔来的，习习谷风吹过来的。有些不知名的灌木开着艳丽的花朵，有些肥绿的草生长着几个阴险的瓶子，这些瓶子里盛着它精心调制的溶液，它们居然以植物的身份吞食动物。山芋长着狐面的叶子，鬼鬼祟祟地躲在那些粗糙的多年生灌木的枝叶下，吞食那些晶亮的露珠。腐叶下那些见不着阳光的蚯蚓一律呈油腻的黑色，它们缓缓地在东方吉堂头颅的周围爬动。东方吉堂已看不见阳光，只有先前训练有素的血肉的向日葵的定位，才使他知道阳光的大致方向。一些树叶在他的头颅上腐烂，留下斑斑驳驳的图案，这图案后来被用来确定肯寨人迁徙的方向和路线。现在的东方吉堂不再像是一棵树，而更像是一株蘑菇，与他身边许许多多针形的蘑菇相依为命。昼伏夜出的野兽开始打哈欠了，东方吉堂能想象出它们牙床上黏稠的涎液和喉咙里散发出来的骨肉发酵的腥臭味。飞鸟归林，唱着迷人的歌，在枝间落下来后，兴犹未尽，还一跳一跳地撒欢。东方吉堂想，我变成了一棵树，而沼泽变成了一块树木繁茂的平地，那么肯寨呢？肯寨变成什么样子了？自我被枇杷娘奋力提起，掷入泥淖，就没有人想到我吗？当然，他们不会想到我的，要想到我，那也应该是枇杷娘，她在遇到困难的时候，也许会想到我。

东方吉堂的直觉比植物还要准确。沼泽地的植物疯狂地生长，在东方吉堂的思索里变得遮天蔽日。这时候，灾难瞄准了肯寨，一步步踏进这个执着而顽固的村子，灾难像一个狡猾的老妖怪，在一种只可感知不可捉摸的场里细细地酝酿阴谋，确定折磨这个自以为是的村子的最佳方案。如同一位优秀的戏剧大师认真地构思悲剧。它甚至想把各种细节亦处理得十分完美，无可挑剔。枇杷娘还沉浸在清除介的垃圾所获得的成功里，庄稼愉快地生长，秆壮叶肥，土坯的屋墙总是准确地传达着季节的消息。灾难选择在一个晴朗的夏日降临。肯寨的人们在田野里劳动，嘴里还在唱着动听的山歌，一阵飓风袭来，紧接着，寒雨夹着大如鸡卵的冰雹，准确地袭击了肯寨。这是一种类乎报复性的灾难，然而肯寨人找不到报复的理由。冰雹击穿了屋宇的瓦片，击断了梁上的橼条，击倒了壮硕的耕牛。

这是一场无来由的战争！袭击者来无影去无踪，被袭击者甚至根本不曾听到什么宣战的号角。

冰雹持续了一个多时辰，之后，寒雨用一种挑逗的媚姿，飘飘洒洒在肯寨的上空舞动虹影，让肯寨人在灾难的痛苦中目睹这一弥天的壮观与美丽而无法欣赏。寒雨过后，满村子是残墙断垣，没有一座房子未受到破坏，有的只是程度不同而已。那些尚在孵蛋的母鸡已无法扇动自己的翅膀，自己的卵已被完全打碎，冰雹却被染成了黄色，并抢占了鸡蛋的位置，在母鸡发热的身体下渐渐溶化。人们一个个表情麻木，形色颓然，坐着、躺着，却没有一个人能站着，不是不想站起来，而是站不起来了。人们的呻吟与耕牛的哀哞交织在一起，很少有人头破血流，有的只是红肿、紫黑色的瘀伤。红叶树的叶子被大部分打落在地，树干举着被折断的枝条哀伤地看着大地。这时天空中一抹红云在夕照下轻轻地笼罩肯寨，似乎要抚慰一下肯寨的哀伤。大地沉默着，那神情似乎在责备天空：不管这个村子是何等的自以为是，这里的人们都不应该受到这样大的伤害！他们从来不像别的人群那样，产生剥削和压迫，为了部分的利益而发动战争。枇杷娘的屋子塌去一角，压住了那条硕壮的耕牛。枇杷娘自己则被冰雹击中了肩胛，一团鸡蛋大的紫色把那颗粉红色的痣围了起来。枇杷娘没有顾及自己塌角的屋宇以及断腿的耕牛，迈着十分沉重的步伐走到红叶树下。那块红云很快撕成几根漂亮的飘带抖动起来。

介——！枇杷娘忽然撕心裂肺地仰天大叫。

介——介——介——！满山谷是枇杷娘呼叫的回声。

介——你为什么——你为什么——？

介！

介！介！

介！介！介！

这个名字终于没能得到彻底的清除，它深深地烙在肯寨人的心上。枇杷娘的呼叫就像当初洪水冲决了一切，冲倒了祠堂，淹死了所有的孩子一样，那时也没有人把账算到介的身上，是枇杷娘提醒人们将所有已发生过的一切关联起来。受伤的人们斜躺在床上、草垛上、牛栏里、鸡笼上，他们的目光穿过残墙断垣，远远地望着红叶树，望着红叶树下的枇杷娘。枇杷娘又一次提示人们介的存在。人们嘴里喃喃地念着这个咒语般的名字：介！介！这么说，介还没有死，东方玉如还没有抵达介所生活的城市。介在哪里呢？他施了何样的法术呢？竟然让风雨雷电听从了他。竟然让他像一个发动侵略的部落酋长调用箭镞那样集结了如此多的冰雹，难道他看见了肯寨对他的清除了吗？洪水、冰雹，接下去还会有什么更为恶劣的表现呢？这一回肯寨人不用说服，一致认定这次灾难完全是介有预谋的报复。东方吉堂是一棵树，一棵比灌木还低矮的树，因而他是肯寨唯一未被这场冰雹伤害到的人，多年生灌木密匝匝的枝桠为他抵挡住了冰雹，即便滚落到他的头颅边，也早已丧失了伤害的冲力，倒是变得像一颗颗晶莹剔透的蛋清石。可是东方吉堂从这场冰雹的响声里听出了肯寨的灾难。他想，很多的屋子肯定是倒塌了，我应该回去看看才是。可是当他想迈动双腿时，他才意识到作为一棵树的局限。完了！他想，我现在就是有再深邃的思想，有再美妙的构思也是白费了。我像一棵山芋或者一棵人参一样长在灌木丛中，我得等待别人的发现。人们沉浸在灾难的悲哀里，没有人来发现东方吉堂。三天后，缓过神来的人们才站起来清理自己的家园，他们为断腿的牛敷上草药，把屋宇的梁重新支了起来。

等屋宇整理好后，人们开始窃窃私语，互相传递着的一句话：都是枇杷娘不好！有人称，介一直与枇杷娘保持着某种秘密的往来，介完全是为了枇杷娘而发动这一场史无前例的冰雹的。下冰雹那会儿，介从天而降，并约会了枇杷娘，枇杷娘的态度是半推半就的，她那肩胛上根本不是什么冰雹砸下的伤痕，而是介咬下的两排牙痕。介所要报复的，当然还有扫除他所创造的文明使他十分伤心。

冰雹降落的时候介在另外的地方。老人有他的鸟群和洞穴中的储粮，所以他有恃无恐。老人的作战天赋让他无法甘于寂寞，憋不住的时候，他对介认真地说：我想让我的鸟群去袭击一次雏洛城。可是我离开城市太久了，许多新的情况都不太了解。你帮我个忙，画一个新的雏洛地图好吗？介不假思索地应允了，可是画来画去，介所画出来的只是肯寨。介不得不失望地对将军说：我也离开雏洛城太久了，瞧，画来画去，我只画出肯寨。可见雏洛城在我的记忆中也已经残缺了，肯寨的模样占领了雏洛城原来所占有的一些大脑沟回。老人摇了摇头：当然，你离开雏洛也不只是一两天的事情了。你一定是常想你父亲的吧？我见过你的父亲，甚至在一个什么仪式上还与他握手交谈过。他是那个城市的宠儿，任何政治组织都对他彬彬有礼。但那时我对他是有一点偏见的。他一辈子周旋在漂亮女人中间，体面地在各种各样的酒会上频频举杯。各个争权夺利的政治家在演说时还不断地表态取媚他。可是我呢？我带领我的队伍在枪林弹雨里出生入死。那些政治家在演说时一个个不是对我提出警告就是表态要密切注意我。介听着将军满怀委屈的倾诉，止不住遥想将军跟父亲握手时的真实情境。将军说的当然有道理。但将军忽视了一个重要的问题，许多人因为他的存在而生活在恐怖中。父亲却总是为丰富都市的色彩而绞尽脑汁。

深夜，月光朗照山野，林莽里静悄悄的，偶尔一声鸟鸣，一声兽叫。介在这样的夜里回想自己城市里的一些事情，雒洛城在许多人的眼里，已经如垃圾一般了，可是人们却像那些屎壳郎一样，在垃圾里拱来拱去，一刻也离不开城市。城市可笑的规则让真诚的人们无所适从，城市间签订的有关和平的条约越多，战争发生得越频繁，城市电影里表现的爱情越动人，社区里的爱情就越匮缺。所以我才毅然决然地逃离城市。从历史教科书的角度来看，我是逆人类历史而动的，肯寨是一个驿站，它承前启后。我在城市被人们认为是道德上的败类，在肯寨我曾经轻而易举地担当了救世主的角色。将军不愧是久经沙场的，他看破红尘，一步到位来了大林莽。一声洞箫般的鸟叫声后，介在月光的朦胧里听到了细碎的响声。介想，这当然是一只失眠的鸟儿。也许这是春天吧，鸟儿该发情了。不过它完全用不着失眠，它应该做的是睡得更好更香，以便来日有更充沛的精力挑逗别的鸟儿。不久介听到了熟悉的呼吸声。介未及起身，老人凑近了他。老人眼里发出一种也许在他参与政变的时候才发出过光芒，喉咙里嗌嗌地发出一些含混不清的音节。介听清了这样的声音，大吃一惊。老人凑近了他的脸，介闻到了一股鸟粪的臊臭味，止不住一翻身坐了起来。

"你干吗不睡？"介问。

"你不会是那个城市派遣来的间谍吧？我忽然想起这个问题，就怎么也睡不着了。不过没用，就算你是也没用。在这里我主宰一切！"将军说着，一只手用力往下一劈，完全表现出主宰者的力度。

"你不是已经知道了我的一切了吗？"介疑惑地问。

"当然，可是你没为我画出一个雒洛城的地图来，你对我说要发起一场鸟与城市的战争一点儿兴趣也没有。你就不恨那个要处死你的城市？"将军说。

于是两个人就认真地讨论城市与战争。介认为自己只能逃离城市。至于城市该不该遭受战争，与自己无关。反正自己不想再回到那一堆水门汀的垃圾里去。

将军摇了摇头："我想我还是愿意回去一趟的。我在这大林莽里待了多长时间，我已经完全弄不清楚了。我甚至已经弄不清我来的方向。我逃亡的时候心中还是怀有一点希望的，那些送别我的人信誓旦旦地说，一旦他们取得了政权，他们就会想方设法找到我，接我回去。他们将为我预留一个部长的位置。我当时相信了他们，我说不用留别的什么位置了，就当个不管部部长吧。我虽然参加过战争，但我显然是十分幼稚的。其实他们早已取得了政权，而且分配了权力，别说是部长，就是部长助理的位置也已经都安排好了。这些我是从我的鸟群那里得到的信息。如果我没记错的话，他们已经取得权力十八年了。听到那个消息的时候，我正拥抱着一树茶花，逐个地吸吮茶花花杯里的蜜汁。自打来到大林莽，我的一大嗜好就是吸吮花蕊里的蜜汁。现在，我已经在那树茶花上吸过十八次蜜汁了。开始我还愤愤不平，准备回去找他们算账。可是我的鸟儿悄悄地告诉我：那个现任的不管部部长吩咐他的手下，只要碰见我，就设法把我杀掉。我想，命运怎么会对一个卓越的将军开这样的玩笑呢？我满足于大林莽的生活，可是我玩厌了鸟儿……"

介说："你的鸟儿不是很体贴你的吗？"介睥睨了一眼天空，一只鸟在黑暗里扑棱棱地从一棵树飞到另一棵树，慢慢地飞近自己，身子止不住一个激灵。

"我本来想带我的鸟群回到那个政变的地方夺取权力，但我还是怕我的鸟群没有足够的力量。就算我带领它们夺取了权力，也不好组阁。我曾经设想让我的鸟儿当一些部长。我跟它们讨论这个问题的时候，一些鸟儿振翅磨喙，跃跃欲试，另一些鸟儿说，有时人类把形状看得远比智慧重要。他们可能接受不了会飞翔的部长……当然，你要是愿意参与的话，卫生大臣的位置就是你的了！那时你就是组织一班人马解剖你的父亲都没有关系。"老人用一种权威的口吻说出这些不容置疑的话。

介说："你真是一个天才的政治人物。到这里来向我许官。"介心里想，这绝不是雒洛城的故事，雒洛城肯定没有一次这样的政治斗争，没有出逃一位这样的将军。这倒是很像一个杜撰的童话故事，将军一定是把阅读、经历、想象搅在一起了。

"真的，我们策划一次鸟与人的战争。我有这个冲动。过两天，我带你去喝过去由我独享的那一树茶花。"说完，老人幽幽地离开了介，那只扑棱过来的鸟儿就从近旁的树枝上飞过来，准确地骑在老人的肩上。月光下那长长的尾羽散发出某种神秘的光泽。

准备鸟群与人的战争……介想，如果我在学解剖学的时候想到有一天我会来准备一次鸟群与人的战争，那是非常荒诞不经的。可是现在我正要一门心思地来处理这件荒诞不经的事情……

就在介与将军准备鸟群的战争的时候，肯寨有了许多关于介与枇杷娘的新的谣言，谣言不知从何发出，却家喻户晓。人们说枇杷娘与介生下的儿子就根本不是像告别仪式上信誓旦旦所宣布的那样，要去刺杀介。是枇杷娘恋旧，派儿子去与介联络，然后悄悄往来。枇杷娘被冰雹打成的瘀伤尚未痊愈，也懒得去辩解。有人来告诉她，她一笑置之：笑话。我是头人，我跟人睡觉还要偷偷摸摸，那还当什么头人？他们活了这么些年头，连头人睡觉归谁管都还没弄清楚，也是肯寨活该有灾的。枇杷娘拖着自己的病体拆开那牛栏倒塌的一角，把那头断腿的牛牵出来，放到红叶树下宰了，将牛血一瓢瓢地泼向红叶树，口中念念有词。那张牛皮被剥下来，十分夸张地挂在红叶树的枝桠上，血淋淋的。肯寨人怔怔地看了半天，想想，枇杷娘一定是厌恶了那些谣言，以此发出警告。云根子这时充当了一个有头脑的使者，没有谁吩咐他。他却自觉自愿地挨家挨户地去做人们的工作：我们不要怀疑枇杷娘了，她一门心思地为肯寨着想，我们却在后面造谣中伤，这很无聊。云根子把这些话说给梦子时，梦子不以为然，怪云根子自己多事：这是什么话？日子还不够寂寞吗？不制造谣言，那生活还有什么意思？你并不知道，枇杷娘自己也并不反对关于自己的谣言。云根子大吃一惊：真的？！

枇杷娘确实并不反对关于自己的谣言，她完全明白，生活在许多时候是靠谣言来装点的。优秀的谣言甚至远胜于拙劣的传说和童话。生活中能制造谣言的人是有福的，能享有谣言的人也是有福的。在肯寨，枇杷娘享有最丰富的谣言。枇杷娘并不惧怕谣言，可是她惧怕灾难，然而灾难却一次次从天而降。人们清理了雹灾之后，身上的瘀伤还在隐隐作痛，旱灾渐渐地光临了肯寨。干旱是所有灾难中最难对付的，它不像火灾、雹灾、水灾，骤然而来，呼啸而去，在人们猝不及防时降临，在人们惊魂未定时撤离，人们可以明确地界定它来去的日子。而干旱则不同，一天两天三天不下雨，人们都不会感觉到什么，一连七天不下雨，那也没什么了不起的，太阳照常升起，热烈而明媚，有时它会让你产生某种错觉，它是因为热爱这土地上所有的生命才每日都出来与人们照面的。然而就在这不断的照面里，它的赤橙黄绿青蓝紫及其紫外红外的能量偷偷地运走了生命之源，池塘里的水分被蒸发了，田野里的水分被蒸发了，植物绿叶上的水分被蒸发了。人们只有从植物焦渴的神情里才能判断这灾难。于是人们盼雨，以跟植物相一致的表情，望眼朝天。天空有下雨的义务，在农耕的人看来，尤其如此，天不下雨是有愧为天的，但它就是有不愿下雨的时候。人们在经久的盼望里，连自己的水分也被熬干了，男人酿不成精液，女人流不出眼泪。这样的干旱跟介所在的时候出现的那次干旱完全一样，然而介却不在了。没有介，也没有了东方吉堂。再没有人会去跋越丛山峻岭，寻找那些由鬼神控制着的地下隐河，从那里导引出水来，用以灌溉农田。枇杷娘为此组织了一次隆重的祭祀仪式，田垄的中间堆出一个高高的草垛，草垛上铺着溢着树脂的木板，草垛的四周摆满了热气腾腾的牺牲，七对鲜嫩的童男童女赤裸裸在溢着树脂的木板上舞蹈，歌声充斥了整个田野。人们终于盼得好些乌云从四面奔来，渐渐遮蔽了太阳，当有些许的雨点轻飘飘地滴落下来时，肯寨的男男女女忍不住放声哭了。如果需要，他们甚至愿意将那七对童男童女献祭给上苍。但当祭祀的仪式刚刚结束，雨点也随之结束了。上天仿佛是故意做给肯寨看的，不是不愿意下雨，而是实在挤不出雨水来，这种状况，就跟一个老太婆再也挤不出乳汁来一样。有人提议将仪式继续下去，枇杷娘反对。仪式是有它的规定性的，并不能随意地加长或减短。枇杷娘解散了祭祀的队伍，然后独自在田野，点火焚烧了草垛以及草垛上的木板。火直冲云霄，好像是舔着了太阳。

枇杷娘并不是要检讨什么，但她还是选择在一个月白风清的夜里去了那个曾经是水库的地方，凭吊当然是毫无意义的，枇杷娘略感困惑的是上苍为什么把事情处理得如此有条不紊，它要降临干旱，就预先把水库摧毁，如果有水库，干旱就不是一场灾难，也许还是一场福祉，因为庄稼在水分和阳光都很充足的条件下，五谷丰登就是一个秋后的事实而不是一个祈祷的热望。现在，水库已经只有原先见过它的人相信它以往的存在了，一度清水漾漾，一度沼泽泛泛，而今已不见踪影。坝址上长着巨大的落叶乔木，沼泽已变成了一大片茂密的灌木。三两棵乔木亦点缀在灌木丛中，棵棵亭亭玉立，想是沼泽的地下储存了足够的水分，而且沤腐的那些枯枝败叶和野兽尸骸为这块土地留下了足够的营养。枇杷娘想，我是不是需要在这里重新构建水库呢？那是一个很大很费力气的工程，只有介做到了。不，我不能恢复介所划下的符咒，水库？那是什么？它一样制造灾难，堤坝在一瞬间断裂，于是肯寨就承担由此而造成的永远的伤痛。枇杷娘站在月光下，几匹麂子奔过来嗅了嗅她的衣摆，又回到灌木丛中去了。野兽不会伤害肯寨的头人，它们能从衣裳的味道里判断出这个人是否是头人。枇杷娘根据自己的感觉走，想要找到东方吉堂种有菖蒲的地方，可是越走越布满荆棘，枇杷娘忽然听到了一丝微弱的呼吸声。仔细地听，这呼吸声就来自她的脚下，她蹲下来，再仔细听，呼吸声依然有，但不知是什么东西发出的，枇杷娘照例在地上撒了一泡尿。

"你要溺死我啊？"地上发出一个十分不满的声音。

"你是谁？"枇杷娘想，除了头人，还有谁敢在这样的夜里到丛林中来？

"我是东方吉堂。"

"东方吉堂，什么东方吉堂？"

"我已经长成了一棵树。"

"可是……我还在寻找你的菖蒲呢。"枇杷娘终于想起了那个因对待介的符咒持不同态度而被自己奋力提起掷入泥淖中的人。这个人没死，他活着，而且他说他已经长成了一棵树。人真的能长成一棵树吗？我倒是要仔细地看看，他长成了一棵什么样的树。他的皮是变成了绿色还是变成了红色，他变成了一棵梓树还是一棵樟树，他结果吗？他开花吗？要是可能，他又会结什么样的果开什么样的花呢？枇杷娘这时已经完全放弃了一个头人的责任，满脑子是女性的好奇。她细心地勾下头来，在黑土上寻找，腐叶发出霉烂的气味，但却杂糅着蘑菇的芳香，枇杷娘终于抓住了一撮浓密的头发，这些头发有蕨针的清香，下面的头颅四面转动着。不错，是东方吉堂！她摸了摸他的鼻子和耳朵。奇怪，很多年了啊！他是怎么活下来的呢？

"你真是东方吉堂，这些年你是怎么活下来的呢？"枇杷娘忍不住问。

"我学会了植物的光合。"地上的头颅坦然说。

"光合？这是什么意思？你又在重复介的符咒？"枇杷娘提高了警惕。

"我学会了像树一样生活。"头颅说。

"我明白，介把你当成真正的唯一的信徒，他让我们承受一切灾难，却把那句躲避灾难的咒语留给了你一个人。于是肯寨的权柄就要让你来掌握。肯寨能不能摆脱灾难得靠你的仁慈。介真是深谋远虑啊！"枇杷娘揪住这一把头发，一边说，一边做着手势，地面上的头颅只好跟着不规则地运动。

"这……这……完全是一个误会，介并没留下任何咒语，我是无可奈何。要不是为了这个巨大的穹窿盖，谁愿意变成一棵树？谁愿意……"

"我明白，用不着解释，也用不着告诉我。我十六岁生下孩子，头人的位置是照规矩传给我的。你要是想要权柄，你完全可以拿去，我不要这权柄。可是有个条件：你不能单独享用介留下的那句咒语，你得把它公布出来，好让肯寨人人有像树一样生活的能力。像树一样生活，多么美妙的事情！可以活一百年一千年。"枇杷娘说得十分恳切，不容东方吉堂解释。

"我想肯寨一定是遇到很大的麻烦了。"东方吉堂说。

"大概是……肯寨人需要学会像树一样生活的本领。"枇杷娘犹豫着承认了，一边说一边要把东方吉堂从地底下拔出来，就像拔一根萝卜那样。

"哎哟！"东方吉堂感到疼痛不堪，叫喊起来，"我已经在这土地里长了根，这样拔我的脉管会断，我会流血而死的。"

"那你是不想回到肯寨的人群中去了？你为了独享那一句咒语，愿意永远做一棵树？真没想到你如此自私，还扬言要做一个造福村里人的穹窿盖呢！"枇杷娘愤愤地将东方吉堂踢了一脚，满不高兴地钻出灌木丛，踏着月光奔回肯寨。这时东方吉堂的身子开始在泥土中松动，那些伸进土地里与别的灌木的根争抢营养的脉管开始慢慢地收缩。东方吉堂想，好了，现在我终于像一棵企盼了多年的老人参一样被人发现了。不管枇杷娘是什么态度，她一定会告诉村子里人我不曾死去的消息，这样，村子里就会有人扛了锄头来，挖地三尺，把我从这灌木丛中刨出去。一条过路的蛇用它跳荡的信子探了探东方吉堂的鼻孔，东方吉堂止不住一个响亮的喷嚏，那蛇便惊慌失措地溜走了。四周的植物似乎很快知道了这个消息，纷纷释放自己的清香向东方吉堂致意，包括那些浓密的蕨叶和苔藓、地衣。植物的这种多情动摇了东方吉堂要修一个穹窿盖的决心，因为如果真修穹窿盖，这些植物便会窒息而亡，它们会被沤成腐殖质的淤泥，肢解和销蚀自己的身体，变成沼气，变成炉灶上浅蓝色的火焰，变得无影无踪。

第二天，枇杷娘果然向肯寨全体宣告了关于东方吉堂的消息，枇杷娘仍然以集会的形式，她喊响了那个红锈绿漆的喇叭，人们在红叶树下听到了这个消息。这是件不可思议的事情。也许这就是枇杷娘以牛血祭树的结果。枇杷娘说，只要东方吉堂愿意将介留下的求生的唯一咒语贡献出来，头人的位置就理所当然地让给他了。现在，干旱越来越严重，还没有下雨的任何朕兆。只有东方吉堂的咒语能够拯救肯寨，我们都要设法学会变成一棵树，这样，无论干旱是多么严重，我们只要把根深深地扎入土地，就能活下去。这样的干旱我们还指望有粮食是不可能的了。人们窃窃私语：枇杷娘是越来越难以捉摸了。她宣布介已死去，可是她却不断发现介的咒语。现在真正的灾难临头了，她却把责任推给了东方吉堂，那可是介的忠实信徒。云根子中间向枇杷娘插话：我们不是要清除介所创造的一切吗？这唐突的一问让枇杷娘怔了片刻，接着很快反应过来：可是他用符咒制约了我们。我们现在只能以咒破咒，此外别无他法。

以咒破咒——只有枇杷娘才如此的聪明！

当肯寨的人们扛着锄头披荆斩棘来到灌木丛中时，他们惊呆了。东方吉堂确实活在那里，与枇杷娘所描述的不尽相同的是，他的身体已经旋出土地大半截，土只掩到脐眼。他正在与四周的植物握手话别，那些黑色的蚯蚓亦来告别。四周的乔木上集聚了各种各样的鸟儿。它们忽儿起舞于空中，忽儿跳跃于枝间，羽毛五光十色，鸣唱百啭千声，舞姿风情万种。无疑，山林为东方吉堂准备了一个不坏的仪式。

枇杷娘在这个意料之外的仪式上宣称把头人的权柄交给介的忠实信徒、肯寨唯一能作为一棵树生长若干年的东方吉堂。

第十四章

　　东方玉如是从那个曾经为时装大师画过肖像的艺术家那里知道老祖母住在修道院里的。东方玉如想，照理我得去看望她。可她在修道院里待了那么久，一定一眼就能看出来我在寻找她的儿子，然后杀死他！为此东方玉如犹豫良久，最后还是决定见一见神秘的老祖母。

　　东方玉如在一个淫雨霏霏的日子里去了修道院，拜访那位神秘的老祖母。老祖母像人们传说中那样穿着黑白的衣饰。她坐在一个幽暗的廊角，用一个木雕般固定的姿势捧着布面精装的经书，手指按在某一条模糊的预言上。老祖母只是眼望着经书。她像她许久前向那些伤心透顶的模特儿所说的那样，不再开口说话。那些多事的巫师曾一次次地告诉她，现在城市的行政长官是她嫡亲的孙子。她像一个彻底失聪的老人那样，完全无动于衷。有一段时间，雒洛城甚至出现某种传说，说是老修女间或到博物馆去，躲在一口漂亮的红漆棺材里面扮演木乃伊。讲述这种传说的人指出两个理由：其一是老修女想体验时装大师在他那个注满福尔马林溶液里的某些感受；其二是她还是想证实一下现在的行政官是不是自己嫡亲的孙子——她知道行政长官喜欢到博物馆里去。但是这样的传说很快被老一辈人否定了：以时装大师太太的雍容和优雅，她绝对不会去棺材里扮演木乃伊。况且，博物馆也绝不敢这么做。东方玉如立在修道院中看了那个老修女一阵。其间他不断地用手指在空中划字符给老修女看。他重复划的是"杀介""我来杀介"。他每划出一个完整的意思，就打手势征求老修女的意见。修女只是把经书向空中举起来一次。谁也不明白他们交换了什么样的信息。东方玉如自言自语地说，她是想让我看清楚某一段预言，可是我什么也没看清楚。之后东方玉如与随从回到办公室里。他对那些身边的人说自己在老修女那里找不出一点血缘的痕迹来。东方玉如心底里想：即便找出来一切都是真的，那又怎么样？我是为了刺杀她的儿子而来的。老祖母已经活得忘记了年纪，她那从城市到肯寨一直犯罪的儿子也应该垂垂老矣。连坐在办公室里的行政长官自己都喃喃地说：我快老了！我现在记起我的任务来了。我奉命到城市来杀一个人的，可是我后来贪图荣华富贵，该做的事情没有做，不该做的事情却做了不少。

雒洛城的随从马上安慰他说：不，该做的事你已经做了，你杀死了那个全城市的敌人。人民是因此而衷心拥戴你的。此后，你还拨款扩建了博物馆，你的政绩有目共睹，无人可比。是你给城市带来了永恒的福祉。

东方玉如说：是吗？我从前也以为我把那个肯寨嘱托我来杀的人杀掉了，直到读了不少书，我才知道，那根本不是一回事。我要杀的是肯寨的敌人，他在那个村子里犯了罪，逃亡了。可是他并不是得罪了这个城市的那个人。我只是偶然地做了一件你们想做而我未必想做的事情！

随从们只好小心地承认：是，是，你一不小心就解放了城市！

东方玉如说：是呵，我也没想到我会一不小心就解放了城市。可是我现在老了。我很想去找回我从那里出来的村子。我要回去告诉他们。我享尽了人间的荣华富贵，却没有完成乡亲们的嘱托。然后看他们如何处置我这个年迈的身体。至于城市长官的位置，我想我们还是来一次热热闹闹的大选举好了，选上谁谁就得老老实实地为城市服务。我已经服务够了，人人都以为权力是个好东西，可是我不以为然。人们当初交给我权力的时候，我还根本不懂得什么叫作权力，可是很快我就学会了，学会使用权力比学会使用弓箭狩猎要容易得多。权力也许该让年轻人来掌握，年轻人好奇，权力就是一个奇怪的东西。我呢？我要回去了，我在这个城市里客居了几十年，但我到底不是这个城市里的人。当我前些天从一本发黄的旧书里一次又一次地读到"叶落归根"这个词的时候，我就想，这个词是专门写给我的，我就是一片飘零的叶子。无论如何，我是该回我的肯寨交差去了。你们抓紧布置一次民主选举，我下台，回肯寨去。

东方玉如还没来得及举行选举就匆匆地走出了雒洛城，去寻找肯寨。他说，城市的工作我都已布置好了。东方玉如带着一些随从，像古代微服私访的皇帝那样，走村串寨，打听一个叫肯寨的地方。出发的时候还是春天，一直找到秋天，也没有找到一个叫肯寨的村子。随从们说，也许根本就没有一个叫肯寨的村子，城市的行政长官厌烦了无聊的生活，才想出一个叫肯寨的村子来，以便有效地放松一下自己。东方玉如自己也变得疑惑起来：怎么会没有肯寨呢？这不可能。没有肯寨，我来自哪里？我又因为什么来到城市？我说我是一片叶子，我要叶落归根。可是你们不信。你们都有自己的家园，可以找到来自何处，也知道自己终将魂归何处。可是我没有，这很荒唐，表面上看来我拥有一切，而实际上我什么都没有。那些财政局局长和科学局局长拿我开玩笑，我原来以为只是玩笑，可现在看来，那些话都是真的。你们一定要设法让我再找找，也许，我们一出来，出发点就找错了。东方玉如在一块平滑的石头上坐了下来，眯眼望着夕阳，仿佛要从那光影里看出点什么名堂来。有巨鹰扇动着有力的翅膀从夕阳的光辉里穿过。城市行政长官的心思只有他自己知道。

"我是有功于我所任职的那个城市的吗？"东方玉如漫不经心地问，用一种捉摸不定的眼光看着远处的悬崖以及那悬崖上的松。

"当然，你杀死了我们全城市的敌人。"一个伶牙俐齿的随从说。

"可是，谁又能说他在将来不会被人们认为是正确的呢？那一天我坐在伟人祠高高的神位上。我想，被我杀死的那个人，不过是掀起了一场审美讨论，那个将女人的迷你裙的长短引入审美讨论的人才真正是别有用心的。他们拥戴我做这城市的长官也是别有用心的。他们希望一个愚蠢的没有智慧的人来领导这个城市，以便他们自己在这个城市里巧取豪夺。从一开始让我干这个活我就知道是怎么一回事了，可是几十年了，我一直没说。当然，也没必要说了，没几年我就把他们摆平了。他们真是愚蠢。他们以为自己能为所欲为，其实不瞒你们说，真正为所欲为的只能是我。我一无所有，无所牵挂。所有城市的生灵都不是我的生灵，所有城市的财富都不是我的财富。我什么也不在乎……"

"可是你毕竟杀死了那个引起战争的人，无论什么人将人们引入战争，都不应该有好下场。"随从分辩说。

"你一定是被那些书籍迷惑了。怎么知道他不是一个像布鲁诺那样的英雄？我看，我要是找到肯寨回了家，伟人祠里那个位置就让给他好了。"东方玉如说着说着高兴起来，觉得自己又在做一件了不起的匪夷所思的事情了，"对，我们回去就研究这个事情！我对历史懂得太少，我不知道是不是前人已经做过这样的事情，把被自己杀死的敌人供上神位。不过这没什么关系，如果没有，我们就很坦然地向我们的人民宣布，我们要做的就是这样一些史无前例的事情。这样反而显出我们对这个世界的宽容和仁慈，被杀死的人已不会再来掀起什么风浪，那么，让他去享受那呛人的烟火好了。要是历史上曾经有过……要是曾经有过的话，我们就说我们在效法古人、继承传统。总之，我们是在做一件很有意义的事情。"

夕阳在东方玉如兴奋的说教中缓缓沉落，飞鸟已纷纷归林。随从们不得不催促城市的行政长官早些起行，寻找晚上的宿处。

一直找到初冬，东方玉如也没能再找到肯寨。于是所有的随从都相信：根本就不可能有什么肯寨。这城市的行政长官到底是老了，什么洪水、村子、责任，都不过是他的一个梦。他要在这个现实的世界寻访梦境。谁没有过梦呢？日常里我们自己就经常梦见洪水与死亡、爱情与幸福，梦见自己在星空里或深井下。随从们劝说东方玉如回城市去，他们说："你要是太久不回到雒洛城去，那里可能会发生争夺权柄的骚乱，尽管你认为权柄不过如此，但希望窃取权柄的人多的是。"

东方玉如这时就当真了："我不是说过选举吗？没有选举当然是不能随便就把权柄交给别人的。"

这样，东方玉如和他的随从计划尽快赶回城市。他们日夜兼程，当他们快要到达自己城市的时候，恰在一个浓雾的清晨，他们到达了东方玉如挽弓射箭的地方，这个地方已被辟为城市的重点文物保护区。可是做这个决定的时候，并没有征得东方玉如的同意。

那些城市规划局和文物局的人说：这就没必要同他去商量了，因为这是全体市民都要记住的地方！

东方玉如站在自己射箭的地方，若有所思地说：我其实一直没有弄明白，你们当时有那么多的枪弹，可是最后的荣耀却让给了弓箭。这到底是怎么回事？也许在文明的世界里，还有人比我更厌恶权力。

东方玉如在晨雾里指点着那些从街道上看上去都是不可一世的高楼大厦说：我从肯寨出发的时候，根本就不知道雒洛城是什么。介向我们描述过城市，但在我们看来十分空洞。以至我见到这些楼宇时，总以为那是一片壮观的墓碑群，那下面葬埋着无数的尸骨。为了告慰那些死去的人，多刻些墓碑是无可非议的。我看到那个你们城市的敌人气喘吁吁地上来时，我什么也不明白，只确认他便是肯寨的罪人。我认得肯寨的罪人逆光中的影子——他离开肯寨的时候，我诅咒他是个透明的畜生。我要杀死他，那是肯寨分配给我任务。可是后来我被城市欢呼的人群包围起来了，没来得及验证那个尸体……突发奇想的东方玉如不愿意马上回到城里去，他说他想复习功课。随从们十分不解，城市的行政长官为什么突然要复习功课了。还是那个伶牙俐齿的随从很快地反应过来：你是想在这里再射一次箭？东方玉如笑了。随从中的几个陪东方玉如在山坡上等着，另几个下山去准备去了。

随从们回到城市里的时候，城市已经变得乱糟糟了。人们开始抢夺权柄，但是哪一方都还没有足够的胆量，都打出东方玉如的牌子，都找出东方玉如信任的依据，但是没有中间的一个什么力量出来仲裁。百姓们说，最重要的一点就是千万不要发动战争，至于权柄，他们谁喜欢谁就拿去好了，它不是蔬菜，也不是粮食。这种无人仲裁的争斗没有任何结果，所以，随从们一回来，纷争就告结束。人们听说城市的行政长官要复习关于弓箭的功课，一个个欣喜若狂：我们自从把他迎进雒洛城来，就没有再看到过他射箭。晚出生的人早把他的壮举当作老辈人不负责任的传说了，他一复习功课，我们向儿孙们就有个交代了。可是这一回他要射击什么样的目标呢？这个城市已没有那种敌人了。人们就商量了半天，最后还是决定给他选一个射击的对象。人们找到监狱，问那里有没有准备判死刑的人。狱吏们说有，是一个绑票未能跟警方达成一致而撕票的人。他割下了一个三岁孩子的头颅，并用那个幼嫩的身体喂了狼。而且扬言要用这个孩儿头来炖天麻和其他什么药物治疗自己的疑难杂症。警方不惜一切代价逮住了他。这是一个略显瘦削的人，眉毛很淡，面相上看去倒是很显出几分慈善。东方玉如的官僚跟他认真地商量条件。

官僚说：反正是一死，你能获得这么好的死亡机会真是十分难得。

这个撕票的人犯说：不用那么措辞。我明白我死有余辜。有什么干脆点说吧。

官僚说：我们想让你扮演一个政治犯。

人犯说：我是刑事犯，我已经供认不讳，为什么要我去扮演一个政治犯？

官僚解释说：城市要做一次大规模的演习，演习里有政治犯逃亡的一幕，希望你能扮演。在这种扮演里你并非必死无疑。有人可能会向你动武，那就要看你的运气了。运气好，你在这个假设的政治动乱中大难不死。城市行政长官就会赦免你。这样，你倒可能获得生的希望。你自己想想，要是不答应，我们就另找别的人。

人犯立即答应下来：那好那好！有生的希望总比没生的希望要好。可是我有一个要求，要是我死了，头颅也一样地割下来，让那些患有跟我一样的疑难杂症的人拿去炖天麻和别的药物吃。

官僚们说：那就不是我们要管的事情了！

人犯还询问政治犯有没有什么台词，因为一般看来，政治犯应该在临死前还念念不忘他所信仰的主义，念念不忘煽动。绑票的人犯倒是巴不得能交给他几句体面的台词，但是官僚说，免了吧，不要搞得太复杂。人犯恨恨地想：他就是要我死得不体面。尽管如此，有关方面还是对人犯进行了严肃的训练，以便他出现的时候像个政治犯而不是一个流氓地痞。

准备节目期间，东方玉如一直待在他原来所栖息的山坡上，有人为他赶制了弓箭送了去，他便认真地眯着眼，对着太阳月亮星星练习他久违了的功课。要不要涂一点箭毒木上的汁液？有人提醒。东方玉如说，那当然，那当然，我早先的那一支箭，也是涂了箭毒木的毒液的。

这是城市一个盛大的节目，全体市民参与一次解放自己的战争的排练。女人们把这样的日子当作节日，要穿自己高兴穿的五彩缤纷的衣裙。可是政府当局说，不能穿时兴的衣裙，想想吧，这会儿是战争尚未结束的时候，人们被互相征战的枪炮吓得魂不附体，谁还有心思去化妆去整理时装。政府当局说，让大家穿破旧的衣裙好了，并且，希望在裙摆上尽量沾点儿烂泥和血污。女人们犹犹豫豫地说，到哪儿去沾点儿血污，那得找月经期的人。女人们就着衣裙半天半天地在讨论和比试，因为这毕竟不是一场真正意义上的战争。男人们说，还是听从政府当局的号令吧。节目的高潮在清晨，所以子夜时分就有人睡不着了，他们悄声地议论着这件事。年轻的人兴奋地说，我可是从来都没有亲眼看见过打仗，除了在电影里，那真是一个出英雄的壮观场面。明天我们的城市会硝烟弥漫吗？明天我们的城市会血流成河吗？明天我们的城市会尸横街巷吗？年纪大的人说：城市的行政长官真的老了，他一味回忆过去，不再展望未来。记得他刚刚上任那会儿，他总是十分乐观地向市民们展望未来。他老得要回归泥土了。首先是去寻找他的根，他说他自己来自一个叫肯寨的地方，那个地方谁知道呢？不过从他刚进入城市的衣着看，即便有那么一个地方，也肯定是个十分愚昧落后的地方，否则，他就不会从那里跑出来。没找到他的肯寨，他又要回忆他的箭术。也许这已经是一种回光返照了。城市长官离入土的日子近了。

城市教堂的钟声一声声地响过，那声音在大街小巷来回游荡，居心叵测地去击碎人们的美梦。老修女幽灵般的影子出现在教堂钟楼的某一扇窗口。当一种预定的音乐从教堂钟声里传出来的时候，人们纷纷走出门来，拥塞在街巷。人们举着雒洛政府当局发给的小旗，高高兴兴地喊着口号向那个向阳的山坡跑去。那个现在装扮成政治逃亡者的绑票者跑在人群的最前头。不是没有人能跑过他，而是政府有规定。因为城市行政长官在那面向阳的山坡上张弓以待，谁要是跑错了，跑到那个绑票者的前面，被误杀了可不许喊冤。东方玉如在山坡上张弓以待，他的眼睛有点发潮，手因激动而稍稍有点发抖。他想，一个莫名其妙的敌人就要倒在我的箭下了。城市的游戏规则让人困惑，我就那么一箭，不明不白地做了这么多年的城市行政长官。可是那些认真地争夺权柄的人，却在争斗中大伤元气。这是一个什么样的所在啊？东方玉如的眼有些模糊，尽管他在这个城市执政了若干年，但站在这个山坡上看城市时，他所看到的仍然是一个很壮观的墓碑群。是的，所有的城市建筑都是墓碑，所有的文字都是墓志铭！

那个准政治逃亡者起先还举着一杆旗，后来就把旗帜扔掉了，气喘吁吁地向山坡上爬去。东方玉如一下子有种什么东西被这一场景唤醒，他拉弯了弓用力射去。那个准政治逃亡者应声倒下。人们欢呼着簇拥着东方玉如走下山坡。人们相信，城市行政长官还是不减当年。连东方玉如自己也有点儿相信：我到底还是不减当年！只有那些策划者知道，这一切都是安排好了的，射中不射中，这个城市乔装的政治逃亡者都得倒下。实际上，他没有死。他满怀希望地等欢腾的人们走后，站起来准备离去，可是警察仍然把他找了去，他问有什么事，警察说政府某官员要见你。乔装的政治逃亡者见到的不是一个政府官员，而是一个本来就安排向他行刑的刽子手。那个人戴着面具，见面只问了一声你好，便伸手把一根沾有毒液的箭插进了他的喉咙。临死前，那个戴面具的人还说，你应该会想到，你不会死得比你所残害的儿童有更好的下场。这个中箭的人瞪大了双眼。直到这时，城市行政长官的表演才算是彻底成功了。东方玉如依旧没有忘记关于城市选举的事情，他说，这么些年来，我们把所谓民主一类的东西都忘记了。还是来一次真正的选举为好。不过他改变了态度，说如果能继续得到全体人民的信任，他还是可以继续干下去的，那挽弓射敌的演习让他增添了信心。可是没有人再敢做他的政治对手参加选举，他先杀掉一个假设的政治对手，然后再宣布选举，这意思不是非常明白的吗？别说做政治对手，就是陪选也不见得有人愿意干，那实在是一件弄不好就会要命的事情。

城市按照东方玉如的布置开始宣传，宣传称，这次选举一定要充分地表达民意，对城市而言，这次选举是革命性的。没有革命，人类就不会进步。虽然这样的宣传很俗套，但许多游手好闲的人毕竟有了点事儿干，要贴标语、刷广告，要印制选票，城市为了这件事热闹了许多。东方玉如向官员要那些参加竞选的人的名单。官员说没有。东方玉如为此大为光火：这叫什么？这叫野无遗贤。骗谁呢？没有人想当这个城市的行政长官，只有我一个人想当，偌大的一个城市，有人喜欢哲学，有人喜欢文学，有人喜欢物理学，就是没有人喜欢政治？官员们只好认真地去寻找，实在找不到的时候，他们就杜撰了几个名字以及这些名字的整套档案资料，并把它们输入了选举的电脑。这样，他们就可以向东方玉如交差了。东方玉如拿到资料，满意地说：我说奇怪呢。这回工作总算是做到家了。一次选举要是只有一个人参加，那才叫百无聊赖呢。一个人，怎么体现那个选字？东方玉如对镜悲白发：我当然是老了，可是——他们一准还得选我！他们都认为我老了，不中用了。我甚至放出了我要告老还乡的谣言，我要寻找肯寨。其实从出发那一天起，我就知道我是无法再回到肯寨的了。我出门那么久是要看看城市是不是真的还拥护我，现在看来，基本上没什么问题，因为他们争夺权柄的时候还知道打我的旗帜。我要射杀一个敌人，妇女和孩子当然是看热闹，而那些在背后唠唠叨叨说我老了的人就应该明白点什么。这些下属操办得还不算太坏。为了对付第二天的选举，东方玉如这天晚上睡在城市最高的五星级的总统套房里，有少女来浴池里为他按摩。这使他想起刚入城时那次盛大的仪式。那么多的女人前来清洁自己英勇而青春的身体。到底，我还是老了。我为操持这些陌生人的事情而老得很快。要在肯寨，我也许还是个年轻人。那里一切有头人操持，不用绞尽脑汁。可是我经历的事情太多，经历让人变得沧桑易老。东方玉如想，虽然我对女人不是无动于衷，但我已不太在乎女人了。东方玉如在夜间登上楼顶，俯瞰着这个城市的万家灯火，想着一些莫名其妙的主意。我已经执政很久了，可他们还得服从我。这倒是让我有点不知所措了，我要把他们带向哪里？这个城市是一艘船吗？人们需要一个船长，一个舵手，我就是他们所信任的船长舵手。可是他们就没想到有一天我要是把这艘船带进永恒的黑夜里去呢？路牌广告的霓虹灯闪着媚惑的粉红色的光，这些光有时干扰了司机准确地把握方向，可是当有人告状要取消时，司机们又不愿意了。这些城市霓虹会干扰整艘船的航向吗？我显然是一个老谋深算的政治家了。

选举在一个雨日举行，气象部门为此已经提供了准确的预报，可是东方玉如说不要紧，这样重大的事情，全体市民应该表现出风雨无阻的热忱和执着。基层组织借此机会向政府有关部门说：既然是这样，我们应该为每个适龄选民发一把雨伞。有关部门觉得这是个很好的想法，只是经费很成问题，因为这完全是选举预算外开支。这个问题应该提交有关会议讨论一下，是不是由选民自己解决算了。听到这个消息，雨伞制造商非常高兴：还是选举好！真没想到选举最早的实惠会落到自己身上，因此他们立即以不寻常的热情上书政府部门，声言坚决支持选举。雨伞制造商的举动引起了政府有关部门官员的兴趣，既然雨伞制造商对选举如此热情，不如给他们一个表现的机会好了。有关会议的决议让雨伞制造商们大吃一惊，暗暗叫苦不迭。会议决定选举用的所有雨伞由雨伞制造商无偿赞助。政府有关部门甚至已经写好了代表广大选民的致谢词。雨伞制造商算是弄巧成拙了。基层组织因此而受到民众的好评：他们借选举之机为我们争取到一把雨伞的实际利益。这些过于具体的事情，东方玉如当然不会知晓。

雨点忽大忽小，空气里飘荡着濛濛水雾。人们陆陆续续从家中走出，兴奋地撑开赞助商送来的雨伞，就像雨后灌木林里的蘑菇成群地撑开地衣和苔藓那样，鱼贯走入贴有五彩缤纷的标语的选举投票点。票已在家早写好了，放入票箱后，人们开始寻找熟络的朋友并互相致意。东方玉如乔装成一个普通的选民来到投票点，他期望听到一点关于这次选举的民间议论。但民间的议论令他十分失望。人们对雨伞制造商似乎比对行政长官更感兴趣。他们相互比较着雨伞的优劣、色彩、质地等等。有人说，雨伞制造商已经哭丧着脸告到了城市的行政长官那里。东方玉如听了哑然失笑。看来我的商人也是很可爱的。

尽管许多的选票不太规范，甚至有些选票恶作剧，一些无聊的嬉皮士把许多污秽的话语写进了选票。但选举的最后结果当然还是像政府当局所希望操纵成的那样，东方玉如获得了百分之八十以上的选票。他顺利地当选为城市的行政长官。当然，那些血写的名字也包括在内。东方玉如听到这个选举结果，忽然被触动了什么心思，竟潸潸泪下，他在一个麦克风前喃喃地说：肯寨，别了！枇杷娘，别了！可是城市所有的选民都没能听清楚他在说什么。事后，政府的新闻发言人称，东方玉如当时在喃喃自语，说的是感谢人民！感谢神！感谢大地！

是的，感谢神。还有，感谢那些信神的人们。东方玉如再一次用自己不羁的行为证明了城市的无聊，选举与不选举有什么区别？东方玉如再次来到城市的历史博物馆里，馆长和考古学家这一回心里十分踏实，因为他们不但认真地投了票，而且在有关的选举答问中也明确表态支持东方玉如。在东方玉如到来之前，他们认真地照看着那个被陈列的青苔上的影子。自东方玉如复习了关于弓箭的功课后，来博物馆参观影子的人骤然增加了许多，他们征得有关部门的同意，不得不在影子的展柜前加上两道不锈钢的护栏。东方玉如倚在护栏上，注目于自己的影子，一种青春失落的惆怅油然而生。现在他才想起自己复习射箭的功课时并不那么自如，手有些哆嗦，眼睛有些模糊，那动作当然比不上这个影子，而且，自己似乎不能确定是否射中了那个迎面走来的人。他转过头来问随从：我那天真把那个人射中了？随从说：当然。有那么多人都看得清清楚楚。东方玉如明白，随从难免会与下属骗骗自己，多数情况下他们都振振有词：那也是为你好！是的，不过我也宁愿我是射中了的，尽管也许那样已经造成了一个冤死鬼。东方玉如被请到紫色天鹅绒沙发上坐了下来。他又一次发出感叹：我老了！接着，他故伎重演，问博物馆馆长还能增加一些什么样的展品。馆长说：我们决定增加一些关于这次选举的展品。东方玉如高兴地说：这一回你的脑筋总算是开窍了，不过，准备陈列一些什么样的东西呢？馆长说：我们准备陈列一些选票。东方玉如问：什么样的选票？馆长说：当然是那些最能代表民意的选票。关于什么样的选票才是最能代表民意的问题，馆长又一次发生了错误，不过他已经习以为常了，只要是城市的行政长官到来，他自己一定有别出心裁让人无法捉摸的主意。东方玉如认为那些很规范地写着自己的名字的选票并没有什么陈列的意义，那些东西应该由档案馆来保管。博物馆应该陈列那些有特色的选票，比如那些用女性生殖部位的血写成的选票就很有特点很有意义，至少在我理解，它反映了这么一种心理：希望当选者关心妇女问题！这里面包括女性权益、日益泛滥的性骚扰、性暴力事件，同时，无疑她们希望财政方面能给一年一度的选美活动以补贴。博物馆馆长不能不佩服得五体投地，到底是城市的行政长官，看问题所站的不是常人的角度。于是人们根据东方玉如的思维方式，得出了裹有避孕套的选票也应该陈列的理由，因为这种选票提醒当选者要注意日益泛滥的性自由和艾滋病，注意日益突出的人口问题。东方玉如对此微微一笑，不置可否。所有附和的意见都在他的意料之中，并没有任何新意。

东方玉如让博物馆馆长把所有的人支开，并把青苔的展柜前的不锈钢栏杆也拆掉。他说：我想独自面对我的影子。这当然是一个微不足道的要求，博物馆馆长马上照办了。东方玉如独自在玻璃柜前注目于自己的影子，看着看着，他的脸贴近了玻璃，然后，流着涎趴在玻璃上睡着了，他的灵魂随着那些涎水从自己的身体里漫出，因为只有这样，他才能够从青苔的影子里看出原来的自己，并且，他的魂魄潜入玻璃展柜，偷偷汲取青苔影子中青春的营养。他吸吮得十分贪婪，不顾影子的死活。自觉地躲在另外的房间的博物馆馆长和随从们不久便听到了林海风涛，听见了野兽的咆哮以及植物的尖叫。仿佛东方玉如将山林唤来了博物馆。与此同时，人们亦听见了城市行政长官粗重的呼吸和吸吮某种液体的声音。人们习惯了怪事，只有听从行政长官的吩咐。当这些古怪的声音消失后，人们小心地从房间走出来，看见东方玉如仍趴在玻璃展柜上，他那黏稠的涎液在玻璃上呈汪洋之势。人们走过来扶着东方玉如离开了博物馆。东方玉如走前向地毯上吐了一口痰，这口痰已不再是标明雒洛城疆域的图形，而是标出了肯寨的山岭和河流的图形。考古学家见了这图形大吃一惊，他由此肯定了肯寨的存在，但是不敢声张。他一如既往地在痰迹处取了点涎液样品，拿回化验室去研究，看那痰迹跟思想的必然联系。

等东方玉如离开博物馆三天后，人们才发现，青苔的影子枯萎了。博物馆馆长把这事当作一个非同寻常的恶性情件，写了一份详细的报告面呈城市的行政长官。东方玉如看完了报告皱了一下眉头说：那恐怕是天气的原因吧，你们不妨给影子施点肥看看，我想这不是什么太大的问题，施肥和浇水就可以让它恢复过来。博物馆馆长用东方玉如告诉他的方法，果然很快让影子的健康恢复过来了，他如释重负，长长地吁了一口气。

第十五章

　　那个有着欧罗巴长奶子的女人长久地守望在河中沙洲头的瞭望塔里。每当太阳下山时，就长长地叹一口气。领薪水戴领章的职业单相思者（那个号称跟上校上过前线的警察）用猪皮做了一只船，每天上班时间就划着船来到沙洲头的水域，在瞭望塔下划来划去，不撒网，也不垂钓。女人在瞭望塔上望着远方，职业单相思者在船上望着瞭望塔，遂成了一处不可多得的风景。一个农业技术员的学生从狱中放出来后，通过询问，知道了师母的去处，便过来问候。走到河岸时，他被沙洲头的风景迷住了。菩垣子地方政府只是知道那个长奶子的女人在守望河流里的树叶和泡沫，希望得到一点可怜的农业技术员的消息。而学生则有崭新的发现，他在这个风景点划地标线，公开地收起门票来。就像一个特意设置的旅游点一样。农业技术员的学生戴着斗笠，在太阳下一边点钱一边说服自己：这没什么！我为他的学说付出了好几年的青春，我在监牢中的时候还有人管饭，现在出来就失业了，没有人会管我的饭，也不会有人主动来为我解决就业的事情。在这岸边，师母守望来自河流上游的信息。而我呢，一边可以守望着师母的安全，一边还解决了吃饭的问题，这是一举两得的好事情。有一个黄昏，他发现那个一直划着一只猪皮小船在河里荡来荡去的人悄悄地沿着瞭望塔的柱桩往上爬，手里还拿着一根绳子样的东西。学生想，这个人居然要绑架师母，我已经在这里收了不少的门票钱了，我必须制止这种行动，一方面要保护师母，一方面也是保护自己的饭碗。但他一时没有任何武器可以动用。不得不大叫一声，那个爬到柱桩上的人在叫喊声中滚落下水。学生想，我恐怕是要有一张弓箭的，否则，我无法对付那些对师母垂涎欲滴的登徒子呢。于是他制造了一张弓箭，弓是用楠竹制成的，箭用的是铁矢木。现在，这个学生时不时地可以和这张弓向着那边的瞭望塔瞄一瞄，那弓上的弦在不经意的弹拨间就发出一种琴音，亲切悦耳，更加和谐了风景。而那些箭镞从未发射过。

　　菩垣子地方政府开始并未顾及这个新生的风景，他们只是在一些有关的会议上讨论，认为农业技术员大概是不会回来的了，那个绵竹纸张的地方天知道是一个什么样的所在，也许大林莽里什么样的文明都没有，只有想都不用想的豺狼虎豹，那一点点可怜的文明来自雒洛城的一阵龙卷风，这龙卷风劫掠过城市后扶摇直上，飞越十万八千里，然后骤然停下来，这些被劫掠的文明就落在林莽中的河流里，游历了千沟万壑。至于农业技术员，那是因为他犯了创立"萝卜教"的罪行，没有处死他，把他流放到一个谁也不知道是什么地方的地方，已是一件十分宽容的事情了。不管他能不能找到那些绵竹纸张的文明，这番流放的经历是对他有绝对的教育意义的。至于原来说到的要开发古迹，恐怕是一个不切实际的奢想了。好在让农业技术员流放，并没有带来什么麻烦。据说他的老婆已开始去河流的沙洲头守望了，这是一件好事情，也许他会回来，因为他的老婆的盼望多少是能产生一点遥远的心灵感应的。他要是回来了，还让他干他的农业技术员去，让他老老实实地研究出几个蔬菜新品种来，造福人民，不要去哗众取宠。会议上这个话题很快过去，接下去是别的话题。后来有一天，一个参加会议的人说，农业技术员的老婆已经成了沙洲上的一处风景，而且已经有人未经菩垣子地方当局批准，收了数个月的门票。那个收门票的人以农业技术员的老婆的保护人的面目出现，手里执一张楠竹的弓，谁不交门票钱他就要拿箭射谁，这不是无法无天了吗？这一消息把整个会议搅乱了，原来的议题议不下去了，大家只好就事论事。商量对这个风景的处置。地方政府官员你一言我一语，一时也没有统一的意见。最后会议主持人说：不如我们大家去看看那个风景吧，在那里处理那件事情，也算是一次现场办公。

　　河流带着林莽神秘的气息悠悠流淌，间或有透明的蛇蜕漂在河面上，折射出有序的波光，两三叶鸟羽放弃了飞翔，投入漂流的体验。岸上的巴茅开出白色的花絮来，在微风中轻轻摇曳。鱼鹰从空中箭一般冲下来，倏忽间猎鱼而去。长奶子女人和她的棚寮被夕阳衬着，像一幅经典名画。隔岸看，这个棚寮以一种欲望穿时空的姿态翘望林莽。那个收门票的持箭人在弓弦上弹出琴音。参加会议的人员远远地望了一会儿这风景，就朝持箭的人走来。他们默默地买了门票，暗暗地计算着这个持箭人几个月来的收入。倒是持箭人自己发现了破绽，见这些人在岸上指指点点，心中暗暗叫苦：我知道迟早有一天他们会来找我算账的，我所做的一切都不曾征得地方政府的同意，这一天终于到了，也好，我不用悬着心在这里等待什么了。他们那么礼貌地对待我，说明他们很快就会来找我的麻烦。然而持箭人这回错了。菩垣子地方政府无意找他的麻烦。地方政府把他找了去，是要他参考一个意见，如果把沙洲搞成一个具一定规模的旅游区，应该怎么投资怎么收费。要他把一些具体办法拿出来，说是这个旅游点开发搞好了，他就可以理所当然地在这里就业。这个持箭人于是将自己的箭收了起来。地方政府的态度令他十分兴奋。他发动了一些同学，当夜认真地讨论了一整夜，接着稍作整理，便奋笔疾书，一份很像一回事儿的可行性报告就出来了。地方政府看了颇为满意，也就不再追究他原来那几个月的非法收入。这个农业技术员的学生太夸张了，地方政府的宽容让他忘记了夸张的危害。在他的报告中声称那沙洲上的棚寮最好要成为古迹，这样，收起钱来才比较方便。地方政府为此专门成立了一个专家小组，研究这件事情。专家们最后经过数次的试验，说是可以用激光一类的手段解决这个问题。让棚寮成为古迹。那么，棚寮中的人呢？有人出主意说：最好也一同成为古迹吧。一个近乎议员身份的人提出异议：这是不是意味着我们为了这个旅游点，要夺去某些人的生命？所有的旅游点都应该有一些残酷的故事吗？人们常常把过去杀戮的战场开辟来旅游，到底是要追忆历史还是要怀念战争？人们知道，这个人一定是酒足饭饱了，他居然开始认真地考虑人类良心这样的大问题。菩垣子年纪大些的人差不多都知道，这个人年轻时在与雒洛城的战争中当过逃兵。那个农业技术员的学生十分轻松地回答了他的提问，有了地方政府的支持，他甚至觉得这人提的是一个十分愚蠢的问题。这个占据沙洲上的风景很是捞了一把的人振振有词地说：我们怎么会夺去别人的生命？试想想，一个人如果能成为风景的一部分，他就获得了一种永恒。有那么多的古代帝王都想获得永生，最后，能成为风景的一部分的也不是多数。所以，我们不是要夺去某些人的生命，而是要让某些生命获得永生！他心中当然想到，这些某个生命的失去和永生其实都不重要，重要的是自己会有一个合适的位置。

激光的化古在一个浓黑的夜晚进行，河流两岸站满了钢盔的士兵，白杨树一样挺直了腰杆肃穆立着。菩垣子地方政府在河岸旁设立了前线指挥部，科学局在河岸上架设了机器。然而这一行动除了酿成一个科学的笑话，此外一事无成。激光在夜空中划出一些令人恐惧的长弧，像一些战争中的秘密指令。这件事在人们的口头传说中变成了一场由地方官员直接参与的谋杀，而且这个谋杀与经济利益有关，所以，用"谋财害命"四个字来概括是非常恰如其分的。激光的聚焦点燃了棚寮，这处风景非但未能变成永恒，而是化成了灰烬。那个守望丈夫的长奶子女人于惊慌中逃离烈焰，从燃烧的棚寮上直接跳入河流。科学局的专家们面面相觑，一时不知该怎么办。地方官员说：这是一起责任事故！这是一起非常严重的责任事故！！先是救人，然后要彻底查清这起事故。地方政府后来把责任完全推给了科学局，科学局的专家待要分辩几句。地方官员说，不用了，有些东西不要我说明白你也清楚，以科学的名义，民愤会小一些。这个失败已经把什么都搞得乱糟糟的了。科学局局长只好苦着脸，任由地方的电台去宣布那些莫须有的罪名。

那个职业单相思者现在出现了！

职业单相思者的出现令地方政府的官员们大吃一惊：你是干什么的？这事怎么会与你相干呢？

警察很工整地穿着自己带有三级警司衔警章的制服，首先向地方官员行了个举手礼。然后开始他理由充分的申诉：到现在为止，我还一直领着菩垣子地方政府发给我的工资，这份工资至少是一个证明，它证明我是一直在为政府工作着的。那么，什么是我的工作呢？以我的理解，从几年前我接受任务的那一天开始，我的工作就是想尽一切办法，勾引那个长奶子的女人——这是政府给我的任务！我一直在为此努力着，除了长奶子女人自己，没有第二个人来阻拦我。这说明在我们这个地方，我的这个行动具有毋庸置疑的合法性。如果是非法的行动，一是她本人可以上告而且会上告有门，二是别的人也可以来干预。再者，我一直领着政府的薪水，这说明政府对我的工作是持肯定态度的。可是我不明白的是：地方政府这么声势浩大地要来谋杀这个女人的时候，怎么不同我打个招呼。好像我已经不是政府的人了！我早已被开除被抛弃了……甚至，你们把我当成了敌人。地方政府官员很尴尬地面对这个领了若干年政府薪水干单相思的工作的人，无言以对。官员们并不害怕他的唠叨，而是害怕他把自己当职业单相思者的丑闻说出去，同时造谣政府那个风景化古的行动是谋杀。因为那个长奶子的女人从燃烧的棚寮中跳下水之后，是这个领工资的单相思者把她从水中捞了上来。地方政府官员后来经研究一番发现，事情并不像想象的那么麻烦。职业单相思者的要求很简单，保留他的公职，住医院的长奶子女人由他来照料，他保证比她的丈夫还要照料得周到。

地方政府的有关官员说：那没有什么不可以的，只是，你既然还领着政府的薪水，就得算是政府派你去照顾那女人的，所以你每天去之前得到你原来的工作单位去报个到，下班前你也要回那里把那个长奶子女人的身体情况向政府作个汇报。

没问题没问题！没问题没问题！职业单相思者把一切都一口应承下来。

菩垣子的有关舆论绘声绘色地对这次事故进行了报道。他们说，地方的科学局进行了一次探索彗星的伟大试验，用激光模拟彗尾扫过大地的情境。这次试验经过充分的准备、精确的计算，科学局局长亲临第一线指挥了这次试验，地方官员除一两个卧病在床外，其他都观看了这次试验。这次试验主要是看彗尾扫过大地时，会不会滞塞河流，涂炭生灵。试验的结果表明：彗星对人类基本上还算得上是友善的，试验过程中除发生了一点小小的意外，其他一切圆满成功。因那个小小的意外而溺水的女子生命已无大碍，政府已派了专人护理。这样一来，事情处理得可以说是天衣无缝。长奶子女人对这一说法尤其相信。因为她不曾得到任何关于风景化古的消息，她只知道自己是怎样逃离那个棚寮的。当社会上出现真实的谣言的时候，她无法相信：怎么可能？他们知道我在那个棚寮上等待我的丈夫！他们怎么可能设计将我连同棚寮一起制成风景？我不是什么有名的人物，我丈夫也不是。当初说他宣传"萝卜教"，不就是由于他多说了蔬菜的营养吗？重视蔬菜的营养，这就是平凡的普通的人干的事情。变成风景让人瞻仰，那得要大人物。地方政府对长奶子女人这么高的觉悟、这么正确的认识非常满意，在有谣言的地方，政府有时请了长奶子女人去现身说法。这样一来，什么工作都做通了。

　　菩垣子激光化古的那天晚上，肯寨的人们小心地刨开东方吉堂四周的灌木。应东方吉堂的要求，在处理这些灌木和蕨叶时，尽量不伤及它们的根、茎、叶，以便它们还能在土地上继续存活下去。东方吉堂被挖出来之后，他的脉管就自然而然地收了回去。

　　东方吉堂为此摇头：我现在又得重新学习饮食。

　　人们把东方吉堂像抬一个救世主那样抬回了肯寨。东方吉堂一再申明：我不会介的符咒。可是面对灾难，我们无疑是可以利用他的智慧的。肯寨人照样像洗萝卜那样，把东方吉堂放在一个草篓里，让溪水将他洗个干干净净。既然东方吉堂在沼泽里都能活下来，回到雒洛城的介当活得更好。肯寨的人们就在饥饿里想：东方玉如呢？他找到那个肯寨的刽子了吗？

　　对东方吉堂的发现使蓝寡妇兴奋不已。她望着天空祷告：既然神明能让东方吉堂变成一棵树活着，就请让我变成一只自由飞翔的鸟吧。那样我或许就可以替神明看守森林与土地，我也可以明了东方玉如现在在干什么，介又在什么样的所在。总之，变成鸟是可以方便为神多干些活的。

　　东方吉堂恢复为动物要有一个过程。他最早被挖掘出来的时候，人们已经找不到他的房子。他的房子被拆除后，那块空地变成了拓土坯的好地方，等肯寨最后一座土坯房子建好后，那里就留下了一堆调和好了的黄土，金字塔一般耸立在那里。两年后，那里变成了一座辉煌的蚁穴，人们从那里经过的时候，总能看见蚂蚁进进出出地奔忙。没有人觉得那些蚂蚁碍事，春季里人们常常到这座辉煌的蚁穴前来观察雷雨的消息。当有一天蚂蚁们把一条尚在做垂死挣扎的两尺余长的青皮蜥蜴轻而易举地抬进这个金字塔般的蚁穴时，人们才感到有些许的神秘，感到"金字塔"中会有一些不一般的机关。东方吉堂回来后，人们惭愧地发现蚁穴在这个地方是十分不恰当的。人们让东方吉堂先跟介一样，去枇杷娘刚刚修整好的牛栏上住些日子，人们会主动帮他铲平蚁穴，把土坯的房子给垒起来。东方吉堂不愿意这样，他说无论如何他要先到自己的屋基地那边去看看。人们慌忙征求枇杷娘的意见，枇杷娘说：他自己要去看看就去看吧。东方吉堂看到那座跟房子差不多高的蚁穴，看见了蚁穴中的许多暗道机关。蚁王在自己半透明的宫殿里，运筹帷幄，发号施令。可是肯寨的人们看不到这些。东方吉堂认真地对人们说：先别赶走它们。人们说，为什么？你现在既然什么都看到了，那么就告诉你，我们要把这个蚁穴铲平，替你重新把房子修起来。东方吉堂说：这里是一个作战的队伍，你们对付不了它们。人们感到东方吉堂十分夸张，他在深山老林里生活了很多年，脑子一定是变得越来越糊涂了，他居然说人们对付不了几只蚂蚁，这当然是天大的笑话。

只有我能把它们赶走，东方吉堂忧郁地说。说完，东方吉堂绕着金字塔的蚁穴转了几圈，就回到枇杷娘的牛栏上去了。肯寨人当然不肯相信东方吉堂如此夸张的预告，等东方吉堂一走，他们就自作聪明，开始挥锄清理金字塔的蚁穴。他们的锄头敲击蚁穴的外壳。蚁穴发出金属般的声音，砰砰响彻山谷。东方吉堂慌忙叫过枇杷娘，要她去制止那些敲击蚁穴的人们。枇杷娘却怀疑东方吉堂对她那毁灭性的一掷怀恨在心，故意留下那个蚁穴来鞭笞枇杷娘的良心。于是枇杷娘一边答应东方吉堂，一边将麻药汤给东方吉堂喝。她要让他先睡三天三夜，等他醒过来时，他的土坯的房屋已经恢复了原样，那时，提起蚁穴，只要枇杷娘认定那只是东方吉堂的一个梦，他自己也只好确认那是一个梦的。枇杷娘想，人就是这样，我不到林莽里去找他，那么，他现在还是一棵树，可是现在肯寨遇到了灾难，我为了肯寨而有求于他了，他就变得骄傲起来，竟然连蚂蚁都敢拿来吓人，竟然把蚂蚁群说成了不起的队伍。他是一棵树的时候，却连狼虫虎豹也不敢拿出来吓人。我把他挖掘回来的目的是要他教会人们的光合，让肯寨的生命像那些针叶植物一样，只要有雨露阳光，就长年绿着，而且耐干旱、严寒、洪涝，并不是要他教会人们害怕蚂蚁。

金字塔的蚁穴经过一个长夜的敲击，终于在晨曦初露的一刹那，哐当一声，像敲碎一个古代陶缸那样，破碎了。那些坚硬的碎片哗哗啦啦地落了好一阵。肯寨人正为这种清脆的碎裂声纳闷，那只蚁王——巨型体格远比其他的蚂蚁大出十几倍——缓缓地抬起头来，向天作揖。人们的惊奇只维持了不一会儿，马上想到等待住房子的东方吉堂，立即动手驱赶蚂蚁。

蚂蚁黑涌涌一片，似乎能听到它们惊慌的叫声。它们也毫不示弱，见什么咬什么，勇敢地守住蚁穴。人们试图把它们赶开，但它们全都知道固守那个堡垒。有人出了个火烧的主意，立即得到大家的一致赞同，当熊熊火焰点起来的时候，蚂蚁们以一种忍无可忍的怒气投入了与人的战争。残穴中的蚂蚁顷刻间长出了翅膀，它们飞翔起来，却并不逃离，而是扑向火焰。人们想，蚂蚁不可能扑灭火焰。但是人们显然错了，就在蚂蚁们奋起扑火的时候，肥硕的蚁王居然振翅飞上九霄云外。人们听到它在半空中发出叫雀子一般的声音。清亮而凄切。一会儿，叫声消失了，蚁王从半空里俯冲下来，以一种凤凰涅槃的优美绝伦的姿势扑入火焰，肯寨的人们被这一举动惊呆了，接着，人们听到了远处有天籁般的声音，这声音越来越近，越来越近。肯寨人仰头望，黑云从四面八方涌来。肯寨人心中暗暗称奇，难道久旱的季节就要过去？蚁王会投火为我们唤来云雨？当黑云越来越近，密匝匝压在近在咫尺的低空时，人们终于看清了那黑云的颗粒，惊叫着躲进各自残破的土坯房子。

蚁群袭击了肯寨。在干旱里奄奄一息的肯寨本已不堪一击，飞行的蚁群突然骤雨般从天空降落下来，蚂蚁们以疯狂的复仇行动撕咬一切，整个肯寨的空气中弥漫着一种浓烈的蚁酸的气味，这种气味在人们的呼吸道中长驱直入，腐蚀一切，溶解一切。蚂蚁们用自己的生命组织成一片可以淹灭一切的海洋，无处遁逃，剽悍的男人挥拳蹬腿，可是找不到攻击的对象。这些实施报复攻击的生命就在他们的拳头上、大腿上、脚尖上，在他们呼喊的唇边，在他们诅咒的舌头上。蚁群把这些有罪的人们从他们残破的土坯房子里拖出来，人们东奔西走，扬起尘土跟飞翔着的蚂蚁一起，把整个肯寨搅得一片混沌。人们迷失了方向，找不到出路。只有东方吉堂安然地睡在枇杷娘牛栏上的干草里，浑然不觉。那些无意识地躲在干草上的人们幸免于难，因为干草隔断了气味的信息。那些最早受蚁群攻击的人已命若游丝，他们一任蚂蚁在自己的七窍进进出出，连吹一口气的力气都没有了。他们的血液被蚁酸所注入，他们的肉体被那些弱小然而顽强的生命一点一点地咬下来，吞噬掉，或者，与其说是吞噬，不如说是被一种液体溶化了，连那些筋脉都不会多留一会儿，后来，他们在昏厥里听到了蚂蚁们啃自己骨头的细碎声音，他们的身体不再有痛感，取而代之的是一种麻酥酥的感觉，他们紧闭的眼睛隐隐约约看见了自己白森森的骷髅。他们的大脑还未完全停止思想，蚂蚁们已开始在他们新鲜的骷髅里面营造蚁穴，他们甚至还能感觉到蚂蚁在骨头里面的爬动。蚂蚁们已经习惯了在骷髅里面做穴，它们知道骷髅的价值，这意味着食物源源不断。人们的喉咙甚至已被蚂蚁堵塞了，已被蚁酸腐蚀了。枇杷娘趴在干草里，一动不动，但她十分清楚自己对这场灾难负有不可推脱的责任。东方吉堂的预言是真的……东方吉堂的预言是真的……枇杷娘负疚地想起这个可怕的事实。如果相信了东方吉堂的话，这样的灾难是完全可以避免的。不行，我得让东方吉堂尽快醒过来。但是无法去熬点解药了。东方吉堂醒来后，能不能将如此多的蚂蚁驱赶开呢？他有神力吗？他还可以植物的名义跟蚂蚁对话吗？枇杷娘用干草小心地为自己打绑腿，以便越过残墙去设法弄醒东方吉堂。

枇杷娘费尽九牛二虎之力，也没能把东方吉堂过早弄醒。为此，枇杷娘是尽了力气的了，她甚至把东方吉堂的衣服扒光，先是抚弄每一个部位，东方吉堂无动于衷。她止不住在他的身体上搓揉和捏掐，东方吉堂仍然无动于衷。等东方吉堂复醒过来的时候，枇杷娘已经昏厥在他的身边。东方吉堂醒来就听到了一种在沼泽里成为植物的过程中所熟悉的一种声音，他立即就明白肯寨发生了什么样的事情。他一边掐枇杷娘的人中穴唤醒枇杷娘，一边喃喃自语：可怕的事情到底还是发生了，我以为有我在可以避免，可是我并没有真正获得人们的信任，他们宁愿让我昏迷也不愿让我介入某件事情的决策。我知道敢于盘踞在我的屋基上的蚂蚁有什么样的本领，肯寨低估了这群蚂蚁。我好在醉倒在一堆干草上，干草不传递某些气味，否则我自己也是在劫难逃。东方吉堂听得懂蚂蚁的喊杀声，也熟悉它们噬啃动物和植物的声音。东方吉堂在灌木林里，亲眼目睹过蚂蚁啃噬过狮子和老虎，愤怒的蚁群常常表现出无坚不摧、无恶不作。东方吉堂已经听见了那些吃饱了的蚂蚁在愉快地歌唱，这些歌唱只有灌木和青苔地衣能听得懂。东方吉堂想，也好，这样，肯寨也许真的有救了，人们从此会听从我的劝告，不会对这个世界上的一草一木轻举妄动。灾难总是会给人以教训，强化人们的记忆。东方吉堂等枇杷娘醒过来第一句话告诉他的就是：我早就知道这个结果的。枇杷娘苏醒过来听到这句话无言以对，求助的双眼潸潸泪下。她知道这样的结果是完全可以避免的。

现在只能一切听从东方吉堂了。东方吉堂用干草打好绑腿，然后告诉枇杷娘，让各处活着的人准备好家里的花蜜。花蜜各家都总是有一点儿的。东方吉堂打着绑腿走到竹林里砍下一些竹子，用它做成一种能喷射液体的长枪。东方吉堂说，他要用这杆枪驱赶着蚂蚁走开。肯寨的人们相信了他。东方吉堂在红叶树下吟唱起一种肯寨人从未听到过的咒语。这种咒语一定是他在灌木林里作为植物与山野的一切和谐相处的报酬。肯寨原本是有不少咒语的，现在看来，那些咒语还远远不够，有待补充和完善。红叶树在咒语里轻轻抖动枝桠，仿佛它正在领悟着什么。枇杷娘庄严地伫立东方吉堂身边，紧张地看着地上匆匆奔忙的蚂蚁。蚂蚁在绵细的咒语声里犹豫着停止了对骷髅的噬啃，混乱的队伍渐渐变得有序起来。那些幸存在干草里的人们惊奇地看着那些渐渐有序的蚂蚁队伍心里想，这样残酷的扫荡还不够吗？它们又要发动什么新的攻势了呢？

东方吉堂用竹制的喷枪吸了花蜜，向山陵的方向喷去，为蚂蚁们喷出一条路来，直到这个时候，人们才敢往远些的地方看，人们看见蚂蚁们排着长长的队伍，绕过田间阡陌，去凭吊了那个破碎的金字塔之后，秩序井然地向西南山陵走去，它们在人们望不到的山坳处振翅起飞，各自回到各自的地方去了。一些蚂蚁来自圣墓教的教区，现在，它们振翅飞回了圣墓教的教堂附近。商量着如何向教友们交待这次行动。然而墓地上所有的动植物都已经知道了这件事情，它们很快向归来的蚂蚁致意：我们坚决支持你们的正义行动，对于人类的无休止的贪婪，我们要时不时地给他们一点颜色看看才行的。他们总以优秀的灵长类自居，骄傲而为所欲为。他们只发明一些为自己的灵魂寻找归宿的宗教，从来不承认墓地是所有生命的最后归宿。有时，我们不妨采取行动让他们更走近墓地。另一些信奉圣墓教的蚂蚁虔诚地在寻找绵竹纸张课本的农业技术员的身边落了下来。它们要告诉他作为生存理由的地方是有的，它们从自己的身体里吐出一点关于这个神秘的地方的信息，那就是那些正在被蚁酸腐蚀溶化着的肉末和骨头碎屑。

农业技术员从墓地蚂蚁的行动里看出了什么。是的，我当然相信它的存在。不过，也许我找到它的时候，它已经只是一个陈列着无数骷髅的坟场了。从一出发的时候我就说服过我自己，我会尽一切努力去寻找，可是万一我找到的是一个陈列着骷髅的古代屠场，或者是一个掩埋着无数木乃伊的墓群，就不要失望。我无所欲求，只要在那里捡到一张残破的纸片，然后从阳光的阴影和树叶的颜色里判断出这个地方的经纬，我就可以向那个将我流放的菩垣子地方政府交差了。交差后我就可以与我那个长有欧罗巴长奶子的女人团聚，过一份安定的日子，然后我就悄悄地在我的房间里化验那张脆薄的小纸片儿，那样做只不过是打发日子，我当然不会写出什么考证的报告来。我宣传蔬菜的营养，地方政府判我创立了反政府的"萝卜教"，我要是公布在肯寨的考察成果，还不知道他们会判我什么罪呢！

在长奶子女人现身说法的时候，农业技术员终于抵达那座寓意深长的木桥，与介的某一段灵魂不期而遇。农业技术员踏上木桥的时候，那些榫子就发出咿咿呀呀的声音，表达某种对来客的态度。农业技术员小心翼翼地踏过每一块桥板。年深月久的桥板每一块都年轮毕显，像一些长者的脸谱。农业技术员就是为了与这些脸谱对话而来的。面对一个不可思议的残址，农业技术员长时间地坐在肯寨冰凉的石板上。红叶树变得枝叶繁茂，叶脉以一种很缜密的方式记录了所有肯寨的故事。太阳从东边出来，向西边沉落。东出的太阳所投射的影子由长而短，农业技术员从那影子里什么也看不出来。但是在沉落的影子里，农业技术员看到了整个肯寨人齐集山梁，远迁他处的情景。农业技术员甚至看到了枇杷娘乘坐的滑竿和蓝寡妇那个巨大的茧。山梁上的影子发出一些灰色的光芒，复制出一种不愿意离乡背井的表情。农业技术员想，也许我能找到他们。但他们所走的方向与菩垣子或雒洛城是背道而驰的。对于绵竹纸张文明的探索，我已经尽了力。我不能再与菩垣子背道而驰。长奶子女人要是生下了孩子，应该成长起来了。我当然要回到菩垣子去看看。

农业技术员看到了那些被蚂蚁所啃噬过的骷髅，那些骷髅上细密地留着蚂蚁的螯痕，它们无序地陈列在一个被遗弃的村庄，肉质的内容已不再存在，稗草从骷髅破裂的缝隙里长出来，稗穗在风中摇曳，农业技术员当然知道这就是自己一直在寻找的产生绵竹纸张课本的文明的地方，显然这里发生了难以想象的灾难，那些绵竹纸张的文明已不复存在。农业技术员走进了肯寨的土地，走进了肯寨数年的灾难和历史中。这当然与地方政府的派遣有些许关系，但是地方政府是为了从绵竹纸张的文明里榨取利益，而完全不是为了学术上的考证。反正，我得为他们找到一张纸片，免得他们说我没有完成任务，如果地方政府不再食言，我当可以用我艰苦卓绝的考察，向菩垣子地方政府赎回我的自由。农业技术员踏着那些骷髅一个个地仔细寻找，没有一具骷髅站起来跟他说话。农业技术员在一块渐渐被岁月磨去棱角的石头上坐了下来，无可奈何地仰望着天空。天空当没有被什么人改变过，改变天空的是霞光和流云，还有风雨雷电。天空是无限的亘古不变的。

农业技术员循着朔望的轮回在肯寨踏查了一个多月，他的足迹遍及森林、废弃的田畴和村落的残址，他在田垄里找到一些残留的种子壳，在残址里找到了一些破碎的布片和纽扣。在水库的残址里，农业技术员以职业的敏感发现了森林的破绽，这已经不是原始森林了。农业技术员想，这里发生过十分壮烈的故事，月光下踏查这片土地的时候，野生动物的恐怖的叫声多少对思维有些干扰，但是从动物的行为里也能做出一些判断，有一段地域曾经令它们依恋和畏惧。像介发现那个长满柿子树的遗址那样，农业技术员发现了肯寨的遗址，这里虽然找不到绵竹纸张的文明，但是，它有着比绵竹纸张文明更为重要的东西。农业技术员站在一个曾经被水浸淹的山陵上，直到东方喷红，太阳出来。他在早晨阳光的指点下辨认出昔日的水库，惊讶得几乎失声叫了起来。这实在大大超出他的预料。毫无疑问，我发现了奇迹！这里的人们曾经在这里修建了一个如此大的水库，它的蓄水量足以让他们抵挡任何旱灾，可是，这里的人们还是因为灾难的逼迫远徙他处了。在灌木丛里农业技术员发现了东方吉堂所种植的菖蒲，它们在灌木的庇荫下变成了鹅黄嫩颜色。农业技术员在一个大土坑里发现一大堆烧结的琉璃质的砖块，那些硫黄的气味就是从这个地方飘荡出来的。

农业技术员提起一块砖来，止不住潸潸泪下：这里没有战争，可是这里不再有人可以生存下去，人们开罪了什么呢？神吗？还是土地？在即将离开肯寨遗址的时候，农业技术员发现了与迁徙的方向不一致的脚印，这一串长满蒿草与艾叶的隐秘的脚印，激情满怀地迈向菩垣子与雒洛城的方向。农业技术员决定追随这样一串脚印。至少，这样就有回到菩垣子的可能！

第十六章

　　肯寨的人们不得不绝望了。

　　土地已无法生产任何粮食！

　　不需要理由，没有任何讨价还价的余地。人们早先还把希望寄托在东方吉堂的光合上，但是无论如何，东方吉堂已把光合的本领忘记得一干二净。他说，那本来是神赐予草木的本领，我现在已经不再是一棵树了，从我拔出根须那一刻起，我就必须把光合的事情彻底忘掉，否则我就不能行走，不能视听，不能呼吸，不能饮食，这是规定，所有生命的规定，我不能脱离这一起码的原则。人们起先还不相信东方吉堂的自我辩解。谁相信呢？枇杷娘把他掷到沼泽里，肯寨没有任何一个人想到要搭救他。他当然对整个的肯寨怀恨在心，不会轻易将光合的本领传给肯寨任何人。我们太缺乏同情心，所以灾难到来了，我们就自作自受吧，也不要指望有人会来同情我们。肯寨人一边绝望地自责，一边眼巴巴地看着东方吉堂。枇杷娘宣布自己要找个合适的机会冬眠一段时间，她说她自己实在太疲倦了。没有人不承认她说的全是实话。在肯寨，枇杷娘比任何人都要疲倦！她不仅操心自己，还要操心肯寨的一切。枇杷娘不是没有冬眠过。可是现在，她觉得要征求一下全体肯寨人的意见。她以为肯寨人要挽留她，可是实际上，人们对此漠不关心。蚁灾让肯寨人彻底丧失了对生命的起码信心。人们窃窃私语：我们生活了这么长的时间，相传了这么多代的本领，可是我们居然无法抵挡来势凶猛的蚂蚁。一群生命中最弱小、最不堪一击的东西把肯寨击败了。我们没有能力抗拒水灾和旱灾，那完全是上天的事情！可是我们为什么不能对付如此弱小的蚂蚁呢？蚁灾后，人们默默地收拾那些在蚁灾中丧生的尸骨，那尸骨中还有少数正在一门心思地营造安乐窝的蚂蚁，由于没有及时地听到撤退的消息，还正在那些骷髅的缝隙间忙碌。肯寨已经杯弓蛇影，不敢轻易动蚂蚁们一根纤须。蚂蚁们因了外面的响动出来观望一下，发现队伍已走，便理理长腿，搓搓头上的两根长须，振翅飞去。人们呆呆地站在那里，直看着这些小生灵远去。

枇杷娘说，我不想再说话了。我觉得我已经失去了说话的权利。不过，没有人在乎这些，说话不说话都是你自己的事情。于是枇杷娘很负责任地告诉大家：我想这块土地是在厌弃我们了。我们已经让它生烦。土地跟人一样，相处久了，总有互相厌弃的时候吧。我想现在这样的日子已经来了。我们没有必要再自作多情。土地讨厌了我们就像一个女人讨厌了男人一样，她有各种各样的方式不让你在这里播种生根开花结果。我们还有什么好说的呢！我们被我们自己开垦的土地所拒绝，这是迟早的事情。不过介的闯入肯定是加速了这一天的到来，如果没有介，山林会更加丰富些，土地的开垦速度会慢一些。肯寨人不会变得那么贪婪，我们的住所不会与土地形成那么强烈的对比，干打垒的土墙是完全植根于土地的。可是我们一看就知道，那琉璃质的坚砖跟泥土格格不入。土地希望我们能更亲近她一些，她供养我们，无非是像一个老人供养孩子一样。可是介教会了我们一些什么呢？他教会我们用玻璃拒绝风雨而放进来阳光和风景，用琉璃质的坚砖竖起墙壁，在严密地隔断风雨霜雪的同时，也隔断了季节的信息。我们想想看吧，是我自己首先拒绝了土地而不是土地首先拒绝了我们。

枇杷娘说这话的时候，一部分人照惯例来红叶树下听她的说话，就像信徒听牧师的说话一样。另一部分人已经完全处于不能自拔的绝望之中，他们荷锄来到山腰，首先选择合适的干枯的树木，把它奋力挖倒，准备用来做自己的棺材，然后就开始选择墓地。他们一边持斧砍树，一边嘟嘟囔囔地说，枇杷娘说的也许是有道理的，可是如果我们自己开垦出来的土地都厌弃我们，我们还指望到别的什么地方去谋取生存呢？既然土地责怪我们远离她、背弃她，那么干脆吧，我们就钻入土地里面去吧。棺材是可以自己打造的，墓穴也是可以自己挖好的。投入泥土，我们已经没有比这更好的归宿了。

对，钻入泥土，我们看土地对肯寨还有什么好说。

钻入泥土……钻入泥土……肯寨一时忙乎起来，像蚯蚓那样，土地总该满意了吧？老天总该满意了吧？！山坡上、树林里到处都是掘墓的声音。肯寨过去是要亡故了一个人才去为他找一片合适的墓地的，从来没有人自己为自己掘墓。但是现在他们自己为自己掘墓时找到了某种更为方便的理由：当然，我自己最清楚自己身体的尺寸。

人们不再有心思注意地里可怜的庄稼。禾苗在龟裂成白色土坷垃的田里，迅速地枯萎，暗暗地用自己的根深深地往土地深处扎，以顽强地保持一点点可怜巴巴的绿色，一点点可怜巴巴的生机。那些在湿润的土地里可以生活得十分贪婪的蜈虫现在已无影无踪。干燥而灰白的土坷垃上黏结着一些蜈虫、蝌蚪、蜥蜴、泥鳅、黄鳝的干尸，一如田野在曝晒下受伤的斑驳痂痕。这些干尸由于从死亡到焙干的过程极短，它们全来不及腐烂，所有的细菌在高温下死亡了！一顷一顷的稻田焦黄后，慢慢被太阳炙烤得跟土坷垃变成了一样的颜色。偶尔有一两株稻子结出几粒瘪瘪的谷子来，以渲染生命的奇迹罢了。

东方吉堂带着一些主动来参与劳动的人把蚁穴处的土地平整好了，准备恢复自己的土坯房子。有些人劝说他，我们都不准备要什么屋子了，你没看见大家除了准备棺材就是寻找墓地吗？现在筑房子还有什么用呢？难道你还以为我们仍然能在这里生存下去吗？

东方吉堂笑笑：大家都有自己的房子，我当然也要有我自己的房子。这是毫无疑问的。也许我修好了这座房子就要离开这里了，我对肯寨一点幻想都没有了。

枇杷娘对东方吉堂的做法虽有些许的不满，但她已宣布让出了头人的位置，也不好多说，但又似乎不能不说。

枇杷娘讽刺地问东方吉堂：你是要复辟吗？你干吗不把介教给你的那一套都恢复过来？那些技术、齿轮、玻璃、机器……无耻透顶的东西、罪恶的符咒！

东方吉堂针锋相对地说：是啊！我很想把介教给我们的都恢复过来。

可是晚了，我什么都忘记了。那些明亮的玻璃，那些耐水又耐火的琉璃质的砖。如果我们不是把那个水库的残址彻底铲除，而是将水库恢复起来，这一次的干旱对肯寨就无可奈何了。可是你仇恨介，你因为仇恨介而反对他的所有创造。可是这样的结果是什么呢？是我们降低了对付灾害的能力。介已远走，这一切对他没有任何伤害，能伤害着的只是肯寨，只是我们自己这些可怜的生命。

枇杷娘直摇头：有些东西你永远也不会明白。我已经将头人的位置让给了你。至少我是希望你能想出好办法来拯救肯寨，而不是让你找借口来报我的仇。你要带领肯寨走出这些灾难，而不是战胜一个微不足道的枇杷娘。我说过我要冬眠一段时间的。我要说到做到，像一只青蛙那样。可是我一定要看到你能做出几件对肯寨有意义的事情来，我才会闭上眼睛的。

东方吉堂说：那你就永远也闭不上眼睛了。我在肯寨不会有所作为。我要去看看那个水库还能不能恢复。要说有所作为，除非让我把那个水库恢复过来。

枇杷娘吃惊地瞪大眼睛：什么？我把你从那灌木林里拔出来为的是要你恢复水库？让你恢复介所创造的一切垃圾？水库冲走了我们所有的孩子，让我们断子绝孙，水库冲垮我们的祠堂，让所有的神无所归依，让我们的列祖列宗无处栖身。这就是水库带来的好处。而你现在要恢复它？你还是那么死心塌地认为它是一个可以拯救肯寨的容器？枇杷娘越说越气，挽起衣袖，双手叉腰。

东方吉堂打了一个哈欠，那头颅上腐叶的地图慢慢扭动起来，一些酽浓的颜色就自在地向四周的毛细渗去。东方吉堂懒懒地问：我能做到吗？

枇杷娘气咻咻地说：你不能！

东方吉堂说：这就是了，你知道我不能的。所以我们无论如何也不能再留在肯寨了，肯寨决心厌弃我们，就像一个未获得孝顺的母亲要抛弃自己的孩子那样。

有些人并不愿意离开，他们宁愿选择墓穴也要留在肯寨。他们说，我们生在肯寨，当然可以死在肯寨的，这没什么，我们不会像那些由岩鹰来处理尸身的巫师那样死在路上的。我们可以选择死得干干净净。他们的具体做法是：乘有些人的力气还没有丧失殆尽的时候，选择一部分人下葬，这部分人不一定已经死去，只要他是愿意死在肯寨的。人们可以不盖上棺材，让他一直那么看着天，看着不肯降雨的云朵，看着不肯施舍半分怜悯的月光和星星，静静地死去。他们已经说好了让那些还能食草的牲畜们到时过来用蹄子刨土，葬埋他们。这一切都已经安排妥当了。

东方吉堂以头人的身份去参观那些漂亮的棺材，参观那些山坡上的墓穴。那些棺材打造得漂亮至极，楠木的质地，棺内有一种浓郁的香味，让人感到死亡其实是一件非常美妙的事情，枕着楠木，闻着清香。墓穴则挖得十分逼仄，看上去只勉强放得下棺材，掘墓者的理由是怕到时填土的时候麻烦。东方吉堂征得主人同意，在一个漂亮的楠木棺材里躺下来。在棺材里看不见四周的人们，只看得见屋顶和蓝天白云，看见发出木质的莹黄的光的棺壁。东方吉堂大声地笑了：如果是早就打定主意死在肯寨，何必把我从那个悠闲自在的灌木丛里拔出来呢？不行，我既然已经被拔出来了，我就有责任让大家活下去。我想不是所有的土地都会厌弃我们的。我们可以远徙别处，头也不回地远徙他处，到时也许这一片土地会后悔的。它向别的土地炫耀的只能是曾有过肯寨……

等迁徙的事情决定下来时，枇杷娘真的冬眠了，她温柔地闭上了那一双好看的眼睛，任人怎么摇也不再醒来，看上去像一条即将化蝶的蛹，肩胛上那颗粉红色的痣依旧鲜艳而性感地跳动。人们以为这一回东方吉堂可以彻底地报复她了，他完全可以以其人之道还治其人之身，将枇杷娘曝身荒野，让枇杷娘在冬眠里顺理成章地变成木乃伊。然而新的头人没有这样做。东方吉堂专门给她做了一顶滑竿，他说无论如何也不能把枇杷娘丢下，丢下枇杷娘我们将找不到落脚的地方。东方吉堂号令那些已做好了棺材的人把棺材抬到红叶树下，堆垒在一起焚烧起来。

等到火焰冲天而起的时候，东方吉堂恶狠狠地说：肯寨已经被炙烤得够了，我们已经被炙烤得够了，现在让我们像太阳炙烤肯寨那样炙烤这个罪恶的天空吧。东方吉堂一边大声地叫喊一边爬上那棵高高的红叶树，张开双臂诅咒天空：炙烤吧！炙烤吧！太阳！太阳！肯寨人一时懵了，齐齐来到红叶树下，朝天跪了下来。

太阳！太阳——

太阳！太阳——

太阳——太阳——太阳——！！！

大家跟着喊。

接下来唯一不愿跟着大家迁徙的是蓝寡妇。蓝寡妇无论如何也不愿意离开肯寨。她说我正在练习功夫，迟早有一天我会变成一只鸟的。她重新开始吐丝，像一条蛊惑而透明的蚕那样，选择在土垒的屋角，用一种细软而黏稠的丝将自己一圈圈地缠绕。这些半透明的鹅黄色的丝散发出夏巴藤攀缘过的某些地衣的香味。蓝寡妇说，你们一定要埋葬了我之后才能离开肯寨，否则，你们会受到诅咒的。等我把自己的茧做好了，你们就选一段好的金丝楠木，在那楠木上挖个形如花生壳的洞，把这个茧放进金丝楠木的洞里去，在洞的空余部分塞满木炭，再用糯米石灰糊住楠木。这样，你们就可以走了，走多远都不成问题。我在肯寨等你们，一直等到你们回来的那一天。兴许你们还未回来，我就已经变成一只飞翔的鸟了。那时我就咬破糯米石灰的茧，飞上高高的天空去寻找你们。

人们说，蓝寡妇真会享受，这不是头人的待遇吗？可惜我不会做茧，否则我也要提这样的要求！有一个散发出芳香味的茧，一段金丝楠木的棺材，一个糯米石灰的墓，还有什么享受比这更为美妙的呢？

等蓝寡妇结好了自己的茧之后，她便像枇杷娘一样长眠了。东方吉堂吩咐人们为她也做了一顶滑竿。他说他决不允许任何一个肯寨人留下来。他说，没有解释，这是决定，头人的决定！是的，头人的决定，当然是没有解释、不用说明的，尽管他不曾在肯寨生育过一个最重的孩子，可是因为灾难，他用别的方式，用一种光合的虚假的生存状态取得了头人的权力。

择好了日子，肯寨人接着去向自己熟悉的树林和田野告别，这当然是一种自作多情的仪式。仿佛树林和田野与土地是分离的，树林曾给肯寨以果实而现在土地拒绝，田野曾给肯寨以粮食而现在土地拒绝。土地却是因为天空的惩罚而不得不拒绝的，所以干裂的土地默默无语。田野的土坷垃因为干旱而不得不解散了自己的团粒结构，在肯寨人的脚下变成细微的粉尘，在微风里轻烟一般扬起。肯寨人从这些粉尘里捡起一些蜥蜴和泥鳅的木乃伊，竟灯草般轻，轻得可以忽视它的质量。却有一两株禾苗将根扎进螺壳里，顽强地显示一点生命的绿意。肯寨人被深深感动了，端起螺壳，将自己的一点点汗水一滴一滴地注入螺壳，然后跪下来，扒开土，将螺壳埋进土里。他们像希伯来人选择进入方舟的禽畜那样，找遍田野里的木乃伊，包括青蛙、蜥蜴、泥鳅、水蝎、蚂蟥……一样一对，一公一母，让它们头朝那个长有庄稼的螺壳，给它们垒起了坟墓。田塍上的茅根已嚼不出半点汁来。树林里到底还有些湿润，可是它们结不出果来了，就像饿得奄奄一息的女人无法怀孕生孩子一样。人们长跪在百年古树前，已经不知多少回了，百年古树还会继续活下去的，它一直向所有的恶势力张扬生命的顽强，向风霜雨雪、雷霆霹雳宣战。常常有许多时候，树欲静而风不止，但一切喧嚣过去后，古树走向永恒。肯寨人告别树林后，便各自回家收拾东西。然后人们排成蚁蝼的长队，开始了艰难的跋涉。

当这个蚁蝼般的长队站到山梁上时，带头的第一个人停下了脚步，深情地回望肯寨。于是所有的人都跟随着他的目光回望肯寨。东方吉堂的脸上有一种人们不易察觉的冷漠，他说：我知道你们会有一次回望。看看吧，那就是我们的家园，那就是已经不愿再长出半粒粮食的家园……是谁确定它就是我们的家园？是我们的祖先，是那些我们连坟堆都不曾找到过的祖先。我们不知道他们为什么要到这儿来，也许现在我们应该明白了，人们无所谓家园，祖先落脚的地方就是家园；可是……人们无所谓祖先，我们要到我们要去的地方，我们就是祖先。看看吧，让你们多看几眼吧……后来，菩垣子的农业技术员看到的就是这一幕的影子。

一缕青烟从蚁穴处（现在是东方吉堂的新居）冉冉升起，越来越浓，然后，金红色的明火出现了。东方吉堂刚垒好的新房子燃烧起来，火苗很快窜向别的房子。

肯寨燃烧起来！

东方吉堂老谋深算地看远处的林莽，不看燃烧的家园。他当然知道那是谁纵的火。那是谁？是自己，还是介的符咒？他并没有多做什么，只是把一块凸形的透明玻璃随意地扔在柴枝上，他太清楚肯寨人什么时候会有这最后的回望。人们回过头来看东方吉堂，看到的只是他模糊的背影。人们掩面痛哭，现在，他们知道自己是真正回不到肯寨去了。

肯寨消失了。

肯寨在烈火中从迁徙的肯寨人的眼中消失了！

肯寨从这个世界上永远永远地消失了！

肯寨真正成了东方玉如的一个梦、一个神话、一个寓言。肯寨焚烧的时候，东方玉如在雒洛城里正声誉日隆，人们称赞他的功德和政绩超越任何一任行政长官。精力旺盛的东方玉如正在雒洛城里做一些宏伟的规划。这一切都来自科学家们的建议，科学家替政治家们操心太多的东西，包括交通、能源、通信，等等。他们建议整个城市只修建一座幼儿园，以便今后的儿童具有最彻底的平等意识，至于去幼儿园的路，科学家们正在设计一条立体的传送带，这条立体交叉的传送带会通到每一个适龄儿童的家门口，家长们只要给自己的孩子穿上一种独特的鞋子，传送带就会准确地接送孩子。科学家们还建议修建一条铁路通到火山口，以便设法获得火山的能源，或者用最优质的耐火材料修建一条像输油管那样的管道，将火山熔岩的岩浆导引到城市的火力发电厂来。他们说，一座活火山足够这个城市任意挥霍！东方玉如正襟危坐听取这些事关大局的发言。东方玉如不断地点头：不错，不错，这是个了不起的好主意！这是个大胆的好主意！如果有可能，我们还可以将火山的能源输出，甚至把这个东西当作我们的支柱产业来抓。有了东方玉如的鼓励，科学家们讨论得更为起劲了。而东方玉如却私下里想，我不知道人们怎么这么喜欢折腾自己的城市，尽管他们把很多东西看得美轮美奂，我还是只看到墓地和墓碑。我可以承认他们都很能干，一个个才华横溢，可是为什么他们不能消灭自己城市的敌人呢？东方玉如不知道他出发的村庄正在熊熊燃烧，他的父老兄弟不得不远迁别处。

在东方玉如还远未想及叶落归根时，他就注定再也回不到肯寨了！

我们要到别处去，做那里的祖先，东方吉堂坚定地说。

对，我们要到别处去，做那里的祖先！规矩由我们定，疆界由我们划！几个年轻人紧跟着踌躇满志地附和。

几个年轻力壮的男人抬着枇杷娘和蓝寡妇。枇杷娘放在一个特制的木架的滑竿里，而蓝寡妇的茧则放在一个粗草绳的滑竿里。这两样东西在崎岖的山路上显得特别招摇，引得许多动物到山崖边来看热闹。抬枇杷娘的年轻人觉得理所当然，因为枇杷娘曾经是头人。抬蓝寡妇的人便有点不满，他们故意把滑竿弄得一颠一颠的。他们说这哪里是一个茧？这分明是一个蛋嘛，我们要抬着一个巨型的蛋游山，这真是一件不可思议的事情！他们心底里在想：蓝寡妇真是个狡猾而大胆的家伙，她一定是在什么时候探听过东方吉堂的口风，她知道东方吉堂不会把任何人留在肯寨。好在她还算知趣，没给自己的茧喷上尿骚味而是香味。

东方吉堂说，我们要一直走下去，走到没路的地方，然后开出路来一直走。我们一定要选择一块十分肥沃的土地。肯寨人开始走过的都是自己修筑过的路，人们沿着这些路刀耕火种、狩猎、采撷，所以一开始大家走起来觉得十分熟络。肯寨人所经过的地方，也有枯黄的庄稼、绝望的村庄。上路半个月以后，东方吉堂所计划带的粮食已经全部吃光，人们不得不靠沿途采撷活下去。迷途的时候，人们就停下来，仔细地辨认东方吉堂头顶上腐叶的地图。这头顶上腐叶的地图甚至会在漆黑的夜里发出幽幽磷光，用以指导人们前进的方向。东方吉堂说，这没有什么了不起，我们只不过是在重复我们的祖先所做过的事情。这大地上所有的人类，所有的族群，跟土地没有特别的对应关系。我们只是要去到有供应我们食物的地方，离开不能供应我们食物的地方。我们不能对土地负什么责任。谁知道我们的祖先从何而来呢？谁也不知道，兴许我们的祖先本来就没想到要在那块土地上待那么长的时间，而土地把他们留了下来，土地有时太害怕寂寞，为了驱除寂寞，它不得不有所付出。没有人起来反对东方吉堂的理论，理论已经很不重要，或者，对肯寨来说，理论从来就不曾重要过。重要的是生活，是食粮。只要有植物，肯寨人就能找到食粮。这一点是长途迁徙的基础。现在，肯寨人在吃饱了沿途所采撷的食粮以后，认真地回想起来，还是因为介的缘故。否则，东方吉堂想不出远迁别处的主意来，退一步说，即使东方吉堂有了这样的主意，他也很难有这么多理直气壮的理论。你看他现在有多老到，居然说起什么土地与族群的对应关系来了。这无非是介的学问的残渣余孽罢了。他连迁徙的行为也是从介那里学来的。介最早来到肯寨的时候，不就是说他的雒洛城已经在拒绝他吗？连迁徙的理由都是如此接近。不过，介是一个人逃亡，不带老婆孩子，什么人都不带。而东方吉堂却带了一整个寨子的人逃亡，包括准备蜕变成鸟的蓝寡妇和已冬眠的枇杷娘。介从他那莫名其妙的城市逃来，他是在沿途饥饿难当的时候学会采撷的。而肯寨人要优于他的是早就学会了采撷。

东方吉堂留住枇杷娘、蓝寡妇，但他坚决主张把患了瘴疠的人扔掉！

他们总是要死的，东方吉堂说。我们沿途索取，总得给沿途的土地以及野兽一些回报的。我们得留下这些患有瘴疠的人，让他们的肉体或者献奉给豺狼虎豹，或者献祭于土地。他们患了瘴疠，说明土地已有所选择。土地是不会白白给予的！

让我们死掉吧，这些患有瘴疠的人说。

死是一件很容易的事情，你们中的有些人不是在离开肯寨之前就已经为自己挖好坟墓了么？不是已经打造好漂亮的棺材了么？可是你们还是被我说服了。我要告诉你们一条真理：好死不如赖活着！我被掷入沼泽，与孑孓们共同生活直到我变成一棵树，不得不以光合为生，我也从未放弃过生存的欲望。当然，现在我以头人的名义，批准你们选择死亡！可是我不知道在你们死前，土地爷还会不会对你们有所交代。既然这里的土地选择了你们，也许在我们远离了你们之后，神会对你们有所指示。我们会留给你们足够的食粮。我们走后，你们不妨自己用心地呼唤神出来与你们对话。我希望你们在那个时候作为我们的代表，对这里的土地所贡献给我们的果实说几句感谢的话。东方吉堂说这些话的时候镇定自然。他已经能很娴熟地运用头人的权力了。他要让临死者微笑。这是一件不容易做到的事情！

不能行走的瘴疠患者不得不接受这残酷的安排。他们已经失去了发言的权力。没有人愿意背负着他们迁徙，不仅仅是因为负重使人疲惫，还有，肯寨人认为瘴疠是可以传染的。

他们只好在路边的青苔上躺下来等待死亡。

他们用心地呼唤神出来对话。在神还没有出来前，他们仰望天空，仰望飞翔的鸟与飘动的云朵。他们从云朵的表情里揣测肯寨人远去的方向和距离。秋天的青苔干燥而软和，散发出诱人的气息，在一些灌木兜处，青苔更厚，它们像阴毛簇拥生殖器那样簇拥着尚存几片绿叶的灌木。灌木下的土壤因为腐叶的贡献变得沃黑而肥厚。他们中的一些人真的唤出神祇来与自己对话了。没有人知道对话的内容，他们仰面朝天，闭上眼，嘴里喃喃有词。苍天透过乔木扶疏的枝叶注视着他们虔诚的面孔，然后有一些细微的雨滴飘落下来，那些正在祈祷着的敏感的嘴唇轻轻地抿一抿，便渐渐地趋向安定下来。他们以这样的姿势一直到成为土壤的一部分。另一部分没有祈祷的人们因为胡乱嚼食了路边的野草而活了下来，他们试图加快步伐去追赶肯寨的队伍，然而他们是徒劳的。于是他们在那些走错了的地方安顿下来，重新选择了自己的头人，确立了族群的秩序。直到第二年有新的生命诞生的时候，这些人才长长地吁了一口气：原来，没有枇杷娘，没有东方吉堂，我们也是可以生活并建立起秩序来的。我们过去只不过是过于懒惰，我们不肯思想，所以我们什么都要依靠枇杷娘、东方吉堂。

肯寨散佚的人们已经明白了这些道理的时候，东方玉如的城市仍然被这样的问题所迷惑。没有人能怀疑东方玉如的思维有问题，没有人敢怀疑东方玉如的决策有问题，城市的最高行政长官决定着城市的一切，哪怕是一个无关紧要的玩笑或者游戏。人们日复一日地重复着东方玉如讲过的笑话、玩过的游戏，不敢越雷池半步。东方玉如想：我的卫队中的任何一个人都有足够的力量杀死我。然后，没有了约束，他们想干什么就干什么。在和平年代，没有了党派间的穷兵黩武，他们完全可以选举严谨而博学多才的科学局局长作为他们的时代领袖。可是他们什么也不愿意去做，他们怕我不高兴。我用肯寨带来的那一点点智慧建立秩序时，其实心里一点儿底都没有。可是他们坚持用更高的智慧论证了我所做的一切，甚至我所假设的一切。也有人反对过我，可是我从来没有见到过，那些反对我的人很快地被处置了。我甚至想知道有多少人因此在一个什么地方服劳役都不可能。东方玉如曾在一个教堂的门口困惑地回味着唱诗班的声音：主啊，宽恕您可怜的羔羊吧！

可是……谁是牧羊人呢？我吗？

东方玉如有一天忍不住去了那个他原来一直不愿意去的地方，这就是时装大师的工作室。工作室里的时装作品一部分早已交到了博物馆，壁上挂着的一些已变得弱不禁风，一片一片地往地上掉。所有的官员都退了出去，所有的随从都退了出去。现在，东方玉如独自面对被父亲解剖过的祖父。这个故事很早以前他就听说过了。在肯寨的时候，人们就知道介逃离雒洛城的确切理由。福尔马林溶液是新换的，这项工作由那些老模特自愿来做。她们总是每月的最后一天拎一个小泵来，泵出旧的泵进新的。但被解剖过的胴体上渐渐覆盖的尘泥越来越厚，没有人去擦拭。这个在雒洛城曾经直接影响着审美原则的人与尘泥变成了一样的颜色。唯一不同颜色的是他隐私部位的那块布，呈一种锈蚀的紫色。东方玉如将手伸进福尔马林溶液里，去揭起那块过往时代的时装面料碎片。它先是离开了玻璃缸，随即又一点点地滴落到福尔马林溶液里去了。东方玉如手中的那一点点，已腐朽成泥，有一种暧昧的滑腻感。时装大师的生殖部位就暴露无遗，它毛色郁黑，颓腐如泥，但鸟形的姿势依然完好如旧。介在这样一些实际的地方寻找自己生命的出处，还真可以算得上是一个勇士！

　　东方玉如看着时装大师的私处想：介是一个医学硕士，一定早有人告诉他人类生命的始祖是鸟。他应当相信这样的结论，那就什么事情也不会有了！那样我当然也就不用离开肯寨了。

　　当肯寨迁徙的人们在一个美丽的地方找到了铺天盖地的草莓和刺莓时，人们羊群一样欢叫着，嚼得满口是紫红的汁液。

　　有人说：我们想就在这样的地方留下来不走了。这就是我们所要寻找的地方。可以让我们生存下去，由我们来做这里的祖先。

　　可是东方吉堂斩钉截铁地说：不！这不是我们所寻找的地方。我们不是羔羊。我们要确定自己不是为水草而生，更不是为几颗红艳的草莓而生的。我们所要寻找的不只是水草，我们要找到的地方应能狩猎、耕作、采集。我们既然已经出发，就不可以轻易停留。

第十七章

　　介在那个蝙蝠的山洞里与枇杷娘一番云雨后说：我迟早是要离开肯寨的。枇杷娘没穿衣服，地上的干草作响。枇杷娘单腿跪着，用一只手的食指从蝙蝠洞的石壁上刮下一张两寸见方的黏稠的乳白色蜘蛛网，细心地贴在介渗血的肩胛上。这伤是枇杷娘在彻身的痛快里切切地咬出来的。蜘蛛网是可以止血疗伤的。然后，枇杷娘屈腿躺倒在干草上，仰面望着洞顶。洞顶像肯寨人的房梁，挂满了成熟的玉米、谷穗、麦穗和一撮撮的红薯。若干年以来，这里的石灰石溶岩一直在默默地精心地装扮这个山洞。洞外可以让溶岩模仿的就是庄稼，岩洞就成了这般模样。白天里，蝙蝠不出山洞，像黑色的星星一样挂满了洞顶和洞壁。

　　枇杷娘漫不经心地说：我知道你会离开肯寨的，我一早就知道了。

　　介伸手把贴在肩胛上的蜘蛛网抚平（有一点点红红血色就洇透了蜘蛛网碎花般开了出来），故作惊讶地问：你一早就知道了？什么时候？我告诉过你吗？

　　枇杷娘说：你进村的时候就说过你也许还要继续逃亡。你会不邀而来，便会不辞而别，这是规律。可是直到现在，你自己也不明白怎么会有这样的规律。你回忆一下狩猎就可以了，有獐闯到你的枪口，就会有狐狸从你的枪口溜走。你就是一个动物，跟豺狼虎豹没有什么两样。

　　介一边穿衣服，一边重复说：是的，我就是一个动物，我迟早是要离开肯寨的。

枇杷娘望着蝙蝠：我一早就知道的！

介有些失望地说：肯寨现在已经对我有了仇恨。

枇杷娘说：那是你自找的。你自以为是，不听我的忠告。

介说：那是我在雒洛城的职业习惯。我一早就说过，为了弄清楚生命的秘密我甚至解剖我的父亲。那有什么？我在雒洛城学的就是这样的专业。我们要熟练地在身体每一处可下刀的地方下刀。肯寨为什么要对我有仇恨？这太没有道理。我只是割去她的一段盲肠——盲肠是无用的！

盲肠是不是有用的本来就不是肯寨人所要弄清楚的事情。可是介希望他们能弄清楚。介说，在雒洛城，盲肠是无用的，这是妇孺皆知的常识。介是在抢救云根子的老婆的时候说出这句话的。云根子的老婆突然就肚子疼了，倒在一个放牛的草坡上。后来她捂着肚子满地打滚。云根子这个时候来找枇杷娘，让枇杷娘为她念几句咒语。枇杷娘常常在这种时候以头人及医者的身份出现在患者那里。有的人在她的咒语里死去，有的人在她的咒语里活了下来。这一切并不影响肯寨什么。肯寨人非常明白：有些死亡是不可避免的，有些死亡是可以避免的。这些观念介听了也十分惊讶，肯寨对于生命与死亡是有充分理解的。枇杷娘为云根子的老婆念咒语的时候介来了。介说出一个令肯寨人很惊奇的一个词来：阑尾炎！介说这个词的时候枇杷娘还忙于她的咒语，没有搭理介。介急急地说：她的盲肠发起烧来了，再过一会儿就要烧穿了。事实上肯寨人连盲肠也不知道。介后来反复解释说那是肠子的某一段……那是一段无用的肠子。肯寨人就很认真地像研究学问那样与介讨论关于盲肠是否有用的问题。在这些场合，身为硕士的介就总是十分失败。肯寨人说，你说它是某一段肠子，那它就是有用的，这是再简单不过的事情。就像你说小指头是某一个手指。虽然用手抓物件的时候小指头好像是无用的，但真正少了一个小指头的时候，你就会觉得手用起来不是很方便了。介没有理由说肯寨人不对。

介是在枇杷娘的咒语中，征得枇杷娘与云根子的同意，用一把淬过火的菜刀当着肯寨人的面为云根子的老婆做了阑尾切除手术的。那一刻肯寨人百分之百地相信了介逃离雒洛城的理由。介指挥着云根子放倒一块门板，把云根子的老婆摆平在门板上，扒下裤子，露出那疼痛的部位（这是一个紧靠生殖部位的地方，但这时已完全顾不上那么多了）。然后介就熟练地操刀干起活来。介快速地切开云根子老婆的肚子,伸手在肚子里翻动什么,最后切掉了一段肠子。缝合肚皮的活介就让枇杷娘一边念着咒语一边干了。枇杷娘当初还是十二分地相信介的。介就是有一些奇怪的学问!但是此后云根子的老婆连着生下来两个都是女孩。云根子的老婆原来生的两个都是男孩。这就不能不让云根子生疑。肯寨人议论这件事情的时候,比较一致地认为介要弄了什么手脚,介切掉的不是一段什么无用的盲肠,而是孕育男孩的子宫。肯寨人认定女人是有两个子宫的,一个孕育男孩,一个孕育女孩。介操刀剖开云根子老婆的肚皮割去了她那个孕育男孩的子宫。他很久没有试过身手了,所以他要借女人肚子疼的时候试试刀法。只有东方吉堂固执地相信介所执行的是一种疗救伤病的有效办法。东方吉堂常常与人争执:这很简单,就像一棵树,有了坏死的地方就用刀把那地方削掉,否则会影响整棵树的生长。很少有人会站到东方吉堂的一边说话。最关键的是——枇杷娘也认为自己是有两个子宫的。她只是对判断介是否确实割去了云根子老婆的某个子宫不下结论。介就很熟练地用画石在一块木板上画出人体解剖图。介指着那些瓜状图案和弯弯曲曲的管子状的图案对他们说:这儿,肝;这儿,胃;这儿,脾;这儿,肾;这儿,盲肠……可是没有人相信介的图解。

云根子就在公开的场合说,无论如何,我也要在介的身上割下一点什么关键的东西来。有时他干脆说,我要把介胯下的那个物件割下来!云根子用刀割麦穗的时候,也一边割一边比画着说。直说得介胆战心惊。而实际上,肯寨人跟介打交道也变得越来越害怕。他们背地里说,我们当初用一个那么隆重的仪式把他迎进来,根本不知道他是一个熟练的刽子手。他操刀的手法真让人害怕!以至女人们再也不敢说自己肚子疼。有一次介在一个背阳的草坡无人处小便,云根子竟执一把割麦的镰刀悄悄地走近了介。介慌乱中保全了身子但裤子被云根子割破了一块。

枇杷娘看着介一门心思检讨着盲肠(或子宫?)的事情,便把脚伸到介未及遮盖的胯下,一边用脚趾拨动着介的物件一边说,是啊是啊,盲肠是无用的,这物件也是无用的。云根子也只不过想为你去掉一件无用的东西,怎么说肯寨对你就有了仇恨呢?放心,云根子不会下手的,只要我说我还要。

介茫然问，可是哪一天要是你也不要了呢？枇杷娘就神秘地笑了。

介想：我其实在这个女人面前是一败涂地的，过去有好些时候，我总以为我征服了肯寨，而现在看来，谁也没有征服谁。这么有头脑的肯寨娘们怎么会被我征服呢？她愿意与我睡觉，那不过是她想用自己的方式来吞噬我那一点点可怜的文明。可是……我那个阻止我解剖父亲尸体的雒洛城所教给我的那一点点东西是文明吗？盲肠是不是真的无用？这是个问题。

介有一个十分不成熟的想法，他想回到自己逃离的那个城市去看看父亲，去看看那个巨大的盛有福尔马林溶液的玻璃缸。城市的舆论现在到底怎么样了？是松动了呢还是更加荒谬了呢？

介离开肯寨是在一个冬天的早晨，积雪淹没了去路和来路。这在肯寨也不是常见的冬天。寒鸦拖着长声在寂寥的天空里聒噪。鹰和狐狸在寻找被雪摧折了翅膀的小鸟，蛇冬眠了，青蛙冬眠了，兔子在自己的窟里慢条斯理地嚼食早已备好的冬粮。瓦棱上的积雪渐渐模糊掉了井然有序的弧线，冰凌从瓦槽里很夸张地垂下来垂下来，折射出七彩的霞光。此前的这一个晚上，介梦见了浸在福尔马林溶液里的父亲。父亲一言不发，从那个巨大的玻璃缸里坐了起来，他像日常里起床扣衣服纽扣那样，扣好自己被解剖刀划开的胸腔。然后他茫然四顾，似乎在寻找他失去的东西。介在梦中喃喃自语：他在寻找我，他在召唤我回去。他现在需要使用他的心脏了。我得回去。我得回到那个污浊不堪的城市去。兴许，等我回去的时候，他们的宣判大会早就开过了。他们用一个跟我长相十分相像的人代替，然后判处一个死刑。那个宣判大会开得既庄严又热闹，标语贴满了大街小巷，各种大报小报发表了关于自己的案例和评析。我知道城市的习惯，真正枪毙了谁并不重要，重要的是举行了惩处某一类行为的仪式。这个仪式让人们知道什么是城市法律允许的，什么是城市法律不允许的。等我真正回到那个城市的时候，人们已不再认识我。他们会像向一切陌生客人打招呼那样向我打招呼。他们在咖啡馆里与我攀谈的时候会告诉我一件以为会令我惊讶的事情：过去……当然是很久以前的那个过去……我们的城市有一个青年（当然是个很有才华的青年）异想天开，为了弄清楚他自己是从哪里来的，他每天晚上都去观看他的父母做爱，最后他杀死了他的父亲，他要解剖父亲，以便从中找到一些科学的东西。你相信人们能够弄清楚自己的来龙去脉吗？我可不相信！那时候我要是向他们说：我就是那个介啊。没有人会相信我，或者连我自己也不会相信我的。介梦醒后坐了起来。无论如何，我得回去一趟了。我得去向那个急着要用心脏的人有个交代。

枇杷娘说：你想回去。回到那个被你诅咒过无数次的城市里去。

介掩饰地说：没有，不过，我想到山上去找找。

枇杷娘说：到山上去找找？这冰天雪地的，山上有什么好找的呢？

介说：我可以捡到一些雪压断的柴枝，还有，一定有狐狸落在雪坑里爬不上来。

是啊！这完全符合你一贯的性格，你总是想出一些能不劳而获的主意来。

可是我总是在想，人应该是生来就不劳而获的啊。我们所以这样劳累，不过是由于贪婪的缘故。贪婪使我们疲于奔命，可我们还以为这是天数。

贪婪？那是你的雒洛城干出来的事情。枇杷娘很不客气地说。

介不想跟枇杷娘多争论什么问题，他说：我晚上做了一个梦，一个十分奇怪的梦。我想……

当然，你梦见了狐狸。枇杷娘挑衅地说，你跟我睡在一起的时候梦见了狐狸，这可真是一件十分美妙的事情。那只狐狸落到雪坑里去了，可是她还活着，她可怜地摇着尾巴向你求救呢。枇杷娘一边说，一边就动手去翻介的裤衩，希望从裤衩里找出一点什么暧昧的痕迹来。然而她什么也没找到。

介起身披上豹皮的大衣，缓缓地走向雪野。这时候，肯寨已经开始冉冉升起炊烟，这些炊烟不再能从瓦缝里飘得出去，就从布满冰凌的檐下透迤而出。介默默地告别自己所创造的砖块和玻璃，告别自己所创造的堤坝和房梁，背上父亲的心脏滞重地走向雪野。路旁有鼓掌的松鼠、跳舞的芭茅、歌唱的灌木。介是一个为了人类而残酷地破坏别的物种生存的人，他本来就不应该来肯寨，他应该仍然回到他的城市去，去了解人，去继续剥他父亲的皮，去细心地切下他父亲包皮上的一点东西，放到高倍显微镜下观察，也许他能从包皮的细胞里发现自己的新的秘密。所以他的离去令肯寨的动物和植物都很高兴。枇杷娘还慵懒地睡在被窝里，直到介离开时她还在说，我知道你想回到雒洛去……在积雪的山脊上，介与东方玉如遭遇了。东方玉如用一种审视的目光看着介（就是因为这次的印象，东方玉如后来总是怀疑自己是不是真的射杀了介，他一直没有看到过那个中箭倒下去的人的真正面目）。现在介有点茫然，他不知道是不是要对东方玉如说点什么。他不知道自己当初问父亲自己来自何处时，是不是也用这样探询的眼光，这眼光有一种力量，它穿越时空，穿越岁月所造成的一切障碍，远胜于 X 光线，穿透一切。这种感觉介是在学校上有关 X 光线的课程时感觉到的。面对 X 光线透视下的暗淡的人体，介对他的老师说：我早就看透了一切！只有他自己知道，当他执意要了解自己的来路时，父亲不得不让他观看父母的做爱。他在那透明的蚊帐前，闭上眼，却看到了母亲的猩红色的子宫的搏动，看到了那些在学术上叫作精子的东西成群结队呐喊着向子宫冲去。但是东方玉如不同，他从来就不曾为这些问题所困惑。枇杷娘与介做爱的时候（自从介来到肯寨，枇杷娘就几乎不跟肯寨别的男人上床），通常并不特意避开自己的儿女。东方玉如说：当然，这件事情我得长大了再做，因为这是一件很费力的事情，就像农耕上的事情一样，有些小人儿就可以做，有些得长大了才能做。东方玉如十分自然而贴切地把自己对性的态度表明了，一点也不含糊。介把自己的豹皮大衣披到东方玉如身上，捏住他的小手。东方玉如眨眨眼。然后，伸手把介身上的衣服全部扒光，让介在雪地上躺下来。介知道，东方玉如要为他举行一个仪式，于是他躺了下来。厚雪散发出砭骨的寒意，介的身子哆嗦着。东方玉如就抓了大把的雪在他的身上搓。东方玉如搓得极其细致，直到把介的一身搓遍了，介的身体一阵阵地冒着热气，他周围的雪在渐渐溶化，东方玉如才用一种十分仇恨的目光看着介说：走吧，你这个透明的畜生！豹皮大衣重又披到介的身上。

透明的畜牲——介第一次也是最后一次听到东方玉如对自己的评价。

介是在密林里迷失了自己的，他终于转不出大林莽了。他想：我完了，从一开始出来。我分明就已经知道自己无论如何是回不了城市的了。可是我居然被自己的梦所蛊惑，想要把那个心脏送回城市去。那个城市里已经不再有人认识我了。我不如跟着一只鸟儿走吧。就是在这个时候，那个因为发动了政变而流亡的老人看着云朵露出了难得的笑脸：他终于知道来了，他终于知道要寻找一个向导了，他终于弄清楚自己既回不了城市，也回不了肯寨。他现在只能跟随我的鸟儿到我的大林莽里来。这个智慧的人儿，这个用自己的知识奸污城市就像我用战争奸污城市一样的人儿。他现在迷途知返，将要投入我的怀抱里来了。老人利索地放飞了自己的鸟儿。去吧，去给那个在大林莽里晕头转向的人导航，让他尽快找到我这里来吧，

就是这样，介在万般无奈中，决定跟随一只鸟。

我决定跟随一只鸟，让它做我冥冥中的命运的舵手。

导航的鸟儿适时而来！

那只鸟带着尖利的哨声划破林莽的宁静，树叶在这尖利的哨声中瑟瑟发抖，麂子和兔子们屏息倾听着什么。只有介露出欣慰的微笑：它来了，在我想它的时候，它就来了。然后，介就自觉地跟定这只导航的鸟，一步一步向老人布置好的圈套走去。鸟儿似很乐意做这样一件工作，它有足够的时间沿途嬉戏，并与路上的鸟儿交上了朋友。它甚至调戏沿途的雌鸟。介跟着鸟儿走，他不知道自己需要走到什么时候。现在已不是逃亡的心情了，而是寻找归途的心情。然而介明白自己最初逃离城市的时候，根本就没想到有一天会回来。他原以为归途是抬腿可及的，他毫不在意，他所要做的倒是如何尽量避免回到城市。虽然他来到肯寨经过长途的跋涉，但自他在肯寨安顿下来之后，他相信城市就在肯寨的隔壁。而现在，他真正知道自己离城市有多远了，无论是时间还是空间。航鸟能把自己带向哪里呢？城市吗？肯寨吗？还是另一个自己完全陌生的地方？

他的整个的行程其实鸟儿从一见到他就已经叽叽喳喳向他交代清楚了的，可是他听不懂鸟语。别说鸟语，就是让自己再回到城市，那个城市的语言大概也已经忘记得差不多了。他不知道那个从战争里没有获得任何利益的人正在捕猎什么。老人生来就喜欢战争，这一点，就像女人天生就喜欢化妆品一样。介在冰雪消融后的第二年的春天见到老人。这个春天，介已经筋疲力尽。如果不是那只精灵的航鸟指引他在山洞躲避风雨，指引日常的饮食，他就死掉了，像一个轻易闯入肯寨的巫师那样，死在野路上，在奄奄一息间，让饥饿的鹰来啄食自己的肉体，那会儿，连疼痛的叫喊都不会有了。介见到老人时，老人正在暧昧地拥抱着那一树茶花，他用一种如痴如醉的姿态在茶花上含蕊吸吮。介坐在一块长满青苔的石头上，被眼

前的景象惊呆了。居然有人可以抱着一树茶花做爱，在第一时间里，他慌张地想。这是一件多么不可思议的事情！那是一树粉红色的茶花，介听得见那种令人起鸡皮疙瘩的声音，老人的四周，各种树上站满了观看的鸟儿。它们表情严肃，不喧哗，也不骚动，只是静静地张着鸟眼看。这里不再有老师，不再有学术讨论，不再有实验，介认真地想：人会与植物交配吗？虽然植物不能行走，容易被强奸；虽然植物的生殖器长得十分漂亮，多姿多彩，人们常常借用它来夸奖女人和孩子，人们常常放声高歌我的花朵；虽然它们能放出迷人的香味，那些想办法吸引男人的女人总是模仿植物的生殖器刻意把香水喷在身上；可是……这些并不意味着人与植物是可以交配的啊！介的疲惫在这奇观的欣赏中烟消云散，他的眼一眨也不眨地注意着事态的发展进程。茶花的花朵摇曳着，亦是一种如痴如醉的姿态。介想：完了！我来到一个我完全陌生的地方，在这个地方人与植物交配是十分正常的事情，可是他们会有后代吗？他们的后代是植物还是动物？等老人吸吮完了，他缓缓地放开拥抱着的茶花，十分满足地仰望天空，咂巴咂巴着嘴。天空里什么也没有，只有他那歇息在树枝上的航鸟振翅飞起。于是其他的鸟也腾地飞起，像一阵龙卷风掠过介的头顶。然后，老人坐在一个草墩上，用一种久别重逢的口气说：你来了？

　　介忽然觉得此刻自己像一个囚徒，是的，一个没有任何退路的囚徒！他望着刚刚拥抱过一树茶花的老人，什么话也不想说。

　　老人说：你不用那样敌视我，你在大林莽里迷路了，是我打发我的鸟把你引到这儿来的。我知道，那时你决定跟随一只鸟，就像过去我决定跟随一个卑劣的政治家一样。因为你已经别无选择。鸟把你带到什么样的地方，你就会到达什么样的地方。那时候你想那只鸟就像我想你一样。如果你觉得你是走错了地方。你可以选择马上离开这儿。可是我要告诉你：除了无人烟的林莽，你没有别的地方可去。到我这儿，安心地住下来。你所背负的那个心脏已经不会再有用了，尽管如此，你放心，我不会提议将它烹了来吃的。在这儿有的是食物，丰富得令人难以置信。在这里，除了鸟群是你的朋友，其他的狼虫虎豹都是你的敌人。不过你不用害怕，在这里鸟群是主宰。只要鸟群不伤害你，就没有什么能够伤害到你。在这里，有另一套不同于你原来所在的地方的规则存在，基本的原则就是：鸟群得听我的，而你，得听从鸟儿的。这差不多就是法律！

介仍然在一种沉思里不能自拔。是那个拥抱了一树茶花的人在向我训话吗？可是……我还没来得及向他表达我的好奇呢！如果他得知我是学医学的，他会怎么想？在这一片原始森林里，没有法律，当然也更没有什么科学。但这似乎并不意味着人可以与植物恋爱、做爱。他是否看见了我刚才目睹了一切呢？他说这些话的时候是不是要威胁我以后别管这样的事。当然，我可以不管这样荒诞不经的事情，但是作为一个医学硕士，我想我应当可以和他探讨一下这个神秘的话题。人和植物或者是可以沟通的，问题是到底能沟通到何等程度。

老人说：我刚才向你说的，你都听见了吗？

介说：我什么都听见了，可是可以允许我先提一个问题吗？

老人说：可以，当然可以。你最好是别只提了一个，你可以把所有你可能向我提的问题都提出来。

介于是说：我刚才看见你在拥抱一树茶花，拥抱茶花是你生活中的一部分吗？老人说：是的，这当然是我生活中的一部分。我也可以让你过上这样的生活的，如果你愿意的话。

介说：当然……我只是好奇，我想……我干不好那样一件事情。介所指的干好就是说"没法与植物交配"。

老人说：那么也好，我还舍不得呢！过来，过来！

介迟疑着走近老人，老人随着介的走近从草墩上站起，拉着介走向那个巨大的雀巢，老人一边说话，嘴里一边呼出茶花蜜的香甜气味。

雀巢隐匿在一个石灰岩的溶洞里，用干爽而洁净的树枝树叶结成，它看上去极像一艘有篷顶的船，若有帆，它差不多马上可以下水启航。雀巢十分结实，上面铺着厚厚的细软的干草，舒适得像一张温馨的床。介仰面在这个巨大的鸟巢上躺了下来，老人也跟着在这里躺了下来。

老人说：我等你从去年的夏天一直等到今年春天，我知道有茶花蜜的时候，你也就该到达了。

介说：我那个时候并不知道是你派出的鸟儿。

老人说：这个并不重要。重要的是你和我一样仇恨那个城市。

介摇摇头：对我来说，无所谓仇恨。

老人笑了：看看，这就是有知识的毛病，连仇恨都不敢说。

在大林莽的好些年头，老人一直和介认真地策划对城市的报复。我要动用我的鸟群，老人说，我训练它们有很多个年头了。老人计划发动一场鸟群的战争。让鸟群去对付一切，对付议会，对付海陆空。我一直是一个将军！老人说，即使所有的人都将我孤立起来，我还是一位将军，这将是一个了不起的奇迹，我以人类的号召，建立起一支鸟的队伍，这无论是对于人类还是对于鸟类，无论是对于战争还是对于和平，都将是一个了不起的奇迹。老人不时地指挥自己的鸟群从那个城市的上空掠过，然而当介要求让鸟儿打听一下城市解剖室中的福尔马林溶液中的那具尸体时，他遭到了拒绝。你不能再像过去那样关心那具尸体，老人说，那是一种十分有害的情感。那样，你就会对那个城市有一份怜悯。可是我要你到我这里来工作，就是要去掉对那个城市的怜悯。这期间里，老人用一个真正的将军的才华指挥着自己的鸟群袭击过城市的空军基地，它使得三架飞机在起飞时因为飞鸟的阻挠而坠毁。城市一直不知道为什么这些鸟会冒死攻击飞机，它应当知道这个庞然大物会击碎它。然而老人对鸟儿的成绩并不十分满意。按照他的计划，鸟儿应当让那些坠毁的飞机准确地落在油库或军火库。然后整个城市起火、爆炸、毁灭……我喜欢看见爆炸、毁灭，老人说，因为那样标志着军人的成功。

老人认真地对介说：我是天生的将军，没有敌人我的生命就会变得毫无意义。就像没有病人医生会失去意义一样。我刚刚待在山林的时候，十分亢奋，就是因为我要面对无数的敌人，那些豺狼虎豹都不知道我何许人也，它们都想欺负我。然而我用石头，用箭毒木就把它们打垮了。天底下没有人能够击败将军，只有将军能够击败将军！我刚到森林的时候，鸟儿可是最脆弱的一种生命，然而我将它们组织起来，变成了森林里最强大的力量。没有人能做到这一点，只有将军能做到这一点。介不能不承认将军的本事，将军有将军的思维。然而更令介吃惊的是：将军是用自己的生殖器来征服鸟群的。他亲眼看见鸟群的集会，老人把自己脱得赤条条一丝不挂，坐在一个很别致的石头上，所有的枝头上栖满了鸟，它们分类分群地栖在不同的树上。老人的眼里放出一种十分原始的光芒，用一种形意拳的姿势张开双臂像大鸟一样摆动，于是嘈杂的鸟语安静下来。老人开始手淫，他一边吟唱着一种悠扬动听的曲子一边将自己的唾液仔细地涂在自己的生殖器上。他其实已经老了，他的阴毛已经变成了灰褐色。但是森林的食物和空气令他充满生命力。他的生殖器在自己暧昧的抚弄下渐渐膨大，渐渐昂扬挺拔起来。鸟儿鸦雀无声。是啊，这是鸟类社会的奇迹。在老人来到大林莽之前，没有一只鸟儿能够如此在短时的抚弄下成倍成倍地壮大。这是一只什么样的鸟啊。鸟类社会大概会为此召开过群众大会，它们争论过许久的。能伸能缩能大能小，它在大林莽里是唯一的，它是当之无愧的鸟王！

鸟王万岁！鸟王万岁！鸟王鸟王万万岁！！

鸟群用一种朝拜的鸟语山呼万岁，有着一袭五彩缤纷的长尾的凤凰振翅上前，向老人的生殖器行鞠躬礼，然后翩跹起舞。凤凰的舞蹈一如霓裳六幺，姿态妩媚而动人。老人用一种近乎喘息的声音嘉奖它们，并在凤凰的妖娆舞蹈中加快了手淫的速度，他的喘息声也随之加快。

于是，所有的鸟儿舞蹈起来。大林莽激动起来，鸟翼扇动的声音像飓风掠过林海，苍穹下的鸟翼像雷雨前翻腾的云朵。老人就是这样在鸟群的欢呼里完成手淫的最后手续的。凤凰们飞过来用它们尖嫩的舌头舔食老人的精液，然后，它们十分荣耀地拔下自己一根最漂亮的羽毛缀在老人的身边，作为朝拜后的贡奉。就这样，老人赤裸的身体最后被五光十色的鸟羽所覆盖，只剩下头部和生殖器的部位。

就是这样，我用手淫征服了我的鸟群。事后老人坦然对介说，当然，你只看到仪式化的这一部分内容，不是所有的手淫都能征服鸟群的。你得相信我的话。

介说：当然，我得相信你的话，我是你的鸟儿导引到这里来的。这里是你的国度。你掌握着权柄、法律、逻辑、道德以及一切的一切。而我只不过是一个无处可去的流亡者。我在你的国度里流亡，从接受你的鸟儿导引的那一刻起，我就知道，你无论对我说什么，我都得相信。介来到森林之后很快就知道了拥抱一树茶花，含着花蕊吸吮并不是与植物交配。为此，他认真地向老人做过一次检讨，请老人原谅自己的无知。老人对此不置可否，露出狡黠的微笑摊了摊手：这事儿……嘿嘿……这事儿，兴许我倒是愿意有那样一个体验的机会。你真是太会假设了，是的，茶花的每一片花瓣都很性感啊，它散发出芳香，粉红，细腻……老人暧昧地把一枝茶花扔到介的脚背上，懒散地走了。

老人有时用一种回忆的语调说：我过去是有很多持枪的敌人的，我一看到他们就十分兴奋。要知道，只有伟大的人物才可能有那么多持枪的敌人。我长久地没有看到那些持枪的敌人了，真想念他们！

介说：我知道，敌人是你存在的基础。没有敌人你当然就失去了存在的价值。那是你的世界你的人生，但是世界和人生并不见得就是你所认定的样子。

将军提起父亲的时候，介曾仔细搜寻过自己的记忆。父亲是从未提到过这位将军的，介甚至无法想起是一次什么样的战争中的将军。介想也许自己只熟悉医学，并不了解历史与政治；也许这是一个老人杜撰的故事，根本就不曾有过老人所叙说的战争。但是这些好像都不再重要了。将军现在领导着鸟群，统治着大林莽，这是现实。

第十八章

东方吉堂用霞光来度量自己带领肯寨人所走过的距离，不管它是早晨还是夜晚。霞光可以指示我们新的家园吗？有人疑惑地问。东方吉堂毫不犹豫地说：当然可以，霞光不是一直指示我们生命的各项进程吗？我们要找到新的家园，做那里的祖先。没有比做祖先更能吸引人激励人的了……

所有令后人着迷的传说都源自自己。

时代从我们开始！

纪元从我们开始！

耕耘从我们开始！

一切的一切从我们开始！！！

枇杷娘在迁徙途中从未醒过，然而她的肌肤一直健康泽润。有人说，枇杷娘也像东方吉堂一样，在向植物学习吸取营养的方式，所有的食物都不用进入食道，她可以用自己的肌肤和毛发从空气中汲取营养。事实上枇杷娘的体毛在慢慢变长，颜色也越来越接近于地衣的灰绿。

终于有一天，香味缭绕的蓝寡妇的茧有了一点动静，人们把这个茧放在一丛柔软的枯草上。这个茧动弹一下，骨碌碌地滚下了悬崖。人们一片惊呼。但没听到任何惨叫的声音，却有一种鸟歌从悬崖下悠扬地响起。一只灰色的巨鸟从悬崖下冲天飞起。人们仰望天空，相信那只灰色的巨鸟就是蓝寡妇——她一直希望能变成一只鸟，现在她做到了。她在半空中朝仰望她的人们唱起了歌。那些抬这个巨茧的人们长长地舒了一口气，现在，我们可用不着这么辛苦了。从此，这只灰色的鸟就一直追随着自己的队伍，飞翔在半空里。在阳光明媚的白日，她的翅膀投下来巨大的影子，黑夜里她栖息在苍老的古树上，若是黑夜里肯寨人依然行进，蓝寡妇的翅膀在半空里还发出莹莹蓝光。但是人们不知道她是在指示方向还是在炫耀自己的飞翔的优越。

肯寨的人们普遍对自己的未来不太了解，当有人提出疑问的时候，东方吉堂就安慰他们说：不远了不远了，我们的目的地很快就要到了。不相信你们可以看看我头顶上的这个路线图。东方吉堂头顶上的路线图由那些腐叶的叶脉组成，可是它一点也不难懂。肯寨人已走过的路变成皮下血管一般的青色，没走过的路依然是腐叶叶脉的颜色。而现在，人们随意地可以看到，东方吉堂头上那翠绿的叶脉的颜色已经不多了。每当晚上在合适的草地上躺下来的时候，那些为未来操心且上了点年纪的人，总要走上前来，亲切而稍显暧昧地抚摸东方吉堂的头，将手久久的停留在那个有叶脉形地图的地方，不肯离去。仿佛那个叶脉形的地图，不是人们走出来的，而是他们用自己的手温捂出来的。东方吉堂就这样从人们的手温和力度中感受人们的情绪，他常常在这些手的抚摸下睡去。醒来时，头上有那些人的手汗和青草的汁液，要找到山泉洗净头颅才能认得清叶脉的地图。

东方吉堂认真地履行着头人的职责，现在，没有人与他作对。与他作对的人已经长眠。东方吉堂就公开地想念介。

我十分想念他，要是他在，我们就没必要这么盲目，我们没必要依靠我头顶上的这个叶脉形的地形图。他会教我们利用罗盘，以指示我们前进的方向。他可以从风里分析出遥远的土地是否肥沃。在很多的时候，他像一个很智慧的神那样。他用那些玻璃试管从河流里汲取水分，滴定分析，便可得知遥远的上游的土地上的事情。而现在，我们没有他了，我们得靠自己摸索了。为此，我们一定走过了许多弯路。可是我们驱赶走了他。这是对我们的惩罚。有人提醒东方吉堂：可是他习惯耍刀，剖开云根子老婆的肚子，割去了人家孕育男孩的子宫；他埋下了恶毒的符咒，毒死了我们所有的孩子。东方吉堂就十分权威地说：你们什么也不懂得，你们没有发言权。他为她割去的只是一段无用的盲肠！我在那个沼泽里待了那么长时间，我最知道那是不是符咒。别的人就不再跟头人争吵。他们知道，已经有人脱离了队伍，那又怎么样呢？还不知是死是活呢。也用不着争论了，枇杷娘早已派了刺客。也许那个年轻力壮的刺客，早已用毒箭把他射死，像对付一头牡鹿那样，剥下他的皮，割下他的阳物来泡酒喝（那该叫人鞭酒）。无论东方吉堂怎么怀念介。介总是死有余辜的。枇杷娘不是说她曾经做了一个梦吗，不是说介已经死了吗？介不是已经死在他的城市的阴沟里了吗？

　　但是东方玉如越来越相信介并没有死。东方玉如为此翻了雒洛城的许多历史资料，重点研究了那场因审美标准的讨论因迷你裙的长短而引起的战争，东方玉如据有关资料判断，自己杀死的那个是时装大师的学生，而不是那个敢于解剖父亲的儿子。对雒洛城而言，这就足够了。对东方玉如来说，这是一个错误。我认得我要杀的那个人！东方玉如说，我记起来了，他是一个透明的畜生。雒洛城不知道透明的畜生是什么意思。这个奇怪的词只有东方玉如一个人知道。东方玉如为此专门到博物馆查找过去的照片。遗憾的是博物馆没有关于那个城市敌人的任何照片，足见这个人并不是城市举足轻重的人物。有的只是后来一些美术爱好者根据老人的叙述及民间传说绘制的一些人像画。从透视原理上看，画中的人物还真有点像那个透明的畜生。但只是像，而绝对不是！

　　每当东方玉如端详这些画的时候，他就在心底深深地忏悔：因为人们的簇拥和爱戴，我干了莫名其妙的事情。这些事情与肯寨完全无关。我只是杀死了全城市的敌人。我并没有寻找到肯寨的敌人。我接受这个可笑的城市的崇拜的时候放弃了肯寨人赋予我的职责。那个时候我太年轻，我不知道什么是真正的职责。现在我知道什么是职责所在了。但是我有些老了。也许肯寨的敌人一直就在我所领导着的这个城市里。他一直混在人群里，他现在一定老了，比我要老得多。他混在人群里一定像个智慧的长者，安闲地享受人们的尊敬。他一定在默默地耻笑我玩弄权力。上次我在炫耀权力和手腕的时候，为什么要找一个刑事犯做替身呢？我代表行刑的刽子执了一次法。这又有什么意义呢？我已经老了，我没有找到肯寨。可等我死了以后，我总要在通往地狱的某个甬道与肯寨的灵魂相遇的。我总得向他们有个交代。对了……我还是得在临死前找到那个透明的畜生，然后，光明正大地杀死他。我过去是一个充满部落仇恨的杀手，是一个在丛林中穿行的陌生刺客，而现在，我是这个城市的主宰。我是法律与裁判。放下那些图画的时候，东方玉如颇有心计地问他身边的工作人员：我们的城市为什么没有人再穿铜纽扣的衣服？

侍从说：啊？铜纽扣，穿的。过去很多的人穿铜纽扣的衣服。

东方玉如问：那现在为什么没有人穿了呢？

侍从说：现在？自从那个全城市的敌人穿着铜纽扣的衣服被你射死后，就再也没有人敢穿铜纽扣的衣服了。

东方玉如漫不经心地说：我想当然是这样！不过也许他们只是用来长久地哀悼那位卓越的时装大师吧。

侍从附和：也许……

东方玉如轻蔑地向侍从挥挥手，让他走开。嘿，也许……不再有人敢穿铜纽扣的衣服了，我已经不再有敌人，那些觊觎我的地位的人，在漫长的等待里已经被我击垮了，我甚至从肉体上消灭了他们。那么，我要号召他们重新把铜纽扣的衣服穿起来。我们不能因为一个历史事件而破坏了风俗——当然，城市里的少数人会明白我的意思，他们会知道我又在寻找那个穿铜纽扣衣服在遥远的肯寨犯下了罪恶的人了。而他们中的大多数人说：时代总是这样的，服装潮流总是这样的，过一些年头，那些陈年老款又都成了时装！

东方玉如提议穿铜纽扣衣服的时候，迁徙途中的肯寨人集体听到了一种水声。这是一个幽暗的黄昏，太阳在西天厚厚的云层里，发出一些诡谲的鱼肚白的光。每当蓝寡妇的鸟歌唱起，四面森林里便有无数的鸟歌应和。然后，等鸟歌安静下来，人们就听到了一种奇特的水声，看不见水，可水流仿佛就在人们的身边。那声音就像人人自己捂住自己的耳朵听血液的流动一样。水声就在每个人的体内。蓝寡妇歌罢，照例栖在一棵苍虬的古树上，与人们一起倾听水流的声音。肯寨人集体屏住呼吸。直到太阳缓缓沉入大地，黑夜降临。人们意识到了什么。互相对视，但不说话。忽然，云根子走过去，捺倒东方吉堂，让他在一丛柔草上躺了下来，拿松明照耀他头顶上的叶脉图形。东方吉堂已经明白大家走到什么地方了。在心中，他早已明白了，可是他决定自己不下判断，让大家来下。松明低低地照着东方吉堂的头，两滴松油甚至滴落在东言吉堂的头顶上，云根子跪下来，替他擦去头顶上的松油。也就是在这一瞬，云根子发现血脉的颜色已经充斥了整个地图，他失声惊叫起来。没有人听清楚他惊叫什么内容，但是人们都知道他在叫什么。

身旁的人都跟着惊叫起来：找到了！

找——到——了！

找到了！找到了！找到了！找到了！！！

肯寨人确认自己已找到了新的家园，为此，他们跋涉了若干年月。现在，他们找到了这块地方。他们确信这块土地是一直在等待着他们的。肯寨所发生的所有灾难都是为了将他们赶到这块肥沃的处女地上来。环顾四周，林莽黑黢黢的什么也看不清楚，但是肯寨人似乎看见了树上累累的果实，原野上随风起舞的庄稼……

他们不再跋涉，他们不再去确定那水流的具体方位。

他们熄灭了松明，集体躺倒，集体进入疲惫的梦。他们确信自己已经躺在新的家园。梦变得色彩斑斓起来。就在他们做梦的时候，森林里的一些动物开始互相打听，有什么样的人群到了这里。他们不准备走了。动物们商量着对付这群不速之客的办法。它们知道肯寨人带来了箭镞，那意味什么呢？森林会因此变得丰富吗？游戏会变得更加有趣吗？

翌日早晨，蓝寡妇像一只司晨的公鸡那样首先叫了起来，这叫声像昨晚初到的那声鸣叫一样，引来了百鸟的应和。于是整个肯寨的人们在巨大的鸟鸣声中醒来。阳光从参天大树的枝叶间渗透进来。露珠从树叶上轻轻滴落，发出轻微的响声。早晨的树林里充满了草木的芳香。人们醒来后仔细打量自己新的家园，觉得完全是想象中的样子（虽然他们中只有少数人想象过新的家园）。人们去拥抱那些粗枝大叶的树。有人说：找水去！这就像是一声号召一样，大家纷纷响应：对，找水去！我们倒是要看看新的家园有着什么样的好水。人们四散分开，循着各自认定的方向找去。在林木深处，他们找到了瀑布，还有瀑布下清澈见底的水潭。人们互相嬉戏，他们要做的一件重要的事情就是把东方吉堂扔到水潭里去。当东方吉堂被扔进水潭时，他稍稍回忆了一下被枇杷娘提起来扔到那个沼泽中的感受。他知道这两种感受不可同日而语。他在水潭中尽情地游，并搓洗自己一身的污垢。等他从水潭中爬上来的时候，他头顶上那腐叶蚀成的地图居然不见了。当云根子把这个发现告诉他时，他还不愿意相信。后来他去对着水潭照了照，发现头顶上的地图真的不见了。于是他笑笑，看来我们是真的找到新的家园了。要不。好好的地图怎么会就不见了呢？

紧接着，肯寨人集体到水潭中搓洗自己的身子，他们已经长时间地没有这般从容过了。他们将自己的身子长久地浸在水中，互相搓洗身上的油泥。水面上泛出一片片闪亮的油花。不过，很快地，从瀑布冲下来的水就把这些油花花漂走了。年轻力壮的男人洗干净后，很快就在林子里抓获了一些野兔和竹鸡，再顺着藤找到一些土茯苓，挖出来洗净就可以吃了。待人们吃饱后，东方吉堂就吩咐人们用绳子丈量土地。肯寨人并不缺乏刀耕火种的经验。这块土地让他们感到十分满意。

这就是迁徙的结果！东方吉堂说。

没有介，可是我们找到了更好的土地！有人说。

东方吉堂旗帜鲜明地说：现在我们要在一片新的土地上开垦了，可是我真的十分怀念介。有介我们日子一定会过得更好些。他不是因为犯下什么罪行而走的。他走只是为了他自己。他一直想弄清自己是从哪里来的。可是这从来就不是一个什么问题。他是被自己的生命所困惑……好了，我们现在开始做这里的祖先吧。介要是再经过这里，我们就把他留下来，再也不让他走了。

做祖先吧，伐木吧。

肯寨人无所顾忌地甩开斧头，拉开长锯，开始了对森林的征讨。爬虫们自觉地逃走。参天大树呼啦啦倒下来。肯寨人拿出新的土地主宰的姿态来，他们荷锄执铳，打击一切，消灭一切。当一头斑额大虎倒在肯寨人的棒下脑血涂地时，东方吉堂做了一个不安的梦，梦见那些噬啃一切的蚂蚁重新来临。翌日，东方吉堂以头人的名义，在新的肯寨召开了会议。会议的中心问题就是谈论要在新的肯寨建立生命的秩序，确定食物的链环。首先肯定的是：任何动物都没有嚼食一切的权力。东方吉堂很认真地说：我们好不容易有了一块自己满意的土地，我们一定要好好爱惜它，要设法与这里的狼虫虎豹达成协议。人们说：这下好了，这下我们一定要蓝寡妇来帮助我们工作了！人们说蓝寡妇既已成鸟类，她当更容易与飞禽走兽沟通。是的，所有的生命都应是有一定秩序的。我们得正视这件事情，我们不能让这块刚获得的土地也像旧的肯寨那样，经历那么多的磨难，最终遭到天谴。

　　蓝寡妇依旧穿飞在树林间。歌声变得越来越悠扬了。她间或以一种人们无法想象的勇气张开巨喙，啄食那些慌乱的爬虫。她把爬虫从浓密的灌木下啄出来，然后振翅将它带上高空。人们仰望蓝寡妇变成的灰色巨鸟，看见那爬虫在她的利爪下舞蹈，像一道道黑色闪电。人们欢呼起来。很快，蓝寡妇在鹰鹫中获得了她应得的地位。她变成了强有力的空中主宰之一，被邀请参加鹰鹫的会议。讨论森林带的划分，讨论对付狂风和暴雨的办法。当人们为蓝寡妇欢呼的时候，东方吉堂却独自忧戚。云根子问：你担心着什么呢？她现在生活得很好。

　　东方吉堂说：我不是要担心她的生活，我总是担心她会与鹰鹫发生爱情一类的事情。现在我们看到她飞翔，我们当然感到十分愉快。可是如果我们看到她在与鹰鹫交配呢？我们会愉快吗？

　　云根子十分决断地说：我不会愉快！

　　东方吉堂忧郁地说：我也不会愉快！

　　可是他们无可避免地看到了这一幕。蓝寡妇很快地在鹰鹫中找到了知己。她找到了一只雄健的秃鹫。这只秃鹫在阳光下飞翔的时候，脑顶发出粉粉的肉红色的光芒。像所有秃顶的江洋大盗那样，它的目光阴险而凶狠。她们成双成对地在森林的上空飞翔，翅膀牵着翅膀，表情显得幸福而毫无顾忌。这当然是蓝寡妇教会秃鹫的。无人或仅有儿童在水潭中嬉戏的时候，蓝寡妇就领着那只威武雄健的秃鹫降落下来，她们互相用喙在潭中沾了水清洗羽毛。然后，她们悠然自得地在水潭边的卵石上晒太阳。蓝寡妇煽情地张开漂亮的尾羽，秃鹫兴奋地歌唱，在平坦的卵石滩上绕着蓝寡妇舞蹈。当东方吉堂领着伐木休憩的人们来到水潭边洗涤身上的汗水时，肯寨最壮硕的一队男人看到了这一幕。秃鹫尖硬而有力的喙轻柔地啄着蓝寡妇绵软而微微发红的冠子，雄健的身体压在蓝寡妇的身上，积极卖力。蓝寡妇愉快地闭上了眼。这一幕令肯寨的男人们瞠目结舌。东方吉堂大声地向着寻欢作乐的鸟儿吼叫：岂有此理！也就是在这一声吼叫中，蓝寡妇与秃鹫的身子微微一颤。少顷，秃鹫从蓝寡妇的身体上下来，它们抖动了一下羽毛，宣告了这一过程的完结，双方都表示满意。蓝寡妇不好意思地乜了男人们一眼，与秃鹫一齐振翅飞向高空，并愉快地唱起歌来。

云根子抽搐着半边脸叹息地说：她已经是一只真正的鸟了。

东方吉堂说：我们真的就无法纠正她的道德了吗？她是一只真正的鸟吗？不！在我看来，她并不是一只真正的鸟。她只是长了翅膀的蓝寡妇。她当寡妇的时候可是安分守己的，从来不招惹什么是是非非。她以为她长了翅膀就可以无所顾忌了。长了翅膀也得有羞耻感和道德。

东方吉堂一边在水潭中搓洗自己，一边发着议论。但是这种议论对蓝寡妇当然已无任何约束的可能。东方吉堂仰面躺在水潭中，望着自由翱翔的蓝寡妇与那只秃鹫，心里头对自己的议论又有点疑惑起来：倘若蓝寡妇真的变成一只鸟了呢？那么，我只是肯寨人的头人，我没有理由去阻挠鸟类的爱情。这是一个过于深刻的问题。要是介在就好了，他可以完美地界定鸟与人的区别。介不再在了。他也许已确确实实被东方玉如杀死了。再说，即便她只是长了翅膀的蓝寡妇，她毕竟已长出了翅膀。在秃鹫以前，没有哪一个男人对她表达过爱……东方吉堂忽然忧戚地想，其实，何止是蓝寡妇，全体肯寨人实际上都不太在乎我。他们把我从那个沼泽中挖倔出来，就是要通过我头顶上的地图找到一片新的家园。现在我带领他们找到了，我的肯寨头人的历史使命也就是完成了——对了，我用不着独自忧戚，我得想办法把枇杷娘弄醒。看看她对这件事是什么态度。她是一个十分狡猾的人，但是你不能不佩服她的智慧。她让出了头人的位置，然后长眠。

她在长眠中，就到了新的家园。

东方吉堂安排了伐木者的队伍，独自在圆木的屋子里留了下来。他小心地走到一张破旧的棉絮前。枇杷娘就睡在这张棉絮里。从东方吉堂懂事起，他就知道枇杷娘一直是肯寨的头人。她办事果断利索，从不优柔寡断。她永远是一副精力无限充沛的样子，而且永远是一副风流少妇的模样。自她成为头人，人们就不再记得她的丈夫是谁。这已经变得不再重要，因为以肯寨的律例，头人是可以为所欲为的。所以枇杷娘是所有肯寨人的母亲，是所有肯寨人的老婆，是所有肯寨人的女儿。东方吉堂抚弄了一下她左肩上那颗粉红色的痣，那颗痣依旧微微地跳荡。东方吉堂把她从旧棉絮里抱起来，她的身体变得像软木的偶像一样轻飘。可是她的肌肤依旧白里透红泽润性感。她已经长时间没有洗她自己煮的那种皂角叶子水了，可是她的肌肤依然有一种香味。东方吉堂把她抱到瀑布下的水潭里濯洗。长眠的枇杷娘已不再能让人感觉到她的呼吸。东方吉堂把她放到瀑布的水珠下，让那些有力度的水流激荡她的身体。枇杷娘的身体在清澈的水中呈一种半透明的样子，由于清水的浸润，她那原本有些僵硬的肢体渐渐变得柔软。这份柔软有利于东方吉堂替她好好地濯洗一切。东方吉堂想，她现在应该可以醒来了，她不用再为肯寨人的生存思索什么。水潭中的水当然不如枇杷娘自己煮的皂角叶子水。东方吉堂在阳光下，仔细地搓洗枇杷娘半透明的胴体。阳光照彻水潭，飞瀑让水潭边所有植物的叶子上都挂满了露珠。在搓洗的过程中，枇杷娘水汀草一样的脉管里凝止的血液开始缓缓地流动。洗干净后，东方吉堂就把这个胴体放在平坦的卵石上。然后伏上去，企图听到心脏的搏动或者是血液的流动。远处伐木的人们看到了这一场景。毫无疑问，头人在与他的上一任做爱，他们说。枇杷娘到底没有醒来。东方吉堂只好在水潭边采集辣蓼和野紫苏，用卵石砸出辛涩的绿汁来，滴入枇杷娘的嘴里。

蓝寡妇和秃鹫在天空中双双牵翅飞翔，森林的上空充满了他们欢乐的歌唱。在她们巨大的影子掠过水潭的时候，一个尖利的喷嚏划破长空的鸟歌，枇杷娘从长眠中醒来。枇杷娘的肢体先是像章鱼的触须在水中那样蠕动。也许那是她长眠中的最后一个梦，她在这梦中悬浮着舞蹈。梦中的肢体是柔软无骨的。蓝寡妇的鸟歌一定是渗入了枇杷娘的梦里，她肢体的节拍居然是合了鸟歌的旋律的。东方吉堂兴奋地坐在一旁，手里还抓着那个粘满绿汁的卵石。那些刚才滴入枇杷娘嘴里的绿色汁液变得黏稠地从枇杷娘的嘴角缓缓溢出来。染绿了她所头枕的卵石。这块卵石从此就变成一块永恒的翡翠。东方吉堂把枇杷娘重新抱入水潭。这时，她的肢体已不再像软木那样轻飘，生命的活力渐渐地从森林空气中，从鸟歌的旋律中，从飞瀑激石的碰撞声中注入了她的体内。枇杷娘的嘴里开始发出咿咿呀呀的声音，这声音引来蓝寡妇和秃鹫在水潭的上空低低地盘旋。枇杷娘发出声音的时候，她的眸子一直是闭着的，可是东方吉堂却看到了她的睫毛在微微颤动。东方吉堂不知道什么时候，那些章鱼的触须已贴切而有力地把他缠绕起来。他不知道自己是怎么一不小心就进入了枇杷娘体内的，他想，在这样的阳光下，水潭是如此的清澈，我的有些器官就像一条鱼，它滑溜得管不住，它想去哪儿就会去到哪儿。于是水中就有一丝一丝的血从他们的身体下泛出，在清澈的水中染开去。东方吉堂弄不清为什么有血。因为长眠的缘故，枇杷娘幽闭的器官已重新结了膜。枇杷娘咿咿呀呀的声音中开始了粗重的呼吸，东方吉堂的呼吸也随之变得越来越粗重了。

啊——啊——枇杷娘终于大声地叫唤起来，在叫唤中完成了长眠的复苏。她的眸子渐渐睁开，陌生地望着东方吉堂，心满意足地笑了。

东方吉堂有些羞愧地望着枇杷娘，他还在想刚才的事情，他想说那不是什么，那只是一条鱼，一条到了水潭中自己就无法把握的鱼。可是他什么也说不出来。

枇杷娘狡黠地开口了：在梦里，我把一切都看得清清楚楚。这是我身体的约定，要这样我才能愉快地醒来。你不用这么看我，你是头人，现在你拥有一切。

东方吉堂这才艰难地说：我是想解决蓝寡妇的事情，她变成了一只鸟，而且深深地爱上了一只秃鹫。她与秃鹫光天化日之下在这些卵石上交配，让人们看到那些肠子一样的鸟的器官进入她的身体。可她只不过是长了翅膀的蓝寡妇。

枇杷娘出乎意料地说：我知道她迟早会变成一只鸟的，从她给自己结茧的时候起，我就看出来了。蚕儿变得快要透明的时候，结茧也不是为了缚住自己，而是要变成蛾子飞翔。不用管她，带我去看我们新的家园吧。枇杷娘像一个情窦初开的少女那样向东方吉堂提出要求。

东方吉堂只得讪讪地带着枇杷娘去参观肯寨已经开垦出来的土地。

这是一片肥沃而迷人的土地，每一寸土都呈一种污黑的颜色。伐木者见到枇杷娘跟着东方吉堂一走过来，都抹抹汗水向枇杷娘表示亲切友好的问候。这是一个崭新的肯寨，阳光明媚雨水充沛。四周的植物都呈一种墨绿色。灌木上的每一颗果实饱满而沉实，充分展现了土地的肥力。枇杷娘如梦地行走在这片土地上，她一边走一边责备东方吉堂：你其实不该让我醒来的，我醒来只是无所事事，在肯寨的时候，我就说我用不着迁徙，我要在那里长眠，守在那片废弃的土地上。可是你们偏要抬着我的身体迁徙到这里。你已经能做一个很好的头人了。带领肯寨脱离苦厄，找到一片新的土地，重新开始一切，做这里的祖先。可是我能干什么呢？东方吉堂不失时机地说：不错，我找到了这片土地，我完成了我所做的工作。可是我想让你来建立秩序。我们要成为一个很强盛的寨子，可是我到现在还不能完全明白我们的四周会不会有什么敌人，有着什么样的敌人。我们要建立秩序，首先要解决蓝寡妇与秃鹫的问题。她常常在公众场合与那只难看的秃鹫交媾。我们的事情实在是很多的。我们要建立植物生长的秩序，要建立狼虫虎豹的秩序……枇杷娘在一块石头上疲惫地坐了下来，若有所思地说：当然，我可以帮你建立秩序，在这方面我一直很固执。可是秩序真那么有用吗？肯寨不就是毁灭在秩序里吗？

这是一种很经典的提问，东方吉堂无言以对。

复苏后的枇杷娘用一架竹梯爬上圆木的屋顶晒太阳，这时蓝寡妇就呼啦啦从空中降下来，在屋顶上与枇杷娘对视一阵。枇杷娘反复地说：我过去一直以为头人要负很多的责任，可是没有我不也很好吗？我原本没有什么用处的。

枇杷娘一天天地在新肯寨的土地上走来走去。大约一个月以后，人们发现：枇杷娘老了！她忽然就像一个正常的女人那样，满面皱纹，长有手指甲大一块的老年斑。她的头变得白发苍苍，这跟她的年龄是完全一致的，可是与这块崭新的土地很不和谐。枇杷娘一遍又一遍重复自己的发现：我现在才知道，没有我其实更好！没有我其实更好！她的耳朵就像秋天的两片栗树叶子一样，干瘪而卷曲。枇杷娘老了，她的眼珠变得浑浊。

她不停地说：新的肯寨真好！

人们很难接受这样一个事实。自从枇杷娘当了头人，肯寨的人们以为枇杷娘就是一个青春的标本，人们很愿意让她永久年轻。可是现在她老了。没有任何别的原因。所能找到的原因就是东方吉堂不该让她复苏过来。肯寨人宁愿她就是一个标本，宁愿把她供奉到一个神的位置上，让她永远玉颜如花，永远泽润性感——可是枇杷娘老了，这无疑是一个重大的事件。人们用一种明显敌意的眼神看东方吉堂。东方吉堂都感到懊悔莫及。他想，如果是我在水潭中造的孽，那是不是说我把一个处女一下子变成一个老妪了呢？难道我的身体里有什么催老的毒素吗？他决定与枇杷娘再认真地交谈交谈。当他坐在枇杷娘对面的时候，枇杷娘眨动浑浊的眼珠，仍然泛出些狡黠的光。枇杷娘主动说：你现在可是这儿的头人了。你一定要原谅我。我把你掷到泥淖中去，那也是万不得已。不过，我知道你会长成一棵长青的树，所以后来我就去找到你，并把你挖掘出来……是的，我知道你会长成一棵长青的树。而我注定要成为一个老妇人……

东方吉堂很被动地说：真的，大家都关心你为什么突然就老了。有什么你就跟大家说，大可不必自己变老。

枇杷娘突然从自己的怀里掏出一点什么东西来：看见了没有？

东方吉堂仔细地看了看，那是一根卷曲的体毛。

枇杷娘说：这是我在森林里寻到的，你知道这是谁的毛吗？这是介的阴毛，我已经闻到他的气味了，他就在我们的周围。

很熟悉狼虫虎豹的东方吉堂听得毛骨悚然！

第十九章

　　时装大师的躯体被细腻的尘埃所完全覆盖，渐渐有了些文物的意义。放着玻璃大缸的工作室的钥匙，由雒洛城的时装模特联合会的秘书长掌管。修道院那个沉默的修女以一百零三岁的高龄辞世。她躺在修道院一个独立的房间里，这是个没有窗户的房间，只有几排气孔，有风的时候，气孔会发出排箫一样的声音。去收拾尸体的人们发现墙壁上有一组关于时装大师的壁画，时装大师栩栩如生，他在这个神所照看着的房间里为所欲为。人们相信，一直沉默的修女在这个房间里是经常说着话的。城市行政长官拖着疲惫的身子参加了老修女的葬礼。葬礼庄严而隆重，车马阻塞了好几条街道。在老修女的葬礼上，人们才一下子记起了时装大师的忌日。人们想起因为失去了他，雒洛城失去了审美的一般性原则，为迷你裙的长短进行了那么长时间的内战。要是时装大师没去世，这样的内战是完全可以避免的。人们准备隆重纪念一次时装大师逝世的某个周年。有人建议将时装大师被解剖过的躯体送上神位，被行政长官否定了。一位建筑美学家建议在工作室的基础上扩建一个时装大师的纪念馆，将修道院那个幽闭的房间里的壁画临摹下来，放到时装大师的纪念馆里。这个建议在行政长官处得到了批准。在一次不太重要的会议上，城市行政长官建议雒洛城无论男女老少，都应该穿一些大师时代的服装，这样方可表达雒洛城对大师真正的纪念。

　　东方玉如对城市越来越疑惑了，要是介回到了雒洛，他又隐居在什么地方？为什么他连时装大师的纪念活动也不露面？东方玉如隐隐地感到：老修女也已经去世了，而介又无法找到，我在这个城市生活下去已不再有什么意义了。或者说，这个城市也已失去它存在的理由了。对行政长官而言，除了一具被解剖过的尸体跟自己有些许神秘的联系，此外什么都没有了。我要花一些精力来寻找介，然后……然后杀死他。东方玉如面对一个繁荣昌盛的城市暗暗想。

东方玉如吩咐随从去找铜纽扣，随从们说，那是一种过时的垃圾，现在，哪里也找不到了。东方玉如想，那只是一种稍嫌过时的服饰，怎么可能绝迹呢？他们总是把我当作外行，古代服饰都有，几千年前的丝织品都还有，怎么会没有铜纽扣的衣服呢？东方玉如说：博物馆里是一定有的，过一个两个星期，我亲自去博物馆找找看。东方玉如在任何困难的时候都会想起博物馆。博物馆让他感到亲切，那里陈列的农具、弓箭、药杵以及岩画等都能让他回到肯寨，回到自己的童年。整个城市对东方玉如而言，只有博物馆才真正有精神上的意义。博物馆得知这一消息。赶忙用最快的速度制作铜纽扣。他们设法让铜纽扣生了些许的绿锈，以便有点古董的样子。博物馆馆长在这一个星期里一直惴惴不安，他原来是想要把时装大师的遗体拉到博物馆里来的，这个提案一样被行政长官否定了。他曾与别的地方的博物馆馆长进行过认真的交流，没有一个地方的行政长官会对博物馆如此感兴趣。博物馆馆长告诉他的同行，我们馆里从来不需要行政长官拨经费。我们的门票收入还向政府交了不少的税，当然——博物馆馆长补充说，那也是城市行政长官的功劳，他别出心裁地陈列了不少的东西，这些东西就是博物馆一笔重要的财富。比如城市的行政长官让陈列的夹着避孕套的选票、矿石标本、震荡按摩器以及那些莫名其妙的艺术品。没有一个博物馆会像我们一样陈列一条影子，这在全世界都是独一无二的，正因为如此，许多人慕名而来，买了门票就直冲影子而去。

东方玉如去博物馆的时候，又带上的新的陈列品，这一次是他演习用过的弓和箭，那支箭上还有人犯的血迹。他说他主要是来看看那些铜纽扣，送陈列品只是附带的。东方玉如一边登上博物馆那钉有铜条的阶梯，一边说，我已经老了，我想这个城市在我到来之前，是有另外一些风俗的，可是因为我的到来，这一切都被我破坏了。虽然我知道你们不曾有任何一个人会把账算到我的身上，但我还是明白，你们中的大多数人希望恢复那些风俗，活了这么多年，我明白得很，人是要活在某些风俗里的，否则，生活就没有意义，民族就没有意义，国度就没有意义。你们不敢提出来恢复某种风俗，那是因为你们自立的契约。你们以为这个契约的执行会落到自己的头上，可是它十分巧妙地躲开了你们，落到了一个陌生访客的头上。这若干年来，我还得感谢你们是重承诺的。为了这个契约，你们不得不一切听命于一个陌生的访客。不过我快要老去了，我要在通向地狱的某个甬道与肯寨的人们狭路相逢，我要在去到地狱之前，设法解除你们的禁锢。相对东方玉如的真实年龄，在雒洛不算是太老。可是谁也不清楚行政长官的真实年龄。因为地位的关系，他很早就扮演一个长者的角色。他说老了，没有人去认真纠正。

东方玉如一边说着一边就来到了博物馆馆长的会客室里，他熟络地在真皮沙发上坐了下来。他那绵软而温润的手定格地伸在那里，让博物馆的馆长和研究员们一一握过。握完最后一个，他还关切地问：还有人吗？馆长赔着笑说：没有了！东方玉如的手马上垂下来，熨帖地搭在沙发扶手上。东方玉如曾经在一次会议上要求大家免除这分不自在的握手。可是馆长惴惴不安地跟东方玉如说：这是你的一个姿态，你不与我们握手我们心中就没底。当然，如果你哪一天对我们的工作表示不满意了，你就可以不与我们握手。东方玉如从来没有对博物馆的工作表示过不满，所以亲切的握手也就从未终止。馆长一边讨好地与东方玉如交谈，一边吩咐人把那些铜纽扣的文物拿出来让城市的行政长官过目。铜纽扣用一只瓷质的盘子托着，盘子放在紫色天鹅绒的布面上。铜纽扣面目灰暗，呈现一种标准的文物色，它的边缘已锈蚀，有一些不规则的小孔，那些锈下来的绿色粉末像蚯蚓拱过的泥土一样缀饰在铜纽扣上。尽管如此，还是可以看到铜纽扣昔日的光辉，那些凸出的图案就有战争的画面。枪械在铜纽扣上，刀剑在铜纽扣上，马队在铜纽扣上，号角在铜纽扣上。东方玉如不安地问博物馆馆长：铜纽扣上只有战争吗？不，我不想要这些。我要有风俗的那种，你们要把有风俗的那种找来，我不再到博物馆来看了，找到后你们派人给我送来。博物馆馆长连连称是。东方玉如在沙发上坐了一会儿，就显出很疲惫的样子。

博物馆馆长小心翼翼地问：是不是要吸一点儿营养了？东方玉如抬起头来，望了望馆长。馆长心领神会地把他领到了城市行政长官的影子的展柜前，然后悄悄退去，并吩咐所有的人都不要去打扰城市的行政长官。

　　只有与自己的影子相对的时候，东方玉如才能坚定地相信肯寨的存在。而每当他说他在思念肯寨的时候，市政厅的人们总劝慰他说，那只不过是他的一个梦，人人都做这种梦的，因为夜深人静的时候，大多数人会想起我来自哪里，又要到哪里去这样的问题。有人会梦见自己来自森林，有人会梦见自己原本是海洋里的一条鱼。可是实际上，他们除了来自自己母亲的子宫，此外什么都不是。人们寻找自己的来处时，一定要学会把子宫当作终极，因为如果走得更远或走偏，那就是盲肠了。东方玉如在市政厅的时候，常常被人们说服了。可是当他来到博物馆与自己的影子相对时，他不能不相信肯寨的存在。玻璃展柜里的青苔长得青翠而浓密，像是在织锦上植的绒毛。影子就在这样的青苔上，披着兽皮的衣饰，围着树叶的裤裙，拉弦挽弓，一副部落英雄的样子。东方玉如想，我大概是再也回不到肯寨去了，我当然不用为此而伤感，可是还有人在惦记着我所办的事情。现在在这个城市里，我无所不能。可是我毕竟老了，博物馆馆长很知道我需要什么。我来博物馆的频率越来越高了，这说明我的身体一天不如一天。我要从我过去的影子里吸取营养。东方玉如在玻璃的展柜上伏了下来。只一刻工夫，那些原本很青春的青苔变得萎靡了。影子的活力被注入到了东方玉如的体内。东方玉如从玻璃的展柜上抬起头来的时候，眼中闪着一种熠熠的光辉。

　　枇杷娘举着那根卷毛对东方吉堂说：你与介是串通好了的。我认得这样的卷毛，把它烧成灰我也认得。

　　东方吉堂说：没有，我想我们再也看不到介了。我要是跟他串通好了，找这块新的家园不会这么艰难。你不是派了东方玉如找他去了吗？你说过要杀死他的，我怎么会跟他串通……要是能再见到他，我倒是真的想跟他串通的。

　　枇杷娘说：我梦见东方玉如了，我昨晚梦到了东方玉如。他在寻找肯寨，可是，他再也找不到了，再也找不到了！我要是知道他从此一去不返，我就根本不会打发他去寻找介。他杀死介了吗？没有，我们又一次受到了介的牵引。介没有回他那个罪恶的城市。他来到了森林。我们不知道，其实我们一直尾随着他。他有符咒。他乘你成为一棵植物的时候，在你的头顶用腐叶植成地图。他早已预见了肯寨的命运，他让那腐叶的地图导引肯寨的迷途者。我们翻山越岭，以为找到了新的家园，可是这实际上就是介为肯寨设定的结果。东方玉如走了，他找到了城市，可是他在城市迷失了方向。他再也找不到肯寨了。

东方吉堂说：等东方玉如找到那个旧的肯寨时，也许神早已解除了惩罚，那里又变得风调雨顺了。东方玉就成了那里唯一的祖先。他会重操刀耕火种的旧业。他找不到你了，就会在那里为你立一个神位，你就是旧的肯寨的神明。你在新肯寨享受瓜果和粟米，在旧肯寨享受烟火，不是一件很好的事情吗？

枇杷娘说：不行，我不能让他迷途，肯寨已不再有粮食，肯寨已不再生长结果的树，不再生长开花的草。他会像误入肯寨的巫师那样，饿死在荒途的。你当然不会在乎东方玉如的。可我不能不管他，他是我的儿子！

东方吉堂说：可他也是介的孩子，也许他找到了介，早已平息了仇恨，代表整个肯寨跟介和解了。也许他正跟着介在做科学方面的事业。然后他带着那些祛除灾难的科学成果回到肯寨去。

枇杷娘喃喃地说：也许……也许……可是他一定要给我一个准确的消息。送他出征的时候，我是母亲兼头人。我有责任让他知道肯寨已经远迁别处，我有责任让他找到新肯寨的路。即便他有了祛除灾难的办法，也可以带来新肯寨与我们共享。

枇杷娘离开东方吉堂，独自走向水潭。边走边说，我不知这些水要流到哪儿去，不过，我得放漂一片有信息的叶子，这片叶子也许有一天会漂到东方玉如所在的城市，他要在那片叶子上找到新肯寨的路线，等他想回来的时候，他就能找得到回来的路。她一边说一边测试着水流的方向和速度。一段时间里，枇杷娘认真地在森林里寻找合适的叶子。这样的叶子要脉络分明，纤维缜密。

森林里到处都是伐木的声音，只有蓝寡妇和他的秃鹫在天空上自由自在地飞翔。

枇杷娘老了，自从第一根白发出现在她的头上，到她的最后一根头发变白，一共不到三天的工夫，她的眉毛也像是挂上了霜花一样。她坚定自己的发现，认为介就在肯寨的附近。她举着那根卷毛跑到伐木者身边，要她们停下手中的斧子，听她的分析。枇杷娘坦荡地说：我认得这样的卷毛，就是烧成灰我也认得。枇杷娘在伐木者之间跑来跑去，令人们十分担心她会被倒下来的树压住，但她每一次都能很敏捷地躲开。东方吉堂有点懊悔，不该让枇杷娘醒来。但是枇杷娘对他头上的地图的分析，却使他不得不认为有些道理，介是那样地懂科学，他当然能预知肯寨的灾难，他当然可能在不知不觉中给东方吉堂的头顶刻上地图。东方吉堂想，我宁愿这地图就是介给刻上的，这说明找到的这个地方没错，说明介在一处隐蔽的地方关注着肯寨。白发苍苍的枇杷娘时而站在高岩上呼喊，时而与蓝寡妇交流点什么。蓝寡妇展翅翱翔的时候，枇杷娘就无限羡慕，她不是羡慕那份自由自在，她羡慕在高空里可以俯视一切。如果我也能像蓝寡妇那样，我肯定很快就会发现介的所在，我肯定会很快地找到东方玉如，告诉他关于新肯寨的信息。东方玉如当然要回到肯寨来。介……如果我们再找到介的话，我们要不要杀死他？我曾经恶狠狠地说，杀死他，清理他所创造的垃圾。可是介显得无所不能，我们清理他所创造的垃圾，他就像神灵一样降灾于我们……不要了，介，我们复和吧，介，我们复和吧。我在冥眠中来到了新地，复苏中，我像你来到肯寨那样接受了新地的濯洗。我们复和吧。这新地是你指示出来的，我已经无所事事了……

东方玉如是在沙滩边发现枇杷娘所放漂的这片叶子的。这片叶子经历了时光与路途的磨损，已缺了一角，叶子上沾满了肮脏的泡沫，可是它独自漂到一个儿童的脚窝里。东方玉如是因为注意到那个儿童的脚窝才注意到这片叶子的。他想潮水再一上来，这个脚窝就会被轻轻地抹平，那么这个儿童还会找到他的脚印吗？东方玉如以为这是儿童留下的一枚贝壳，当他拾起来发现是片叶子时马上获得了一种灵感：这是一片特别的叶子。我将在这片叶子上查找肯寨的路线。东方玉如悄悄地把这片叶子捡回去，用鼻子仔细地嗅着叶子上残存的森林的芳香，一种久违的情绪怦然而动。这一定是枇杷娘放漂下来的叶子！这一定是枇杷娘放漂下来的叶子！我已经老了，我已经走不动了。可是我希望见到枇杷娘、见到肯寨。东方玉如吩咐人们去把科学局局长找来，他要让他帮忙从这片叶子上找到回到肯寨的路线。这片叶子一直没有送到博物馆去，因为城市的行政长官生怕丢失了这片叶子。这片叶子一丢失他就完全不可能找到回去的路了。为此，博物馆馆长特意来找过他，被他很坚定地拒绝了。他只放到科学局局长那里，并为科学局配备了一些适当的科研设备。

尽管有关方面封锁了报纸及其他传媒，雒洛城的消息还是像黑夜的蝙蝠一样，在大街小巷里飞来飞去，甚至像春天的洪水一样漫浸了城市的每一可能的缝隙。城市的行政长官找到了他的家了，他的母亲从遥远的大林莽放漂了一片有信息的叶子，而城市的行政长官恰好就捡到了这片叶子。他现在正在全力以赴查找回家的路线。那是一片什么样的叶子呢？人们纷纷猜想，它从遥远的大林莽里放漂而来，一定历尽艰辛。于是城市的人们注目每一片叶子，人们试图从叶子上看出什么有意义的信息来。年轻人成立了一个又一个树叶研究会。而且为了研究的方便，他们花钱申请了专有权。城市的树叶怕不够研究者使用，政府规定每个研究会只能申请研究一种树叶，而且注册研究会就以树叶为名，比如"桉叶研究会""梧桐叶研究会""枫叶研究会""松叶研究会"，等等。树叶已成为这个行将结束的时代的象征，成了这个城市最后的时髦。人们整天都在讨论叶子、叶子，叶子叶子叶子叶子……据说有人做过实验，在快要做好的米饭上放几片某种树的叶子，米饭会有一种奇异的香味。恋爱中的人们用叶子传达自己的情意，人们都说，如果一个人真的爱你，那他（或她）应该把誓言写在树叶上，让某一阵自由的风传递给你。朋友间互赠一些珍贵的叶子，会议间，与会人员常会得到一些树叶的纪念品。人行道旁和城市绿化带的树由各种各样的团体挂了小牌子。学生报的征文题目是《我爱每一片绿叶》，人们从没想象到树叶会变得如此丰富，如此绚丽多姿。

城市的诗人在一次高雅的诗歌朗诵会上庄严地宣布：树叶的时代开始了！

所有的人在叶脉上查找自己所行走过的和将要行走的道路上的履痕。

东方玉如对城市的这种喧嚷一筹莫展，他到科学局局长那里询问结果的时候，科学局局长很不以为然地说：这种环境是没法研究好树叶的。现在，对树叶的关注成了一个全民的运动，所有的人都在关注树叶，所有的人都在谈论树叶，所有的人都在研究树叶，那科学局干什么？那些关注树叶的人们甚至都还没弄清楚树的属科，没弄清楚组成树叶的基本元素，就给某种树叶下定义。东方玉如说，这件事情我们无法阻止，我们得尊重民众。潮流是自下而上的，我们要明白这一点。但是我们可以关起门来，专注于这一片树叶，我想一定是可以得到满意的结果的。我们研究行星的轨迹都有结果，研究树叶的信息怎么可能会得不到结果呢？科学局局长说：好吧，好吧，你是这个城市的大救星，我一直是很尊重你的，让我们一齐来排除干扰，找出一个什么结果来吧。

东方玉如刚刚离开科学局，市政厅的人员马上来到了科学局。市政厅的官员用一种带威胁的口吻吩咐：不管你们研究出什么结果，有一个基本的原则告诉你们，那就是不能找出城市的行政长官回到他那个什么荒诞的肯寨去的路线。从他来到这个城市的那一天起，他就是这个城市不可或缺的一员，他没有回去的路，他得在这个城市里寿终正寝。

科学局局长说，没关系，没关系，三个月后，我们会把一份研究报告交给市政厅。你们签字，结果由你们来公布，整个科学局保持沉默。

市政厅官员说，好，就这么定了，三个月后，我们来签字。

事实上市政厅的官员们是自作多情，东方玉如对他们的行为了如指掌，只是从不戳破他们而已。当然，他们知道我老了，死亡是迟早的事情，所以他们对我如此执着，他们无非希望我在这个城市里寿终正寝，留下有利于他们的遗嘱什么的。如果我更年轻一些，他们一定是非常希望我尽快回到我的肯寨去的。对他们而言，肯寨并不是我的故乡，而是我的墓地，墓地在哪儿都是一样的。

博物馆为了迎合广大民众，准备搞一个大型的树叶展，工作人员整天都在搜集树叶。平时人们看到的树叶多得数不胜数，但真正搜集起来，树叶却是十分有限的。从小到直径不超过一毫米的针叶，到宽得布匹似的阔叶。人们评价博物馆是最能讨好城市的行政长官的。博物馆一边搜集树叶，一边铸造城市行政长官所说的那种有风俗的铜纽扣。博物馆的研究人员说，风俗是什么？风俗不就是那些描画古代生殖崇拜的民间图腾吗？不就是那些围着篝火击缶的舞蹈吗？工作人员将博物馆馆藏文物上的一些图案微缩，然后铸模，有风俗的铜纽扣就弄成了。博物馆计划将铜纽扣与树叶一同展览。他们把有风俗的铜纽扣送去城市行政长官那里时，得到了城市行政长官的赞许。城市的行政长官说，对，搞一次展览，让人人都知道铜纽扣的风俗。展览在一个明媚的日子里举行，城市的行政长官亲自前来剪彩，他自己示范式地穿上了铜纽扣的衣服，打扮得像一个征战荣归的将军。剪彩后东方玉如发表了简短的讲话。人们注意到了他讲话的微妙之处。他对时尚的各个方面都提了一下，唯一不曾提及的是关于全体市民对树叶的关注。有人在下面窃窃私语，看来他根本不关心什么树叶。但是另一个则反对：他哪是不关心，他是在回避这个问题。他有自己的小秘密。当然，这无可厚非，人人都有自己的小秘密——何况这个小秘密关系到自己生命的来源。他越是不提，说明他越是关注这个问题。

剪彩后城市的行政长官独自来到那个挽弓力射的山坡上，看到城市的人群排着整齐的队伍向博物馆走去，很多人手捧一把树叶，女人们把树叶扎在头上，作为一种时尚的头饰。东方玉如想，等所有的人穿上铜纽扣的衣服的时候，凭着灵感我一定能把那个到过肯寨的人认出来。他一定老了，比我还老。他与枇杷娘生了我，一定有些什么与我是相像的……可是，我现在连自己的面目也越来越难把握了，人们都说是因为我掌握了权力的缘故，其实完全不是。我从来不喜欢照正儿八经的镜子，可是我喜欢照哈哈镜。那是一件很愉快的事情。因此我就从来不知道我有什么样的真正面目。东方玉如想，也许我真是有功于这个城市的，不管怎么样，我到来之前，这里正在发生战争，人与人之间在厮杀，而我平息了这场战争。现在，正午的太阳照在山坡上，照着东方玉如衰老而佝偻的影子，这影子同样映在青苔上，那些吐着舌头的蜥蜴悠缓地爬过影子，蚱蜢在嚼食那些嫩绿的草茎。这个苍老而阴险的影子再也留不下来了。山坡上的青苔对城市已经无动于衷，对激情无动于衷，它们已经习惯了城市的喧嚣，已经习惯了城市的混乱。尽管东方玉如还讨好地去抚摸那些青苔，而青苔已完全没有感觉了。东方玉如注目于蚁蝼般进入博物馆的人们。太阳正顶的时候，他看到第一队参观的人从博物馆的另一扇门出来了，他们用树叶兑换到一些铜纽扣的样品，幸福地捧在手里，互相传阅，互相比较。

怪事是在这一年的秋天开始出现的，这一年秋天的树叶涨价得厉害，每一片将落的树叶都有人订了货，然后采摘转手。许多人因为树叶的生意而变成了富商巨贾。城市的有关部门只是制定了一项关于树叶的税收，财源也滚滚而来。这一年秋天的枫叶、乌桕树叶、野漆树的叶子血一般红。东方玉如想，枇杷娘真是很有远见的人，她吩咐我来寻找城市，其实，她一定也知道这里就是我的墓地。到这一年的秋天，铜纽扣的时装开始在城市流行起来了，男人们一个个打扮得像过时的将军，女人们则把铜纽扣恰到好处地钉到衣裙上。东方玉如秘密遣人在城市的郊外修了一个工厂。这个工厂里招了为数不多的几个工人。工厂里置有一些炉具和桑拿浴装置。自从有了这个工厂，城市穿铜纽扣的衣服的老人就不断地失踪，他们要么被通知去参加什么会议，结果一去不返，要么是互邀着去松林里出席什么牌局，第二天那牌的残局尚在，而人却不知所踪。但是没有不透风的墙，人们开始了一种恐惧的传说，城市的行政长官正在屠杀老人。因为这些老人中有他的父亲。他来到这个城市的唯一使命就是要杀掉他的父亲，他已经享尽了荣华富贵，现在他老了，才记起了他的任务来，他要找到那个叫介的老人，然后杀死他。每失踪一批老人，城市的行政长官就会带一些时髦的铜纽扣和几根碳化的骨头放到博物馆里来。把那些碳化的骨头放到耳边，你还能听得到碳晶体崩裂的声音。东方玉如在每一根骨头上贴上一片漂亮的枫叶。当市政厅的官员反映民间这一传闻时，东方玉如微笑着点头：呵呵……老人们是走了，老人们是走了不少了，可是民间传说中的措辞是有问题的，屠杀？多难听的话！我只是去把他们集合起来，让他们在一个地方等我。我想他们很老了，行将就木了，他们中一定有人希望去一次那个叫肯寨的地方的。可是他们不知道路线，我也不知道。众所周知，去肯寨的路线在一片树叶上，我很早就让科学局去破译这片树叶了，可是到现在还没有结果。等到他们破译了这片树叶，去肯寨的路线有了结果，我就会与他们一起出发。那些树叶研究会的孩子们听到这个消息，不知是出于什么动机，他们三五成群地来市政厅要求见行政长官，被批准进入东方玉如的办公室后，他们小心翼翼地掏出一片树叶来，告诉他科学局尚未得到的研究结果，他们的研究会已经得到结果了：看看，路线就在这样一片树叶的叶脉上，从这儿到那儿……再从那儿到这儿……一个年轻的女孩子还用一支红铅笔在一片枫叶上划来划去。东方玉如巧妙地告诉他们：孩子，那是你们的肯寨，不是我的。等你们也想到肯寨去的时候，你们沿着这片树叶的路线走好了，一路上有鸟歌，有开满鲜花的原野，有芳香四溢的车前子，有甜蜜的四月泡。把这片树叶藏好，等你们有人到了我这般年纪，你们中也许真有人会想到去一个什么叫肯寨的地方的。树叶研究会的年轻人回到家便很有些惴惴不安起来，认真地想想，城市行政长官说的好像是一种谶语，他说你们的肯寨。我们怎么会有肯寨呢。到了他这般年纪，身体佝偻，行动迟缓，满脸是难看的老年斑，满脑子是怀疑和虚幻的假想，那也就是接近死亡的时候，难道城市行政长官所说的肯寨就是坟墓吗？

科学局局长完全相信城市的民间传闻，他比谁都更清楚行政长官，他所有的作为不是因为残忍，而是某种与他生命相关的责任。行政长官老了，为了这份责任，他可以不顾一切了。据科学局局长推测，东方玉如正在推行一项自以为最为妥当的计划，只有这样才能万无一失地执行好那个杀介的计划。为了拯救雏洛城，科学局局长准备挺身而出，从树叶上虚拟一条通往肯寨的路线，让他尽快离开城市。这个计划遭到了市政厅官员们的反对，他们的反对不无道理，要是这样的话，只会让他的屠杀变得越来越快，他完成了这样的杀戮才好回肯寨去交差。科学局局长一脸的无奈，看来，所有的悲剧只能听之任之。科学局实际上无法完成东方玉如所交给他们的任务。实验室里，研究员们将行政长官交来的树叶复制了很多片，为了保险起见，他们将一整套的关于树叶的资料输入电脑。除弄清了树叶上所有的元素组成，其他信息一无所获。

有一天东方玉如闷闷不乐地对科学局局长说，看来靠你们在树叶上找到路线是没什么指望的了。看来我得自己找这条路了。科学局局长无言以对。于是他按照市政厅官员所规定的口径对他说：那确实是一片非常普通的树叶。因为太累的缘故，你常常做梦。人人也都会梦见一些森林和原野的，按照科学的解释，因为人由某种大林莽的动物进化而来，种族记忆里总是有森林和原野的。东方玉如不高兴地说，这种话我已经听得很多了。我想你是因为那些定理和逻辑把你弄糊涂了，我要你跟我一起听一听音乐，那样你就会明白一些科学以外的道理。你就不会人云亦云地说肯寨只是我的一个梦了，你就会同意肯寨是我出生和出发的地方了。东方玉如带科学局局长一起到博物馆听先前从那个寻找能源的峡谷里录回来的声音——那种古代战争的厮杀声。科学局局长惶惑地坐在行政长官的身边。

东方玉如半闭着眼，听得潸潸泪下。他用一只绵软而肥厚的手拉住科学局局长说：你听到了吗？你是旧时代的过来人，你应该明白，这样的声音迟早会在雒洛城响起。可是肯寨从来就不会有这样的声音。说实在的，我想把雒洛的人们带去肯寨。那里地肥水美，五谷丰登。你要说服人们跟我一起走……肯寨当然是有的，雒洛的人们会看到我出生和出发的地方。

科学局局长若有所思地点着头，用一种可能被说服的表情回答了行政长官。但他又无可奈何地说：真的，我们在叶脉上什么东西也找不出来。

东方玉如仍然不睁开眼，打着嗝说：那只是时间的原因。

深秋后一个华灯初上的夜晚，一名工人从郊区那个神秘的工厂里逃了出来。他带回了一串熠熠发光的铜纽扣样品，然后小心地告诉家人，千万别带这些样式的铜纽扣。这些都将是灾难的符咒。此外，他什么也没有向家人透露。但是家人明白，那个在城市广为流传的所谓谣言已是一个无可争辩的事实。

第二十章

农业技术员站在肯寨的红叶树下，望着一片蛮荒的废墟。参天大树从干打垒的土围子里横空而出，那些有规则的土围子颓塌下来，变成了四方形的土包，土包在这样的变更中，似乎更加肥沃了，上面爬满了油绿的藤蔓。农业技术员从那土包的门洞缺口走进去，一直走到一个最肥沃的角落。他不知道这正是枇杷娘下榻的地方。若干年前，头人就住在这里，用她有限的智慧认真地打理着肯寨，头人的床就安放在这个最肥沃的地方，由沉实而光洁的红色杂木做成。这张红色杂木的床与它的杉木床板以及床板上的稻草一起在东方吉堂预设的那场火灾中化为灰烬，这些灰烬年深月久变成了肥料。因此，灌木和蕨叶都长得很好。农业技术员撷下一根茸茸嫩脆的蕨叶来，这就是美味的蕨菜！农业技术员曾经在他宣传蔬菜的营养的小册子里提到过蕨菜，当时他那个有着欧罗巴长奶子的女人表示了一定程度的异议，她极理性地说，我觉得我可以接受蕨菜的鲜美味道，可是我不能接受它蕨针上的红色绒毛，不能接受它用孢子繁殖的恶习。每当这个时候，农业技术员总是表现出不一般的高兴，长奶子女人说的话含有越来越多的专业词汇。地方政府宣判关于"萝卜教"的罪名的时候，长奶子女人还蒙在鼓里，她不知道地方政府打倒的正是自己的丈夫。那一天长奶子女人还兴致勃勃地做一种萝卜炖肉的菜式，一边做一边说，也许是我错了，我过去是放了盐再一起炖的，现在炖好了再放盐试试。农业技术员闷闷不乐说，你也要做萝卜？现在农业技术员想来，那多少还是有些命定的成分在，谁知道宣传蔬菜的营养会犯宗教方面的罪呢？这些年来，农业技术员一个人面对森林原野自己想：我创造了"圣墓教"，这样总算能为宗教挽回一点面子。农业技术员剥开一茎蕨菜，放嘴里咬了咬。蕨茎就脆脆地断了。

灾难已经过去了！

文明也已经过去了！

暮色苍茫的时候，菩垣子的农业技术员做出了他一生中第二个最最重要的决定，这个决定执行起来有一定困难，但要是成功了，他的一生或者还有子子孙孙，都会获得永恒的福祉。农业技术员想，我已经不需要对地方政府负什么责任了，但是我要证明这里存在生命的理由。他最后决定要回到菩垣子老家去，把妻子(还有那个应该已长大成人的孩子)也带来肯寨，一起生活。在这里，幽静而安闲，我可以只和妻子讨论蔬菜的营养，用不着印了小册子去宣传。娶那个长奶子的女人是自己一生中的第一重大决定，事实证明那没错，因为娶得了长奶子的女人，差不多所有的人都羡慕他，而"萝卜教"的罪行与长奶子女人完全无关——当初她就反对出那本关于宣传萝卜营养的书，她说你们的学问真是十分糟糕，萝卜青菜，各有所爱，用不着你们去教导别人的。农业技术员想，我要把妻子带到这里来，然后，生下一大群的孩子，在这块肥沃的土地上愉快地耕耘，愉快地收获。这样我就远离那些指我为"萝卜教"的人们了。

去她妈的文明的碎片吧！

去她妈的古迹的陈列吧！

农业技术员想到这里便有一种报复菩垣子地方政府的快感，他们要流放我，他们原以为我会在流放的荒途中死于非命，然而我却找到了真正的乐土，此外，我还创立了真正的宗教。如果我成功地把妻子也带来这里，那么，我们唯一的精神生活就是圣墓教了。我会成为真正的教主。农业技术员起程的时候带了一些未被烧结但磨蚀了边角的瓦砾，一些农耕植物的种子，一些破碎的布片。他在一个垮塌的山棱下找到了一些有字绵竹纸张，但是他并不准备它带回去。他想我现在需要的是向长奶子女人证明一片可耕耘的土地，而不是向菩垣子地方政府去交差证明一份绵竹纸张的文明。农业技术员背着自己织造的一个棉花树皮的袋子，一袋子的准文物响咣当咣当作响。农业技术员朝着若干年前山洪所流经的方向走去。朝着菩垣子的归途走去。

长奶子女人正在等待着农业技术员的归来。她从那个棚寮的创伤中恢复过来后，菩垣子地方政府为了奖励她良好的合作态度，在沙洲上用优质的不锈钢管竖起一个瞭望台。地方政府对民众的宣传是为了看护这条河不被污染。这个看护的工作安排给了长奶子女人。那个长久地干着专业单相思的工作的警察，最后被菩垣子地方政府解雇了。他从此流浪，背着一把吉他，沿途唱爱情的歌。

白发苍苍的枇杷娘在新肯寨里夜以继日地寻找介。在伐木者都去劳动的时候，枇杷娘向天祈祷，一直等到蓝寡妇与她那只雄健的秃鹫从天而降，落到她的身旁。她用烧熟的兔子肉热情地款待它们，她希望它们帮忙找到介。东方吉堂对这件事情不置可否，他心想，找到介诚然是一件再好不过的事情，但是要想找到介恐怕是再也不可能的了。枇杷娘不时地拿出那卷曲的体毛，搂着蓝寡妇的翅膀向她介绍，并且当着那秃鹫的面说：你一定是认得这样的卷毛的，这是我在森林的枯叶中发现的，起先我还以为是一根兽毛，可仔细一看不对，它卷曲成这么漂亮的螺旋锥体，有什么样的野兽的体毛能卷曲成这样呢？只有介啊。我们都是女人，我们对他体毛的色泽和长度以及形状有精确的了解，因为他那时是肯寨女人集体崇拜的偶像。蓝寡妇像与她心爱的秃鹫一样，向枇杷娘说着新肯寨的鸟语。蓝寡妇要告诉枇杷娘的是，她自己是肯寨唯一未曾被介染指过的女人，哪怕肯寨所有的女人都认得这样的卷毛，但是她不认得。不过，她一定替枇杷娘好好寻找。原肯寨的鸟语枇杷娘是能听得懂的，但枇杷娘一时无法听懂新肯寨的鸟语。只得在独自唠叨一阵之后，眼巴巴看着蓝寡妇与她的秃鹫振翅远飞。

蓝寡妇遵照枇杷娘的吩咐，她与她的秃鹫不断地衔来一些与她们的巨喙极不相称的羽毛、兽毛。枇杷娘明白，蓝寡妇是听了我的吩咐的，她正在帮忙积极寻找介。七天后，蓝寡妇与秃鹫啄来了一些令枇杷娘惊喜非常的卷毛。尽管这些体毛沾有树汁和泥土，枇杷娘一见到还是十分肯定地说：没错，这就是介的毛发，烧成灰我也认得。枇杷娘拿去清澈见底的水潭中清洗干净了，然后放在水潭边的卵石上晒干，再拿来跟自己原先捡到的那一根比较，可不就是介的吗？枇杷娘把这些体毛拿去给东方吉堂看。东方吉堂十分纳闷，我崇拜他所介绍的科学，而且我跟他一起去探测过那些隐河，寻找过那些地下水，可是我所干的这一切全与他的体毛无关。所以……拿这个给我看根本没什么用，我完全不认识他的体毛。枇杷娘像是想起了什么似的，赶忙说，那是那是，你不认得，你不认得，可是女人们是认得的。我让她们来判别一下。要知道，介就在这片林子里啊！

直到蓝寡妇为枇杷娘衔来了几颗黑晶晶的榛子，枇杷娘捧着这些榛子颤抖着问东方吉堂：介走前从肯寨抓走了一把榛子，难道你不认得这些榛子跟肯寨的是完全一模一样的吗？东方吉堂才真正相信了枇杷娘的感觉。东方吉堂从枇杷娘的手里抓过几颗榛子，翻来覆去地看，一边看一边喃喃地说：看来介真是来到了这片土地上的。毫无疑问，这样的榛子只能来自肯寨。也许我们得歇歇伐木的工作，用一些时间来寻找介。是他把我们引导来了这里，我们也许要询问一下在这片土地上的活法。

枇杷娘的瞳仁里放出一种异样的光芒：你同意寻找他了？

东方吉堂把手中的榛子握紧，握成拳头：对，我们要把伐木的工作歇下来，集中一段精力寻找介。

介就在这片林子里。

介与将军一同有了相当的年纪。

将军第一次看到那只煽情的秃鹫带着蓝寡妇飞来森林中参加鸟群的盛典时，就发现了一些可疑的破绽。将军十分肯定地说：我看出来了，那一只不是我们的鸟，灰色的那一只大鸟不是我们的。我们得问一问那只秃鹫，那只秃鹫原来就是我们的队伍中的一员，现在理当还是的，我知道那只秃鹫浪漫得很，或者说骚情得很。过去我曾向它们说过，它们可以设法壮大自己的队伍。可是我不敢担保那一只是不是那个雒洛城派来的间谍。

介不在意这些，他淡淡地说，那没什么，将军，以你的卓越才能，我觉得你可以驯服所有的鸟，即便来了异鸟，也不过是壮大你的队伍罢了。

将军摇了摇头：不见得了，不见得了，过去我很有信心，也很有精力，现在不见得了，我数次让它们去攻击城市，但是不能如愿以偿，我对它们失去了一些信心。你不能配合我，这令我很伤心。

介知道这话是真的，但介当然不能配合他。他要介为他绘制雒洛城的地图，以便他的鸟群能准确地袭击城市。介已真的记不起城市那些迷宫似的街道了。即便记得，介对待城市的态度跟将军也不是一致的，也许是因为时装大师的遗传，介讨厌杀戮。将军的这种要求至今还没有结束。将军把话说得十分明白，在这林莽里，只有一种生存的选择，那就是服从将军，服从将军的鸟群。介已经尝过将军的茶花蜜多遍了。每次喝茶花蜜的时候，将军与介各拥半树茶花。这是一种神赐的享受。将军好几次隔着花朵意味深长地对介说：我们现在休戚与共，生死相依！介不知道是不是因为茶花蜜一类的营养让将军仍然雄心勃勃。当他回首往事的时候，他才恍然想起自己年纪不小了，要是活在城市，那应该是一个很老的老人了。人之所以会老，就是因为你不断地目睹一些新生命的诞生、成长，你不断要考虑土地的营养是有限的，是不是轮到我让出生命空间来了。人这么想着，头发就白了，身体就佝偻了，就越来越接近泥土，最终归于泥土。在雒洛城里，人们精确地计算着各种节日的到来，为了那些短暂的欢乐，许多人每天都要撕去一页日历。他们总以为那不过是一页过时的纸，不知道那一页纸其实就是自己生命的一部分，一撕去就没有了。可是在这林莽里，季节不太分明，没有他人的生命参照，有的只是长青的树，自由飞翔着的鸟，虎豹豺狼永远健壮而凶猛。一些知名不知名的花在所有的日子里开放，完全模糊了季节……

将军以他特有的敌情观念，对那只陌生的灰鸟一直不放心，他想当着介的面仔细地辨识一下这只鸟。让介也帮他识别一下那只神秘的灰色大鸟。他让秃鹫在一个晴朗的日子把那只灰色的大鸟带来。秃鹫带来灰鸟的时候，介与将军坐在一块棋盘一样的石板上，用花岗岩的子儿下着由将军制定好规则的棋。鸟儿还在远天盘旋的时候，将军一边移动着棋子一边说，也许那是一只带来城市暗示的大鸟，也许你可以与它对话的。介摇摇头，我不会与鸟对话。只有你才能与鸟对话。你不是一直不愿意把你与鸟对话的技术告诉我吗？正说话间，秃鹫带着灰鸟翩然而至。它们栖在近旁的树枝上。将军指着灰色的那只鸟说，就是那只鸟，我绝对是不认得它的，它的来历很有些可疑。介看到灰鸟蓦然一惊，他好像还真熟悉这灰鸟的眼神。但是毫无疑问，我不熟悉任何鸟。介想，在肯寨与枇杷娘相处那么久，我也未能懂得鸟语。灰鸟在阳光下的惊鸿一瞥，便确凿无疑地认出了介——枇杷娘煞费苦心所寻找的介。而介却十分肯定地向将军说，我不认识这样的鸟，也许它是鸟中的异类，但是这跟我们没有关系。

　　枇杷娘在那些伐木者中间到处宣扬说，介不可能跟我们没有关系了，他一直在引导着肯寨的生活。蓝寡妇再与秃鹫一起回到新肯寨时，枇杷娘就从蓝寡妇的眼神里看出来了，介就在这片大林莽里。那些伐木者却说，我们可以承认介就在这片大林莽里，可是我们寻找他会有多大的意义呢？我们现在重要的是伐木，是开垦，而不是寻找介，我们过去不是打发人寻找介去了吗？结果又怎么样呢，我们什么收获也没有。枇杷娘显然已经衰老了，她感到自己是有点不够理直气壮，是的，寻找介已经失去意义了，重要的是开垦，可是介就在这片林莽里啊。枇杷娘在圆木的屋子里打坐，三天后突然醒悟到症结所在。枇杷娘气喘吁吁地找到正在伐木的东方吉堂说，你说过要用一段时间来寻找介的，为什么到现在还不安排？我知道，你害怕找到介，你害怕揭开那个腐叶的地图的秘密。介在你的头顶画那个腐叶的地图的时候，你很清楚。可是现在，你怕那个秘密一揭开会影响你头人的地位。可是你完全误会了，你的头人的地位不是我禅让出来的吗？不是我让人把你从那泥淖积成的山棱上把你掘出来的吗？我已经老了，你大可不必担心我会威胁你的权威，介也不会！介只是一个智慧的动物，而不是一个喜欢权术的动物。

　　打发走了秃鹫和蓝寡妇。将军与介把棋下完（将军当然赢了）。将军站起来不无遗憾地说，我建立起了鸟群的队伍，赋予它们以相当的战斗力。但是我无法在鸟群里建立起什么道德与伦理。鸟群无道德可言，无羞耻感可言，当然就更无什么贞操可言。你看那只秃鹫想爱上一只什么样的鸟就爱上一只什么样的鸟。介朗声笑了起来：这只能说明你是一个纯粹的军事家，而不是什么政治家、道德家。这种解释让将军感到很放松。将军提议到他的那棵茶花树上再去吸吮茶花蜜。介到了大林莽几年后，也有了自己专享的茶花树。他与将军常常互相请客，那就是来共享一树茶花的花蜜。将军开心地大口大口地吸吮花蕊中的花蜜，那些花粉扑到脸上，一些愤怒的蜜蜂在茶花树的附近飞来飞去，它们嗡嗡的叫声忽远忽近，交织成一种奇妙的音乐。间或有几只勇敢的蜜蜂疾速地从空中带着小小的啸叫声俯冲下来，钻入花蕊中，执行采蜜的天职。将军一边吸吮花蜜一边开始嚼咀鲜嫩的花瓣，嘴里嗞嗞作响，一些新鲜的花蜜从将军那有些涎水的嘴角流下来。将军挥手揩了一把嘴角，深谋远虑地对介说，等到那只灰鸟生下蛋来，看看那是一些什么样的蛋，我就能判断它是不是对我们有威胁的异类了。

介说，它要是不生蛋呢？

将军说，没有雌鸟不生蛋的。就像所有女人都有做母亲的愿望一样，所有雌鸟都有生蛋的愿望。一生下蛋来我就可以判别的——总之，我不希望有不祥的异类来打扰我们的生活。我们已经把现成的城市让给了那些无耻和无聊的人，还要怎么样呢？难道他们还想要插手大林莽的事情吗？

满足了吸吮后，将军与介走过茶花的树林，在一片茸茸草地上坐了下来。

蓝寡妇就是在这个时候再次明白无误地看清楚介的，蓝寡妇与她恩爱的秃鹫在高空里盘旋，她想，这就是枇杷娘日常里一直在寻找的那个介，这就是那个在肯寨犯下了滔天罪恶的那个介，枇杷娘要找到他与他复和吗？枇杷娘在新肯寨失去了头人的地位，她会不会也要像蓝寡妇找秃鹫一样找一点最实际的恩爱？无论如何，我要抓紧把这件事情告诉枇杷娘。为了能向枇杷娘有一个准确的汇报，蓝寡妇在介与将军猝不及防的时候，带着一股旋风，无声地俯冲下来，用尖而硬的巨喙掠走了介的一小撮头发。将军慌忙抬起头来一看，摇了摇头说，我说过的，那不是我们的鸟，那是一只异鸟，一只不知从什么地方飞来窥探我们的鸟。也许，我们要因她而死亡。他转过头来看着介说，这只鸟是跟随你而来的，她认识你，她刚刚从你头上掠走一撮头发，那是要证明你是不是你。介想了想说，不，我从来不曾认识什么鸟儿。蓝寡妇飞走后，将军定了定神说，不过不要紧，等它生下蛋我就知道一切了，它要是不祥的异类，我就会让我的鸟群啄死它！你是一介书生，你不知道一个异己带给你的灾难在许多时候是毁灭性的。在你的生命阅历里，你睡过不少的女人，也挽救过不少垂危的生命。但你对生存的规则却懂得不是很多。介想，当然，我对生存的规则懂得不是太多，可是我一直是很关心生命的秘密的，否则我不会在儿时就那么认真地去观看父亲与母亲的交媾。父亲的生存规则是一种美丽地活着的规则，那样的规则是许多人都乐于接受的。可对于将军来说，生存的规则也许就是消灭对手的规则。童年时我总觉得父母的交媾是一个行刑的仪式。父亲用某种武器像攻击敌手那样攻击母亲，不遗余力，完全失去了在天桥上携了一队漂亮女人出场谢幕的优雅。在蓝寡妇向枇杷娘献上毛发的时候，介正在茸茸如毯的青草地上遥想一些童年的事情。当漂亮的云霓从碧蓝的天空缓缓飘过时，介就在想象七岁时所看到的父母卧房里那一袭漂亮云霓一般的帐幔，那帐幔有一种酿造气氛的效果。父亲与母亲向介表演制造生命的工艺流程的时候，明确地向介宣布，我们这样做的结果有可能再制造一个新的生命。父亲说，你的母亲就这样受孕，然后让一个胚胎在她最安全的地方慢慢成长。那一次表演的结果是母亲果然怀孕了。事后介缠着母亲问如果受孕了会是什么结果呢。母亲说这样你就会有一个弟弟或妹妹，他（或她）与你以一种恒定的时间差距一起成长。可是十个月后，母亲产下了一具死婴，介在一张白色的床单上看到了她，她是一团粉嫩的肉，带着浓浓的血污和腥味。——我无非是母亲所分娩的带血污的嫩肉，有一段时间，介常常这样想。

将军忽然说：到那时，我要捣碎它所有的蛋……

介就从回想里惊醒过来。

枇杷娘反复向东方吉堂要求："我从蓝寡妇的眼睛里看出来了，她发现了介。她要我们跟着她的飞翔去找到介。让我们一起来跟随蓝寡妇的飞翔吧。让我们暂时放下手中的伐木与拓荒吧。伐木与拓荒的时间有的是。可找到介的机会是太不容易了。要不是介，我们不会失去旧的肯寨，要不是介，我们今天也不会找到新的家园……让我们跟随蓝寡妇的飞翔吧。"

东方吉堂放下了手中的斧子。枇杷娘的请求并不过分，他于是号召所有的人放下手中的活计，与枇杷娘一道去跟随蓝寡妇的飞翔。东方吉堂一边仰望天空一边想，枇杷娘到底是一代头人，为了让蓝寡妇为她找介，她公然就赞同蓝寡妇与秃鹫交配。还真不知道蓝寡妇会不会生蛋，要是会，又将生下什么样的蛋来。当然，她们要是真能找到介，那无疑是一件了不起的好事！介应当老了，但是他依然有智慧。蓝寡妇与秃鹫飞得很慢，为了照顾人们的速度和方向，她把影子投到枇杷娘身上。秃鹫照此办理，把阴影投到东方吉堂的身上。

蓝寡妇找到介了！

蓝寡妇找到介了！。

这个消息在行进的人群中悄悄传开，大家低声地议论着。人们翻越了两座山岭后，果然发现了一个绝好的所在，一些若有若无的烟岚在半山腰上飘来飘去。阳光照得很远。当蓝寡妇和她的秃鹫在一壁悬崖的上空盘旋的时候，人们将注意力集中到那悬崖上。于是肯寨的人们听得见一声十分真切的哀叫，就看有两个人从那悬崖上掉了下去。蓝寡妇和她的秃鹫就快速地扇动着翅膀尖尖地叫唤。肯寨的人们惊呆了。枇杷娘说介在这里，介真在这里啊！人们久久地凝望着那壁悬崖。枇杷娘啸叫着带领肯寨的人们披荆斩棘，不顾一切地走向那个山谷。山谷里没有高大乔木，各色各样的灌木开出知名不知名的花朵。很快人们发现了榛子树林。枇杷娘扳过一把榛子树的枝桠，不顾那些扎手的刺，捋下几颗榛子果球来。枇杷娘兴奋得哇哇乱叫："榛子！看见了吗？榛子！与肯寨一模一样的榛子。介走的时候带走了一把榛子。他把它播种在这里了。很多年过去了，这里就成了一片榛子树林。他说过要与我们在一片有花的原野相见的。可不。现在我们如约而至了。"枇杷娘一边说着，一边激动得浑身哆嗦。东方吉堂接过枇杷娘递过来的榛子果球，也大吃一惊。东方吉堂说："介真的就在这里。介也许真的就在这里。是他引领我们来到这里的。我们得赶快找到他。他一定有话告诉我们。"

将军首先发现了异鸟以及它所带来的人群，将军认定异鸟无疑是城市的间谍。将军面对着介扼腕哀叹：你瞧，我说过那些人是贪得无厌的，现在他们居然大张旗鼓地染指我们的林莽来了。我还来不及等到那只异鸟生下蛋来，来不及辨认，来不及捣碎它的蛋，他们就来了。我不愿意看见他们……说着，将军毫不犹豫地抓住介的手，一齐纵身悬崖！

当肯寨的人们找到介时，介的血已经在榛子林里流干。介就是从那悬崖上面摔下来的。与他一同摔下来的还有一位老者。他们脉管里已不再有血，他们的心脏已不再跳动。枇杷娘扒拉着介的身体，热切地叫着介。她说我们已跟随你的指引来到了这里。我们已经在这里开垦。东方吉堂也跪下一条腿来，用手握着介一只苍白的失血的手，他希望介能醒过来。但是介已长眠。他把那个石化的心脏摆在自己的胸前。枇杷娘像哭一个心爱的人那样抖动着白发抽搐着干瘪的身躯恸哭。介的身躯在枇杷娘的恸哭里变得渐渐年轻，年轻得跟初见枇杷娘时一样。然后就在肯寨人的注目下，这个年轻的躯体跟那个心脏一样变成了石头。蓝寡妇和她的秃鹫一起在天空低低地盘旋，尖声地哀叫。于是有三三两两的鸟儿飞来。将军与介同归于尽的消息很快在鸟群里传开。鸟们认定介就是城市派遣来消灭将军的。天空中飞来的鸟越来越多，渐渐变得遮天蔽日。鸟群的声音淹灭了所有的声音。一些暴烈的鸟以某种类乎宗教的情感扑向介的身体。它们在介业已石化的身体上撞得头破血流。最后它们在空中飞翔着举行了一次会议，取得了一致的决议后。它们有序地俯冲下来，每只鸟在将军的遗体上啄下一点东西来。不管是皮、肉、骨，还是毛发。直到将军的身体只剩下一具鸟儿们无法啄动的骷髅。鸟们就这样在肯寨人的眼前理智地完成了对将军的天葬，又呼啦啦向城市的方向飞去。

一会儿工夫。天空中就只剩下了蓝寡妇和那只秃鹫。

阳光照彻山谷，刚才因鸟群的喧嚣而匿迹的蜂蝶重又飞了出来，用一种轻松的音乐和微妙的动感让人们感受花朵的存在。

东方吉堂极目山谷，眼前是一片望不到边的沃野。

"哀恸已毫无意义。"东方吉堂说，"重要的是开垦，介的出现已经证明了这就是我们要找的地方。"

肯寨的人们葬埋了将军的骷髅，再在那个悬崖的石壁上凿出一个神龛来，将介石化的身体放进神龛里，像供奉一位拓荒的先驱者那样，把介供奉起来。

白发苍苍的枇杷娘自觉地承担起了祭祀的工作。

菩垣子的农业技术员在漫长的归途中与自己的故乡失之交臂，错误地抵达雒洛城的时候，城市的灾难早已结束。农业技术员一看到城市就马上明白自己走到一个什么地方了。虽然他从未到过雒洛，可是他在不少的书籍和图片里面看到过雒洛。不仅如此，雒洛城还向菩垣子颁布法律，宣谕条例。但是农业技术员又一次走进了一片废墟。他不明白这个城市是怎样毁灭的，是毁于一场游戏还是一场战争。菩垣子的农业技术员爬上了那个以后将被许多历史论文反复撰写的山坡。他惊奇地发现整个城市居然是一片树叶的形状，那些清晰可辨的街道组成了叶脉。从山坡上走下来的时候，农业技术员想，菩垣子与雒洛是进行过那么多的杀伐，最后还是不得不俯首称臣。而现在，菩垣子不战而胜。我是不是要再回到菩垣子去，把这个消息通知他们呢？地方政府让我出来寻找古迹，寻找绵竹纸张的现代文明，而我却为他们找到了渴望得手已久的雒洛。菩垣子不是一直有人想占领雒洛吗？现在他们可以如愿以偿了。也许我不枉为"圣墓教"的教主，我总是与墓地不期而遇。教堂的钟声幽灵一般响起，农业技术员止不住回望山坡上的教堂，发现那个大钟的三根指针长短一样，整齐有序成一百二十度的均匀钝角。农业技术员当然不知道它所指示的是一种什么样的时间。

只有博物馆是完好的。博物馆门前有一尊颇具艺术魅力的雕塑：一对恩爱夫妻正如胶似漆地绞缠在一起，表情洋溢着世俗的庄严与幸福。一个圣童（可能是这对夫妻的儿子）扒着他们的身体，认真审视着他们的隐私部位。农业技术员想，自己的孩子也应该不小了，方便的话要带他来看看这个有意思的雕塑才好。博物馆内所有的展柜和柜内的展品都井然有序。在一个豪华的展馆里，居中赫然摆着一个盛有福尔马林溶液的大玻璃缸。缸内是一具被解剖过的尸体。围绕着这个玻璃缸，十几个漂亮女人穿着时装摆成舞蹈的姿势，像花瓣围绕着花蕊那样。农业技术员止不住念起自己发明的教义中的词句：我们一生下来就在寻找墓地。墓地是我们的唯一归宿……

在博物馆的幽暗处，雒洛城唯一的幸存者（那个含着子弹出生的人）默默地看着农业技术员，直到他走出博物馆。

菩垣子的农业技术员一边惆怅地念着圣墓教的词句，一边走到这座废城的街道上。他发现叶脉形的街道上卧满了碳化的尸体，有些还发出碳晶体断裂的清脆声音。人们全都以行进的姿态朝着同一个方向！